Ein Tag wie viele andere auch, ein Morgen wie Dutzend andere. Ein Haus in einer der vornehmsten Siedlungen dieser Stadt. Die Sonne scheint warm und bricht sich an dem reinen Glas der Fensterscheiben. Die Vögel zwitschern in den Bäumen und der laue Sommerwind lässt die Blätter leise rascheln wie ein sanftes Flötenspiel.

Idylle pur. Wer würde hinter den Fassaden der schmucken Häuser und in den gepflegten Gärten anderes vermuten als grenzenlose Harmonie, friedliches Familienleben und glückliche Kinder?

1. Kapitel

Annabell

Es ist ein Morgen wie viele andere auch, im Haus des renommierten Allgemeinarztes Dr. Manfred Beck – der mein Vater ist.

Wie in Zeitlupe gehe ich in die Knie und ziehe den Rucksack zu mir heran. Mit zittrigen Händen öffne ich den Reißverschluss und spüre den ungeduldigen Blick meines Vaters. Groß und breitschultrig steht er neben mir, er hat sich zu seiner vollen Größe aufgebaut. Dabei kommt er mir wie ein hungriger Löwe vor, stets bereit, die Zähne in seine Beute zu schlagen. Nervös nestele ich an den einzelnen Mappen in meinem Rucksack herum und weiß doch, dass ich es nicht länger hinauszögern kann. Ich weiß ganz genau, wo das steckt, was er sehen will. Ein weißes Blatt, in einer blauen Mappe.

Die Mathearbeit. Schwer wie ein Stein liegt sie in meinem Magen.

Ich hatte auf eine Drei gehofft, eine Vier erwartet und eine Fünf befürchtet. Leider ist die Befürchtung wahr geworden.

Es ist nicht nur eine Note. Es ist wie ein Todesurteil für mich. Hingekritzelt mit signalroter Farbe. Ich habe schon oft darüber nachgedacht, warum Lehrer sich ausgerechnet die Farbe Rot zur Korrektur ausgesucht haben. Wieso nicht Grün oder Lila?

Rot wie Blut, als würden sie die Klassenarbeiten mit dem Blut der Schüler korrigieren. Ich hasse Rot!

Im Zeitlupentempo ziehe ich die Schulaufgabe aus der blauen Mappe. Im gleichen Moment trifft mich die Hand meines Vaters mit voller Wucht im Gesicht. Mein Kopf fliegt zur Seite und knallt mit der Schläfe hart gegen die Tischkante. Vor meinen Augen tanzen helle Punkte, der Schmerz schießt wie ein Blitz durch meinen Kopf und mir wird augenblicklich übel. Ein Wimmern entschlüpft meinem Mund. Ich presse die Hand auf meine Schläfe und krümme mich nach vorne. Nur mit Mühe kann ich ein Aufschluchzen unterdrücken.

Die Gefahr, ihn dadurch noch mehr zu reizen, ist zu groß. Den Kopf zum Boden gewendet, die langen Haare wie einen schützenden Vorhang vor dem

Gesicht, bleibe ich auf dem Boden knien. Ich kämpfe mit den Tränen und versuche krampfhaft den dicken Kloß in meinem Hals herunterzuschlucken. Ich höre, wie er heftig atmet und mit energischen Schritten vor mir auf und ab geht. Mein Vater ist völlig außer sich.

»Wie oft muss ich dir das noch sagen! Ich dulde solche Noten nicht. Du machst mich zum Gespött der ganzen Stadt!«, brüllt er. »Sieh bloß zu, dass du das irgendwie wieder ausbügeln kannst, sonst lernst du mich erst richtig kennen.«

Als ich höre, wie die Haustür hinter ihm ins Schloss knallt, verliere ich den Kampf gegen die Tränen. Wie ein heißer Strom laufen sie über meine Wangen.

Vorsichtig hebe ich den Kopf und mein tränenverschleierter Blick sucht den meiner Mutter.

Sie lehnt mit starrer Miene an der Küchenzeile, in den Händen einen Teller und das Geschirrtuch. Sie sieht mir ins Gesicht und schlägt dann die Augen nieder, als könne sie meinem Blick nicht standhalten. Sie dreht sich um, und während sie weiter das Geschirr abtrocknet, murmelt sie leise: »Warum reizt du deinen Vater auch ständig? Du weißt doch, wie wichtig ihm gute Noten und unser Ruf sind! Wieso lernst du nicht mehr?«

Dabei habe ich diesmal so viel gelernt. Täglich mehrere Stunden, bis die Zahlen in meinem Matheheft vor meinen Augen zu tanzen begannen. Ich kapiere diese Aufgaben einfach nicht!

Ich weiß, dass meine Mutter nicht wirklich eine Antwort von mir verlangt. Sie versucht nur das Verhalten meines Vaters zu rechtfertigen.

Ich stütze mich am Stuhl ab und ziehe mich nach oben. Auf wackeligen Knien stakse ich ins Bad und drehe den Schlüssel herum. Sobald ich vor dem Spiegel stehe, verschwimmt alles vor meinen Augen. Meine Schläfe tut immer noch weh. Ich halte mich mit einer Hand am Waschbecken fest, um nicht zu taumeln. Mit der anderen streiche ich mir die Haare aus dem Gesicht. Mit leerem Blick starre ich in den Spiegel. Meine Schläfe und die Wange leuchten flammend rot und vom Haaransatz bis zum Oberlid ist alles dick geschwollen. Ich kann mein Auge nur noch zur Hälfte öffnen.

Angst packt mich, als mir bewusst wird, dass ich so unmöglich in die Schule gehen kann und dass mein Vater ausflippen wird, wenn er erfährt, dass ich schwänze.

Aber wie soll ich den Lehrern mein Aussehen erklären? Niemals würde ich es wagen, ihnen von meinem Martyrium zu erzählen. Was das für Folgen hätte, will ich mir gar nicht vorstellen. Wahrscheinlich wäre ich danach Dauerpatientin auf der Intensivstation.

Ein vorsichtiges Klopfen holt mich aus meinen düsteren Gedanken. Vor der Tür steht meine Mutter und hält mir die riesige Designer-Sonnenbrille, die ich im letzten Mallorca-Urlaub bekommen habe, und eine Krankschreibung entgegen.

»Sag einfach, dass du eine schlimme Augenentzündung hast und dass du deine Augen deshalb für die nächsten Tage gegen Licht schützen musst. Sport und Schwimmen kommen natürlich nicht in Frage.« Ich sehe im Spiegel, wie ihr Blick den meinen sucht und für kurze Zeit festhält, ehe sie die Augen niederschlägt.

»Streng dich an, Annabell! Wenn du in der nächsten Arbeit eine gute Zensur bekommst, wird er unendlich stolz auf dich sein.« Sie schenkt mir ein schmales Lächeln und deutet auf die Sonnenbrille. »Um dieses Teil werden dich deine Freundinnen heute sicher beneiden.« Mit diesen Worten dreht sie sich um und verlässt den Raum.

»Und frisier dir die Haare ins Gesicht!«, ruft sie noch, ehe sie wie jeden Morgen nach oben geht, um die Betten aufzuschütteln.

Resigniert werfe ich einen Blick auf die Entschuldigung, ausgestellt von meinem Vater. Wie praktisch es doch ist, einen Arzt in der Familie zu haben, denke ich voller Bitterkeit und schnaube verächtlich. Die Formulare für eine Krankschreibung liegen im obersten Regal in der Küche und es ist nicht das erste Mal, dass ich der Schule eine vorlegen muss.

Ich hole tief Luft, stopfe die Entschuldigung in meinen Rucksack und verlasse ohne ein Wort des Abschieds das Haus. Es ist erst kurz nach sieben, als ich den Weg zur Bushaltestelle einschlage. Es bleibt mir noch über eine halbe Stunde, bis der Bus abfährt, und der Weg dorthin ist kurz. Heiß sticht die Julisonne vom Himmel, worüber ich sehr dankbar bin. Zumindest mache ich mich hier draußen mit der übergroßen Sonnenbrille nicht lächerlich.

Bei jedem Schritt pocht der Schmerz in meinem Kopf aufs Neue. Ab und an streicht mir der warme Sommerwind übers Gesicht, fast als wolle er mich trösten und meine Verletzung vorsichtig kühlen.

Nur noch wenige Meter, dann kann ich mich auf die kleine Holzbank setzen und ein wenig entspannen, durchatmen und einen einigermaßen klaren Kopf bekommen, bevor meine Freundinnen eintreffen. Ich werde ihnen fröhlich lächelnd entgegensehen, plaudern und mit ihnen Witze reißen. Ich werde das brave Arzttöchterchen sein, wie es von mir erwartet wird. Niemand wird einen Blick hinter meine sorgfältig aufgebaute Fassade erhaschen. Ich schäme mich abgrundtief für das, was mir zu Hause widerfährt. Das Einzige, was ich bei einem Geständnis von meinen Freundinnen ernten würde, wäre Bedauern, und auf das kann ich gerne verzichten. Außerdem ist die Angst, dass mein Geheimnis die Runde macht und mein Vater davon erfährt, grenzenlos. Für meine Freundinnen bin ich das adrette Arzttöchterchen, dessen Leben makellos ist, und genau so soll es auch bleiben.

Die letzten Meter, die letzte Biegung. Und ich will gerade erleichtert aufatmen, als ich wie erstarrt stehenbleibe. »Meine« Bank ist bereits besetzt. Ein Junge, den ich schon manchmal auf dem Pausenhof gesehen habe, lümmelt gemütlich darauf. Eine Kippe in der einen, eine Bierflasche in der anderen Hand – und das morgens, um Viertel nach sieben!

Ich schaue unsicher in seine Richtung und bleibe unschlüssig stehen. Der Typ wirkt düster, wie von einer dunklen Aura umgeben. Er sieht ungepflegt aus, als hätte er die letzten Nächte in seiner speckigen Lederjacke, den Springerstiefeln und der zerschlissenen Jeans verbracht. Unter seinen schwarzen langen Haaren, die ihm strähnig ins Gesicht fallen, blitzen seine Augen, als wäre er auf Ärger aus.

Ich blicke scheu zu Boden und starre auf die Spitzen meiner weißen Designerschläppchen, die hervorragend mit meinem dezent ausgeschnittenen Top und der hellen Jeans harmonieren.

Mein Vater legt ungemeinen Wert auf ein gepflegtes Äußeres. Es soll alles perfekt in das Bild passen, das jedem sofort durch den Kopf schießt, der an eine Arztfamilie denkt. Die adrett gekleidete Tochter, die perfekt gestylte Ehefrau, die nicht nur optisch besticht, sondern auch noch einen hohen Grad an Intelligenz vorweisen kann, und ein imposantes Haus mit akribisch gepflegtem Garten. Nur meine schulischen Leistungen, seine Wutanfälle und Ausraster und meine Misshandlungen passen nicht zu der Vorzeigefamilie, die sie nach außen hin zu sein scheint.

»Na, auf der Suche nach einer Staubflocke?« Eine tiefe Stimme holt mich aus meinen Gedanken zurück ins Hier und Jetzt.

Zögernd hebe ich den Kopf. Der Junge auf der Bank grinst mich herausfordernd an.

»W…w…was?«, stottere ich und spüre, dass eine feine Röte meine Wangen überzieht.

»Staub! Schon mal von gehört? Sammelbezeichnung für allerfeinste feste Teilchen. Staubflocken oder Staubflusen bestehen meist aus organischem oder anorganischem Material.«

»Hä?« Ich zucke die Schultern. Worauf will der Kerl eigentlich hinaus?

Mit scheinbar geübter Lässigkeit schnippt der Junge die Kippe weg, stellt die Bierflasche zur Seite, steht auf und schlendert betont locker auf mich zu.

Direkt vor mir bleibt er stehen und mustert mich mit solch unverhohlener Offenheit, dass ich mich unter seinem Blick förmlich winde und vorsichtig zurückweiche.

»Pennst du noch oder bist du immer so schwer von Begriff? Ich habe gefragt, ob du wohl ein Staubflöckchen auf deinen Hundert-Euro-Tretern gefunden hast.«

Wenn der Kerl meint, mich dumm anmachen zu können, hat er sich geschnitten.

Ich blicke wieder nach unten, hebe einen Fuß nach dem anderen, drehe und wende ihn und sehe mir meine Schuhe ganz genau an.

»Nein, sie sind absolut sauber«, stelle ich achselzuckend fest. »Woher weißt du eigentlich, wie viel sie gekostet haben? Interessierst du dich etwa für Schuhe?«

Der Kerl vor mir presst jetzt verärgert die Lippen aufeinander und runzelt die Stirn. Er tritt noch einen Schritt näher, so dass sein Gesicht unmittelbar vor meinem schwebt.

»Sag mal, bist du dämlich, oder was?«, zischt er. Sein heißer Atem weht mir um die Nase, und ich wundere mich, warum er gar nicht nach Alkohol stinkt. Immerhin steht die Bierflasche als Indiz seines frühmorgendlichen Alkoholkonsums nach wie vor auf der Holzbank.

Seine Worte legen bei mir einen Schalter um. Es reicht schon, zu Hause niedergemacht zu werden. Wörter wie dämlich, blöd oder minderbemittelt verwendet mein Vater ständig, wenn er mit mir redet. Das muss ich mir außerhalb unseres Hauses nicht auch noch geben.

Ich balle die Hände zu Fäusten. »Ich bin nicht dämlich! Aber du anscheinend!«, stoße ich wütend hervor. Mein Herz klopft heftig.

Dem Jungen schnellen vor Verblüffung die Augenbrauen in die Höhe.

»Heißt das, du hast mich eben verarscht?«, fragt er lauernd.

Ich verdrehe die Augen. »Du glaubst doch nicht wirklich, ich hätte angenommen, dass sich jemand wie du für Schuhe interessiert!«

Die Brauen des Jungen ziehen sich zu einem einzigen bedrohlichen Balken zusammen. Mit zusammengekniffenen Augen steht er vor mir.

»Pass auf, was du sagst, Prinzesschen! Pass verdammt noch mal auf!«, zischt er schlangengleich.

Mein Herz beginnt schneller zu schlagen. Und in Anbetracht der Tatsache, dass ich den finsteren Kerl vor mir überhaupt nicht einschätzen kann, wispere ich ein leises »Sorry«.

Der Junge nickt zufrieden, dreht sich um und geht zurück zur Bank. An Lässigkeit nicht zu überbieten, fläzt er sich wieder hin, lässt mich jedoch nicht aus den Augen.

Ich nestele nervös an der abstehenden Nagelhaut meines Zeigefingers herum. Immer wieder schiele ich unsicher in seine Richtung und wünsche mir sehnsüchtig meine plappernden Freundinnen herbei, die es heute absolut nicht eilig zu haben scheinen.

»Hast dich wohl in meine grünen Augen verliebt, weil du ständig rüberglotzt?«

Mein Blick zuckt in seine Richtung. Der Junge hat es sich anscheinend zur Aufgabe gemacht, mich zu provozieren. Erneut werde ich knallrot. Arschloch!

»Ich guck doch gar nicht.«

»Klar, und ich bin der heilige Nikolaus!«

Der Typ geht mir so was von auf die Nerven.

»Außerdem sind deine Augen nicht grün, sondern eher schlammfarben«, füge ich schnippisch hinzu. Aber kaum sind mir diese Worte über die Lippen gerutscht, hätte ich mich furchtbar gerne geohrfeigt. Wie doof bin ich eigentlich? Warum lasse ich ihn nicht einfach links liegen? Am liebsten hätte ich dem Kerl sein selbstgefälliges Grinsen aus dem Gesicht geschlagen.

»Ach, lass mich doch in Ruhe«, murmele ich stattdessen und sehe demonstrativ zur Seite.

Aus den Augenwinkeln kann ich verfolgen, wie er erneut aufsteht und auf mich zugeht. Mein Herz beginnt augenblicklich zu galoppieren. Was will er bloß von mir?

Verunsichert nage ich an meiner Unterlippe und zucke zusammen, als sich seine Hand auf meine Schulter legt.

»Und deine, Prinzesschen?«, murmelt er. »Welche Farbe haben denn deine Augen?«

Er legt mir zwei Finger unter das Kinn und hebt es an.

»Sind sie von einem kalten Blau? Kalt und eisig wie ein Bergsee?«

Ich stehe stocksteif da. Der Kerl macht mir mittlerweile Angst.

»Du meinst wohl, du bist was Besseres, Kleine ... Aber merk dir, Hochmut kommt immer vor dem Fall.«

Mein Herz rast und ich frage mich, was er eigentlich von mir will und was ich ihm getan habe, dass er mich so einschüchtert. Meine Lider flattern und ich bin froh um die Sonnenbrille, die meine Augen vor ihm abschirmt. Ich wette, dass mir jeden Moment die Tränen in die Augen schießen.

»Ja, wahrscheinlich ein kaltes Blau, wie die Augen der Schneekönigin«, sagt er leise und ich sehe erschrocken, wie sich seine andere Hand auf meine Sonnenbrille zubewegt.

Blitzschnell fährt mein Arm in die Höhe, doch der Junge ist noch schneller und zieht mir mit einem Ruck die Brille von der Nase.

Im gleichen Augenblick fällt ihm buchstäblich das arrogante Grinsen aus dem Gesicht und er keucht laut vor Überraschung. Seine Mimik ist ein einziges Fragezeichen.

Peinlich berührt schlage ich die Augen nieder und stehe wie angewurzelt da. Meine Gedanken überschlagen sich. Fieberhaft suche ich nach einer Ausrede.

Ich zucke zusammen, als ich die Hand des Jungen, leicht wie den Flügelschlag eines Schmetterlings, an meiner Wange spüre.

»Was ist passiert?«, flüstert er besorgt.

Was soll ich ihm erzählen? In welche Ausreden könnte ich mich flüchten?

In diesem Augenblick durchschneidet Gekicher und Gekreische die morgendliche Stille. Mein Kopf schnellt nach oben. Wenige Meter entfernt sehe ich meine drei Freundinnen, die kichernd und albernd auf die Bushaltestelle zukommen.

Ihre Ankunft verleiht mir Mut und die Kraft, mich aus der unangenehmen Situation zu befreien.

»Nimm deine dreckigen Pfoten von mir!«, fauche ich und reiße dem Jungen die Sonnenbrille aus der Hand, schiebe sie mir auf die Nase und renne auf das Dreiergespann zu.

»Hey, da seid ihr ja endlich!«, rufe ich in einem übertrieben gut gelaunten Tonfall und lasse mich von meinen Freundinnen umringen.

»Na, Bella, alles fit?«, begrüßt mich Luise und umarmt mich kurz.

Ich lehne mich dankbar an meine beste Freundin.

»Sag mal, was wollte der denn von dir?«, fragt Luise und nickt mit dem Kinn in Richtung des Jungen, der wieder neben der Bank steht.

Ich wende langsam den Kopf und sehe noch einmal zu ihm hin. Der Kerl mustert mich so unverschämt, dass es fast einer Belästigung nahekommt. Trotzdem bilde ich mir ein, dass die Arroganz aus seinem Blick verschwunden ist. Jetzt liegt ein anderer Ausdruck auf seinem Gesicht.

Und plötzlich fällt es mir wie Schuppen von den Augen. Mitleid! Er betrachtet mich eindeutig mitleidig.

Und genau das kann ich so gar nicht gebrauchen. Es wird mir in meiner Lage eher schaden, als nutzen. Nicht auszudenken, wenn er mich vor meinen Klassenkameradinnen auf mein entstelltes Gesicht anspricht.

Und um genau dem vorzubeugen, antworte ich Luise mit lauter Stimme: »Dieser hässliche Freak hat versucht mich anzugraben.«

Ich lache und gebe mir Mühe, es besonders gehässig klingen zu lassen. »Aber wer glaubt der denn, wer er ist?«

Luise und der Rest der Mädchen stimmen ein albernes Gelächter an und damit scheint die Sache für sie erledigt.

Evas neustes Smartphone liefert weitaus interessanteren Gesprächsstoff als ein heruntergekommener Kerl, der an der Straße steht. Ich heuchele eifriges Interesse und lasse mir von ihr die Menüführung des brandaktuellen Geräts erklären. Evas Schickimicki-Getue geht mir oft gehörig auf die Nerven. Das Anwaltstöchterchen protzt ständig mit den neuesten In-Geräten und ihren Designerklamotten. Ich vermute, dass Eva täglich mehr Zeit vor dem Spiegel verbringt als der Rest der Menschheit in einer ganzen Woche. Auch heute fällt ihr kinnlanger, brauner Bob aalglatt und perfekt frisiert. Sie hat jeder auch noch so kleinsten Locke den Garaus gemacht. Doch an diesem Morgen danke ich Eva insgeheim für ihr niemals versiegendes Plappermaul. Es lenkt meine tristen Gedanken in eine andere Richtung. Weg von meinen Eltern, von der nach wie vor pochenden Schläfe und dem aufdringlichen Frühaufsteher.

Ich hebe den Kopf. Die Haltestelle füllt sich zusehends mit verschlafenen, lachenden, großen und kleinen Schülern. Ich werfe einen Blick auf meine hellblaue *Ice Watch* und frage mich gerade, wo der Bus bleibt, als dieser mit quietschenden Reifen in die Haltestelle einfährt. Ich erkämpfe mir in dem völlig überfüllten Bus einen Stehplatz neben Luise, der es auf unerklärliche Weise gelungen ist, einen Sitz zu ergattern.

»Also, als hässlich würde ich den Vogel jedenfalls nicht bezeichnen«, sagt Luise und rempelt mich mit dem Ellbogen sanft in die Seite.

»Hä? Was? Welchen Vogel?«

»Na, *den* Vogel!« Luise nickt den Gang hinunter. Unwillkürlich blicke ich in die gleiche Richtung.

Mr. Dunkel & Gefährlich schiebt sich, auf dem Weg in den hinteren Teil des Busses, langsam durchs Gedränge.

Sein Pony fällt ihm dabei über die Augen und ich frage mich, wie er überhaupt noch etwas sehen kann.

Mit den langen, dunklen Haaren und der schwarzen Lederjacke wirkt er wie einer der gefallenen Engel aus den Fantasybüchern, die ich so gerne lese.

Mein Blick gleitet gerade von seinen Lippen über die markanten Wangenknochen, als er sich plötzlich mit einer lässigen Bewegung die Haare aus dem Gesicht wirft und mir direkt in die Augen sieht.

Ich spüre sofort, wie mir die Röte ins Gesicht schießt.

Hastig wende ich mich wieder Luise zu und sage mit fester Stimme: »Ich weiß nicht, was du meinst. Ich finde ihn jedenfalls widerlich.«

Luise zuckt mit den Schultern. »Na ja, ich würde den Bad Boy jedenfalls nicht von der Bettkante stoßen.«

In diesem Augenblick hat er unsere Sitzreihe erreicht und ich bete, dass er Luises letzten Satz nicht gehört und nicht gemerkt hat, dass *er* damit gemeint war.

Sachte schiebt sich sein Körper an meinem vorbei, und obwohl mehrere Lagen Kleidung seine Haut von meiner trennen, stellen sich die feinen Härchen auf meinen Armen auf und ich fröstele leicht.

Idiot, Idiot, Idiot.

»Deine Sonnenbrille ist einfach *wow!*«, sagt Luise da plötzlich interessiert. »Kann ich die mal aufsetzen?«

Ich schrecke auf. Unwillkürlich zuckt meine Hand zur Brille und ich weiche ein Stück zurück, soweit das in dem völlig überfüllten Bus möglich ist.

»N…n…nein«, stottere ich. »Das g…geht nicht. Meine Augen … Infektion.«

Ich suche krampfhaft nach weiteren Ausflüchten, doch Luise hebt beschwichtigend die Hände.

»Schon gut, nicht dass ich mir mit dem Teil noch Bakterien in meine Strahleaugen hole.« Luise grinst anzüglich und fährt sich betont langsam durch ihre langen, braunen Haare. »Ich brauche meine Äuglein am Samstag schließlich noch zum Flirten.«

»Am Samstag?«

Luise stößt die Luft aus.

»Sag mal, was geht denn mit dir heute? Samstag, Party, Ben ... klingelt's?«

»Ach ja, sorry.«

Luise verdreht die Augen. »Ich glaub, du solltest erst mal richtig wach werden!« Mit diesen Worten zieht sie ihr Smartphone aus der Tasche, schießt ein grinsendes Selfie und postet es auf ihrer Facebook-Seite. Anschließend scrollt sie sich durch die aktuellen Beiträge.

Den Rest der Busfahrt begnüge ich mich damit, abwesend auf Luises Handy zu starren. Wenigstens kann ich so den Blick des Jungen hinter mir ignorieren, der sich förmlich in meinen Rücken brennt.

Kai

Warum kann ich meinen beschissenen Blick nicht von der Kleinen abwenden? Sie ist eindeutig ein reiches, schnöseliges Püppchen. Eigentlich so gar nicht mein Geschmack. Doch irgendetwas reizt mich an ihr und das ärgert mich, vor allem, da mir klar ist, dass sie mich ohnehin für einen hässlichen Freak hält. Das hat sie jedenfalls deutlich zu ihrer Freundin gesagt.

Ich starre aus dem Fenster und versuche mich auf andere Gedanken zu bringen, was leider nicht so recht klappen will. Woher hat sie diese Verletzung im Gesicht? Wenn ich sie mir so anschaue, kann ich mir kaum vorstellen, dass sie in ihrer Freizeit Kickboxen betreibt oder dass sie sich mit ihren Freundinnen prügelt. Mädchen wie sie stehen eher auf ... Klamotten und ... Klamotten und ... vielleicht noch Klamotten? Der Horizont dieser reichen Schnepfen reicht meistens nur von ihrem Kleiderschrank bis zum Badezimmerspiegel und wieder zurück. Also wer zum Geier hat sie so zugerichtet? Ich beschließe, ihr kleines, dreckiges Geheimnis aufzudecken. Natürlich nur aus dem einen Grund. Mir gefällt es, so eine Möchtegerntussi vorzuführen.

Stöhnend lehne ich meinen Kopf an eine der Haltestangen. Ich bin todmüde. Es war eine lange Nacht. Erst in den frühen Morgenstunden bin ich mit meinen Jungs zurück zum Treffpunkt gekommen. Beim Bruch in diese Bonzenvilla am Stadtrand haben wir gründlich abgesahnt. Die anschließende

Party im Abbruchhaus, unserem geheimen Gangquartier, war der Hammer. Ich habe keine Ahnung mehr, wie oft ich es mit Lil getrieben habe. Die anderen haben sich volllaufen lassen. Genau das Richtige nach unserer nächtlichen Aktion. Damit ich nicht als verfickter Loser dastehe, hab ich mir auch eine Bierflasche geschnappt und den Inhalt dann heimlich gegen Wasser getauscht. Immerhin brauche ich für die Schule einen klaren Kopf. Die Schule und die Gang sind die einzige Zuflucht in meinem ansonsten so abgefuckten Leben. Ich hoffe, ich überstehe den heutigen Tag, ohne einzupennen.

Mein Blick fällt erneut auf die seidigen blonden Haare der kleinen Schickimicki-Braut. Sie sehen so weich und glänzend aus. Wie sie sich wohl in meiner Hand anfühlen würden? Fuck! Wüsste ich nicht, dass ich nur Wasser getrunken habe, würde ich denken, ich wäre besoffen und würde vor mich hin fantasieren. Aber vielleicht kann ich einfach vor lauter Müdigkeit nicht mehr klar denken.

2. Kapitel

Annabell

Kaum erreicht der Bus die Schule und lässt die Türen aufschnappen, springe ich schon aus dem Fahrzeug, rücke prüfend die Sonnenbrille zurecht und halte erwartungsvoll nach Luise Ausschau.

»Erst siehst du so aus, als ob du noch halb pennen würdest, und dann kannst du gar nicht schnell genug in die Schule kommen.«

Ich grinse. »Mir war es nur zu eng da drin.«

Und ich will aus seinem Blickfeld verschwinden, bevor er einen blöden Spruch wegen meiner Verletzung loslässt. Ungeduldig ziehe ich Luise am Ärmel.

»Komm schon. Ich will endlich rein. Hier draußen ist es viel zu heiß.«

Luise schüttelt meine Hand ab. »Jetzt lass mich doch wenigstens mein Handy noch in den Rucksack packen.«

Entnervt warte ich, bis meine Freundin den Reißverschluss wieder zuzieht, als der Bus auch schon Mr. Lederjacke vor der Schule ausspuckt.

Ich werde immer hektischer und weiß selbst nicht, warum.

»Komm jetzt! Ich krieg hier gleich 'nen Hitzekoller!«

Luise runzelt die Brauen. »Sag mal, stehst du unter Drogen oder was? So heiß ist es jetzt auch wieder nicht.« Sie scannt mich misstrauisch von oben bis unten. »Aber wenn das Zeug, das du genommen hast, einem auch beim Denken hilft, dann kannst du mir gerne was davon abgeben. Ich weiß nämlich nicht, wie ich diese Englischarbeit heute durchstehen soll.«

Ich tippe mir an die Stirn. Eher wird ein Löwe zum Vegetarier, als dass Luise sich Drogen reinpfeift.

»Du hast doch einen Knall!«

»Mich wundert bloß, wie so einer es überhaupt aufs Gym geschafft hat«, wirft Luise ein und deutet auf den Jungen mit der schwarzen Lederjacke, der jetzt vor uns die Treppe zur Eingangstür hinaufgeht.

»Sag mal, was hast du andauernd mit diesem blöden Typen? Das nervt langsam!« Ich werfe mir den Rucksack auf die Schulter und stapfe energisch davon.

Nach wenigen Metern holt Luise mich ein.

»Ich würde echt gerne wissen, was mit dir heute abgeht. Ist doch verwunderlich, wieso jemand, der so aussieht, aufs Gym geht, oder etwa nicht?«, sagt sie kopfschüttelnd.

Ich stoße gereizt die Luft aus. »Der Kerl geht schon ewig hier zur Schule und bis jetzt hat er dich nie interessiert. Wahrscheinlich hat er am PC sein Zeugnis gefälscht oder er hat dem Rektor damit gedroht, seine schwarzen Teufelsbrüder auf ihn zu hetzen, wenn er ihn nicht aufnimmt.« Ich ernte einen verständnislosen Blick.

»Was denn? Du hast doch eben selbst gesagt, dass er nicht so aussieht, als ob er hierhergehören würde.«

»Ja, aber ...«

»Mensch, Lui, können wir jetzt endlich aufhören, über diesen dämlichen Kerl zu reden?«

Es ist unübersehbar, dass Luise die nächste Frage unter den Nägeln brennt. Doch schließlich ringt sie sich ein halbes Lächeln ab und nickt.

»Danke.« Ich seufze erleichtert.

»Du, sag mal«, frage ich, als ich wenig später eingehakt am Arm meiner Freundin zum Klassenzimmer trödele. »Kann ich in Englisch bei dir abschreiben? Ich habe wirklich gelernt, aber diese blöden Vokabeln ... ich kann sie mir einfach nicht merken. Und dann auch noch die Grammatik ... Das ist doch alles zum Kotzen!«

Ich stecke mir den Finger in den Mund und tue so, als müsse ich würgen.

Luise zuckt die Schultern. »Von mir aus. In Grammatik bin ich auch nicht so fit, aber die Vokabeln hab ich einigermaßen drauf.«

Ich nehme meine Freundin in die Arme und drücke sie. »Was würde ich nur ohne dich machen!«

»Schon gut«, brummt Luise gutmütig.

Im Klassenzimmer lege ich dem Schmidt unaufgefordert die Entschuldigung vor. Der Lehrer akzeptiert sie wortlos, was mich fast ein wenig wundert. Die dummen Kommentare meiner Mitschüler, ob ich wohl zum Vampir mutiert sei, weil ich in geschlossenen Gebäuden eine Sonnenbrille tragen müsse, bringe ich mit der Schilderung meines vorgetäuschten Krankheitsbildes zum Verstummen.

Die ersten beiden Schulstunden verlaufen im alltäglichen Trott.

»Lass uns draußen in die Sonne setzen, ich muss noch etwas für meinen Teint tun«, schlägt Luise zu Pausenbeginn vor, und ich habe dem nichts entgegenzusetzen.

Wir lassen uns auf einer Bank nieder und Luise streckt ihr Gesicht der Sonne entgegen. Ich schlage das Englischheft auf und versuche krampfhaft, mir noch die eine oder andere Vokabel einzubläuen. Doch als kurz darauf die schwatzhafte Eva samt ihrem Anhang Charlotte hinzukommt, lasse ich das Heft kampflos sinken. Bei Evas Gegiggel ist es selbst dem größten Streber nicht möglich, sich auch nur das kleinste bisschen zu merken.

»Die Party bei Ben wird der Hammer!«, ruft Eva aufgeregt.

»Aber ich weiß noch gar nicht, was ich anziehen soll.« Charlotte zieht einen Flunsch.

»Wie wäre es mit einer Shoppingtour morgen Nachmittag?« Charlotte wendet sich an Luise und mich. »Kommt ihr auch mit?«

Während Luise begeistert nickt, schüttele ich den Kopf.

»Hä? Wieso denn nicht?«

»Ich hab eine Entzündung an den Augen. Das brennt ziemlich. Ich bin froh, wenn ich nicht in die Sonne muss.«

Wie könnte ich, ohne die Brille abzunehmen, zig Kleider anprobieren? Ein Ding der Unmöglichkeit.

»Wie ist das denn passiert?«, fragt Charlotte neugierig.

Nachdem ich die Lüge von heute Morgen noch einmal für Eva und Charlotte wiederholt habe, wird die weitere Planung des morgigen Nachmittages ohne mich besprochen.

»Ich hole mir mal eben was zu trinken«, murmele ich und stehe auf. Da ich bei der Shoppingtour sowieso nicht mit von der Partie sein kann, langweilt mich das Gespräch über Kleider, Täschchen und Schuhe plötzlich zu Tode.

Ich ziehe eine Flasche Wasser aus dem Getränkeautomaten im Schulflur und lehne mich gegen das Gerät. Das kalte Metall des Automaten kühlt meine von der Sonne aufgeheizte Haut. Meine Gedanken kreisen um die Party am Wochenende.

Mein Vater wird darauf bestehen, dass ich mit auf diese Party gehe. Immerhin ist es *die* Gelegenheit, seine perfekte Familie vorzuführen. Bens Vater, Chefarzt in der städtischen Klinik, gibt jedes Jahr um diese Zeit eine Sommerparty. Diese Feiern sind legendär. Alles was Rang und Namen hat, versammelt sich dort.

Dabei laufen die Partys stets nach dem gleichen Schema ab. Anfangs Smalltalk, danach das reichhaltige Buffet mit Speisen, deren Geschmack zweitrangig ist, Hauptsache teuer und edel. Und im Anschluss spielt eine Musikband und lädt die Erwachsenen zum Tanzen ein. Die Kids vergnügen sich einstweilen im hinteren Bereich des Gartens am Lagerfeuer oder im Pool.

Bens Party ist stets eines der Sommer-Highlights für mich. Doch wenn ich daran denke, mich mit Sonnenbrille im dunklen Garten amüsieren zu müssen, wird mir schlecht.

Ich werde entweder halb blind durch die Gegend torkeln oder mich darauf beschränken müssen, den Abend einsam an einem Tisch in irgendeiner finsteren Ecke zu verbringen. Tolle Aussichten! Doch es bleibt mir gar nichts anderes übrig: Ich muss mitgehen, denn mein Vater bestimmt und ich habe zu gehorchen.

Ein energisches Räuspern rüttelt mich auf.

Ich zucke zusammen und stoße mich vom Getränkeautomaten ab. Vor mir steht niemand anderes als Mr. Lederjacke.

»Was willst du?«, fahre ich ihn an und umklammere die Wasserflasche wie eine Rettungsboje.

»Willst du eigentlich den ganzen Tag mit der Sonnenbrille herumlaufen?«

»Geht's dich was an?«, fauche ich.

Unbeeindruckt von meiner Biestigkeit fährt er fort: »Hast du die sogar im Unterricht getragen?«

»Stört's dich, oder was?« Ich will nicht mit ihm reden. Zu groß ist meine Angst, dass er die Wahrheit ans Licht bringt.

Er lächelt. »Nein, ich denke bloß, dass du sehr gut im Erfinden von Geschichten sein musst, wenn du damit durchgekommen bist.«

»Ich hatte ein Attest!« Im selben Moment hätte ich mir am liebsten auf die Zunge gebissen.

»Ein Attest?« Der Junge zieht die Augenbrauen in die Höhe.

»Willst du mir erzählen, dass dir ein Arzt ein Attest ausgestellt hat, damit du die Brille im Unterricht auflassen kannst und niemand sieht, dass dich jemand verdroschen hat?« Er kommt näher. Sein Gesicht schwebt gefährlich nahe vor meinem.

Ich halte unwillkürlich die Luft an.

»Sag mal, willst du mich wieder verarschen?«

Seine körperliche Nähe gibt mir das Gefühl, ersticken zu müssen. Ich stemme ihm die Hände gegen den Brustkorb und schiebe ihn von mir weg. Ich will nichts mit ihm zu tun haben.

»Mein Vater ist Arzt und er hat mir das Attest ausgestellt. Zufrieden?«

Mit diesen Worten lasse ich ihn stehen und renne zurück ins Klassenzimmer, wo die Englischschulaufgabe schon auf mich wartet wie der Henker auf einen Verurteilten.

Ich rücke den Stuhl neben Luise zurecht und schiebe unauffällig die Schultasche, die als Blickschutz dienen soll, ein Stück nach vorne, so dass eine kleine Lücke entsteht. Gerade groß genug, um einen Blick auf das Blatt meiner Freundin zu erhaschen.

»Annabell, wärst du bitte so freundlich, dich nach vorne zu setzen? Vitus ist heute krank und sein Tisch ist ganz frei. Dann haben Luise und du mehr Platz.«

Mir kommt die Galle hoch. Diese blöde Kuh! Als ob wir nicht genug Platz gehabt hätten!

»Aber gerne, Frau Lang.«

»So, die Stifte gezückt und los geht's! Viel Glück euch allen!«

Von wegen Glück, die freut sich doch, wenn sie uns eins reinwürgen kann.

Ich schlage die erste Seite auf und lese den Text, den wir übersetzen sollen. Den kann ich mir noch mit etwas Fantasie zusammenreimen. Doch bei der nächsten Aufgabe versage ich bereits bei der Fragestellung.

»Replace the participles using an adverbial phrase!«

Participles, participles ... Was zum Teufel noch mal waren *participles?*

Ich raufe mir die Haare, kaue den Kugelschreiber hinten kaputt und schicke meine Fingernägel ins Jenseits. Doch es hilft alles nichts. Mein Gehirn ist wie leer gefegt. Eine Wüste, eine verdammte Sahara.

Der Gong läutet zum Ende der Stunde und Frau Lang sammelt gnadenlos sämtliche Tests ein.

»Na, Annabell, ich hoffe, dieses Mal sieht es besser für dich aus«, sagt sie, während sie mir das Papier wegzieht. Um ihren Mund zuckt es.

Ich beiße die Zähne zusammen.

Irgendwann, irgendwann werde ich dich ... Du doofe, hinterhältige Kuh!

Luise tritt an meinen Tisch und legt mir die Hand auf die Schulter. »Na, wie war's? Ich hätte Schlimmeres erwartet«, sagt sie und lächelt.

»Schlimmeres? Bist du Einstein oder was?«

Luise streicht mir beruhigend über den Rücken. »So schlecht gelaufen?«

»Lass uns bitte von was anderem reden, ja?«

Schwer wie ein Sack Zement lastet die Englischschulaufgabe auf mir, als ob sie darauf wartete, mich jeden Moment in die Tiefe zu ziehen.

Kai

Als die Schule zu Ende ist, wandern meine Augen suchend durch die Menge der Schüler, die aus dem Schulgebäude strömen. Als mir bewusst wird, nach was, oder besser gesagt, nach wem ich Ausschau halte, stoße ich lautlose Flüche aus. Ich weiß, verdammt noch mal nicht, was da auf einmal mit mir abgeht. Wahrscheinlich habe ich einfach Samenstau oder so.

Ich steige in den Bus, ziehe mein Handy aus der Tasche und texte Lil, ob sie Bock auf mich hat. Lil sendet mir umgehend das Bildchen »Daumen hoch« und ich muss grinsen. Lil hat immer Bock auf mich. Sie steht auf mich.

Ich merke, wie mich die Müdigkeit übermannt und mir immer wieder die Augen zufallen. Es war eine beschissen lange Nacht und Lil und ich haben fast durchgehend Hochleistungssport betrieben.

Nur mit größter Mühe überstehe ich diese Busfahrt in einem halbwegs wachen Zustand. Als ich an der Haltestelle aus dem Bus taumle, beschließe ich, dass Lil noch ein wenig warten muss. Ich bin so fertig, dass ich mich erst mal ein paar Stunden aufs Ohr hauen muss. Kurz überlege ich, ob ich ihr eine Nachricht schreiben soll, doch dann entscheide ich mich dagegen. Im Prinzip ist es mir scheißegal, ob sie enttäuscht ist oder nicht. Lil ist für mich einfach nur ein gelegentlicher Fick.

Unsere Haustür steht sperrangelweit offen. Wie fast immer. Aber wenn einer glaubt, bei uns gäbe es etwas zu holen, ist er entweder blind oder geistesgestört. Ein kurzer Blick in den Kühlschrank bestätigt mir, dass meine Mutter wieder nichts eingekauft hat. Den Blick in den Ofen oder in einen der herumstehenden Töpfe kann ich mir sparen. Meine Mutter hat das letzte Mal gekocht, als ... verfluchte Scheiße, ich kann mich nicht daran erinnern.

Wütend knalle ich den Kühlschrank zu und versuche das bohrende Grummeln in meinem Magen zu ignorieren.

Als ich kurze Zeit später im Bett liege und die Augen schließe, tanzen Bilder von einem blonden Mädchen mit seidigen Haaren in meinem Kopf herum. Diese beschissene Verletzung hat ihr Gesicht ziemlich entstellt, doch man konnte trotzdem sehen, wie wunderschön sie ist.

Wunderschön? Das habe ich jetzt nicht wirklich gedacht, oder? Ich glaub, ich werde schizophren. Eine Braut ist heiß oder geil, aber doch nicht wunderschön. Verfickte Scheiße, warum mache ich mir nur ständig Gedanken um sie! Ich drücke die Augen fest zu und versuche zu pennen. Wenn ich wieder auf dem Damm bin, werde ich meine innere Unruhe möglichst schnell durch heißen Sex mit Lil loswerden.

3. Kapitel

Annabell

Den Freitag verbringe ich die meiste Zeit lesend in meinem Bett. Da für diesen Tag das Sportfest angesagt ist, schreibt mein Vater mir wieder eine Entschuldigung. Hochsprung, Weitsprung und Sprint bergen immerhin die Gefahr, dass meine Sonnenbrille von der Nase rutschen und die Blessur für alle sichtbar werden könnte.

Ich bin gerade an der Stelle angekommen, als der gefallene Erzengel Michael der schönen Isabella sein dunkles Geheimnis offenbaren will, als die Tür aufgerissen wird und meine Mutter hereinspaziert kommt.

»Welches Kleid ziehst du morgen an?«

Ich schiebe das Buch zur Seite.

»Ich soll also tatsächlich mit zur Party?«

Meine Mutter bedenkt mich mit einem etwas verwirrten Gesichtsausdruck. »Was hast du denn gedacht? Welchen Grund sollte es dafür geben, dass du zu Hause bleibst? Du weißt, dass dein Vater es niemals akzeptieren würde, wenn du nicht mitkommst.«

Wortlos streiche ich mir das Haar aus dem Gesicht und deute auf meine geschwollene Schläfe.

Sie blickt zur Seite, geht auf meinen Kleiderschrank zu und beginnt umständlich darin herumzuwühlen.

»Ach deswegen. Nein, es ist doch schon viel besser geworden. Wir werden dir ein gut deckendes Make-up auflegen und du kannst zusätzlich die Sonnenbrille tragen. Zu späterer Stunde wird die Dunkelheit dann den Rest erledigen.«

Meine Mutter dreht sich um, ein leichtes gelbes Sommerkleid in den Händen.

»Halte dich nur vom Pool fern. Ansonsten besteht fast kein Risiko. Bens Eltern leuchten den Garten bestimmt wie jedes Jahr nur mit Kerzen und kleinen Lampions aus.«

Nach diesen Worten rauscht sie aus dem Zimmer und die Sache scheint für sie erledigt zu sein.

***

Die Party steigt abends um acht. Bereits um fünf Uhr beginnt Mum mit einem enormen Aufwand, sich und mich in die Königinnen des Abends zu verwandeln.

Allein die Schminkprozedur mit Abdeckstift, Make-up, Rouge und sämtlichen Zutaten, die der Schminkkoffer so hergibt, dauert eine geschlagene Stunde. Die zuvor aufgedrehten Haare fallen mir in dicken blonden Locken bis weit über den Rücken. Die aufgebrezelten Barbiepuppen sind ein Witz gegen mich. Von klein auf hat man mir beigebracht, dass Reichtum, Schönheit und ein guter Ruf das Wichtigste im Leben sind.

Ein letzter Blick in den Spiegel zeigt mir, dass Mutter ganze Arbeit geleistet hat. Die dicke Schicht Make-up im Gesicht verbirgt tatsächlich einen Großteil der blaugrünen Flecken. Die Schwellung, die sowieso schon fast verschwunden ist, kann man nur bei genauem Hinsehen noch erahnen.

Vorsichtshalber schiebe ich mir trotzdem die schwarze Brille auf die Nase.

Mein Vater empfängt uns mit ausgebreiteten Armen am Fuß der Eingangstreppe.

»Das sind sie ja, meine Schönheiten!« An seinem breiten Grinsen erkenne ich, dass er fast platzt vor Stolz.

Was für eine perfekte Familie!

Er geleitet uns zu dem schwarzen Mercedes, der vor der Tür steht und im letzten Sonnenlicht des Tages glänzt wie ein kostbarer Edelstein.

Dann fährt er los und ich blicke auf die vorbeigleitende Landschaft und male gedankenverloren Kringel auf den seidigen Stoff meines Sommerkleides. Wenig später rollt unsere Limousine auf das Anwesen von Chefarzt Dr. Plank. Ich habe bereits den Türöffner in der Hand, als die Worte meines Vaters mich am Aussteigen hindern.

»Fräuleinchen, ich erwarte von dir, dass du dich benimmst«, sagt er streng. »Kein Alkohol, keine Eskapaden oder sonstige Peinlichkeiten! Hast du mich verstanden?«

»Ja, Papa«, wispere ich brav und senke den Blick.

»Ach, und Annabell«, Papa dreht sich nach hinten, »sieh mich gefälligst an, wenn ich mit dir rede!«, herrscht er mich an.

Zögerlich hebe ich den Kopf.

Dann gleitet ein zufriedenes Lächeln über sein Gesicht. »Und kümmere dich ein bisschen um Jannik. Er wird bald sein Medizinstudium beenden und bei seinen herausragenden Leistungen wird er sicher in die Fußstapfen seines Vaters treten. Eine nicht zu verachtende Partie.« Er grinst anzüglich.

Ich nicke kaum merklich. Ich finde Jannik widerlich. Er ist Bens Bruder und ganz anders als Ben. Ein schmieriger, unansehnlicher Kerl, der jedem Rock hinterherjagt und überzeugt davon ist, dass der Ruhm und das Geld seines Vaters ihm jede noch so gut verschlossene Tür auf diesem Planeten öffnen werden.

»Und, Annabell? Ich warte auf eine Antwort!«

»In Ordnung, Papa.« Meine Stimme ist nicht mehr als ein Hauch.

Mein Vater gibt ein wohliges Brummen von sich und steigt aus dem Wagen.

***

Wir werden überschwänglich in Empfang genommen. Doch die vielen Mitleidsbekundungen zu meiner vorgetäuschten Augeninfektion hängen mir schon nach kurzer Zeit zum Hals heraus.

Nach unzähligem Händeschütteln und belanglosen Smalltalks, in denen sich mein Vater in der Rolle des treu sorgenden Vaters und Ehemannes aufspielt, folgt der offizielle Teil des Abends.

Dr. Planks Rede über Karrierechancen, Geldgeber und das Krankenhaus öden mich noch mehr an als unser monotoner Englischunterricht. Zum Schluss spricht er, ganz Egomensch, einen Toast auf sich selbst und seine natürlich wundervolle Familie aus.

Ein höflicher Applaus bereitet dem Spektakel ein würdevolles Ende und der Chefarzt erklärt das Buffet für eröffnet.

Mir fällt ein Stein vom Herzen. Wie jedes Jahr löst sich die Festgesellschaft nun in verschiedene Grüppchen auf. Die Jugendlichen dürfen sich zu ihresgleichen gesellen, während die Erwachsenen sich nach einem gepflegten Essen auf der Tanzfläche tummeln oder sich gegenseitig im »Was hab ich, was bin ich« übertrumpfen.

Ich reihe mich in die Schlange am Buffet. Die Nacht tastet sich bereits voran und ich muss mir mit der dunklen Brille Mühe geben, damit ich Cocktailtomaten von Trauben unterscheiden kann.

Ich balanciere den beladenen Teller vorsichtig in den hinteren Teil des Gartens. Der Mond steht mittlerweile am Himmel und taucht das Anwesen mit den flackernden Kerzen überall in ein fahles Licht.

Auf einer hölzernen Gartenbank, die mit ihren dicken kurzen Füßen wie ein verunglückter Troll wirkt, lasse ich mich aufatmend nieder. Der Duft der wuchtigen Schmetterlingsflieder, die auf beiden Seiten der Bank stehen, liegt schwer und süß in der lauen Nachtluft. Ich sauge den berauschenden Mix aus Blütenduft und Holzkohlegeruch tief in meine Lungen. Unweit von mir amüsieren sich meine Freunde und Schulkameraden, entweder tobend im Pool oder schwatzend vor dem lodernden Lagerfeuer, das seine Flammen wie glühende Hände in den Himmel streckt, als wolle es ihm etwas entreißen.

Der Lärm der johlenden Jugendlichen dringt gedämpft an mein Ohr und ich genieße die entspannende Einsamkeit hier auf meiner Bank.

Für den Moment fühle ich mich wohl, mich nicht verstellen oder funktionieren zu müssen. Ich kann einfach ich selbst sein in dieser wunderbar lauen Sommernacht.

Ich lehne mich zurück, lasse eine Traube in meinem Mund verschwinden und schließe die Augen. Ich spüre, wie die feste Frucht in meinem Mund zerplatzt und im gleichen Moment sämtliche Geschmacksknospen explodieren.

Ich stöhne verzückt und lecke mir mit der Zunge über die Lippen.

Sie schmeckt wirklich zu köstlich!

»Gibt es auch noch andere Dinge, die dich in Ekstase versetzen oder braucht es dazu immer eine Handvoll Trauben?«

Ich fahre zusammen.

»Was?«, stoße ich erschrocken hervor und pruste dabei kleine Obststückchen aus meinem Mund.

Vor mir steht der unverschämte Kerl vom Donnerstagmorgen und grinst mich schadenfroh an.

»Spinnst du? Mich so zu erschrecken! Was machst du überhaupt hier?« Ich mustere ihn misstrauisch.

»Na, eingeladen bin ich jedenfalls nicht oder glaubst du, jemanden wie mich würde Dr. Plank auf die Gästeliste seiner Schickimicki-Party setzen?« Er zieht verächtlich die Mundwinkel nach unten.

»Und was tust du dann hier?«, frage ich erneut und kann nicht verhindern, dass ich dabei extrem genervt klinge. Ich mustere ihn von oben bis unten. »Wie siehst du überhaupt aus? Hast du endlich gecheckt, dass deine Klamotten ein Fall für die Altkleidersammlung sind?« Normalerweise bin ich nicht so ekelhaft, aber seine ständigen Einmischungen regen mich tierisch auf.

Er steckt in schwarzen Stoffhosen samt passendem Jackett und sieht darin eigentlich gar nicht so übel aus, wobei ich das niemals zugeben würde.

Dem Jungen gefriert das Lächeln im Gesicht und fast, aber auch nur fast, tut mir meine Bemerkung leid, immerhin schießt er mich auch ständig hoch.

»Ich merke schon, ich bin anscheinend weit unter deinem Niveau. Mit so jemandem wie mir gibt sich natürlich ein Töchterchen aus feinem Hause nicht ab.« Er bückt sich leicht und erst jetzt sehe ich das Tablett mit den vielen Champagnerflöten, das er in den Händen hält.

»Sorry, ich wollte mich nicht aufdrängen. Eigentlich wollte ich mich nur erkundigen, wie es dir geht.« Er pustet sich das Haar aus der Stirn und stiefelt mit dem teuren Sprudelwasser davon.

»He, warte mal!« Ich springe auf, laufe ihm hinterher und lege ihm die Hand auf die Schulter. »Es tut mir leid. Ich wollte nicht gemein sein, aber du warst vorgestern auch alles andere als nett zu mir.«

Er dreht sich zu mir um und sieht mir tief in die Augen, mit einem Blick, den ich wieder nicht deuten kann.

Langsam hebt er die Hand, streicht mir vorsichtig eine Locke aus dem Gesicht und zieht mir die Sonnenbrille auf die Nasenspitze.

»Wenn ich es nicht besser wüsste ...«, murmelt er und klemmt die Locke hinter mein Ohr. »Es ist fast nicht mehr zu sehen.«

Ich schlucke an dem Kloß, der fest in meinem Hals steckt. »Schminke«, erkläre ich achselzuckend und klemme mir die Brille an den Ausschnitt meines Kleides. Es ist Nacht geworden, darum erlaube ich mir, sie abzusetzen.

»Verrätst du mir jetzt, wie das passiert ist?«

Ich schüttle mir das Haar zurück ins Gesicht, was mir einen Augenblick Bedenkzeit verschafft. Sein prüfender Blick verunsichert mich.

»Ich ... äh ... also, ... ich bin auf der Treppe hingefallen.«

Er schaut mich so forschend an, dass ich mich förmlich zu winden beginne.

»So, so die Treppe also. Beim Runtergehen oder beim Raufgehen?«

»B...b...beim Runtergehen«, stammele ich.

»Ich heiße Kai Kestner«, sagt er und streckt mir die Hand entgegen.

Ich bin wahnsinnig erleichtert, dass er mir mein Gestammel abnimmt, und ergreife seine Hand.

»Annabell Beck.«

Kai, sichtlich bemüht ein Grinsen zu unterdrücken, stellt das Tablett auf die Erde.

»Was ist daran so komisch?«, frage ich verärgert.

Kai steckt die Hände in die Hosentaschen und wippt auf den Füßen. Sein Schmunzeln ist schon fast ansteckend.

»Annabell. Das hört sich an wie ...«

»Wie was?«

»Wie der Name einer Fee oder einer Märchenprinzessin.«

Ich kneife verärgert die Augen zusammen. »Als ob Kai besser wäre. Wie Kai Pflaume, du Pflaume!«

Plötzlich prustet der Junge los.

»Was soll das denn schon wieder?«

Kai lacht immer lauter, Tränen treten ihm in die Augen.

Ich werde immer wütender. Zornig funkele ich ihn an.

Kai krümmt sich inzwischen vor Lachen.

»Annabell wie diese Babypuppe?«, japst er.

Er kriegt sich kaum noch ein. »Baby Annabell«, stößt er prustend hervor.

Wenn Blicke töten könnten, würde dieser Kai hier und jetzt das Zeitliche segnen. Doch leider verfüge ich über keine magischen Fähigkeiten.

»Wusste gar nicht, dass du mit Puppen spielst, weil du so gut darüber informiert bist.«

Und ehe ich überhaupt begreife, was ich da tue, schnappe ich mir eines der Gläser von seinem Tablett und gieße es Kai über den Kopf.

»Idiot!«, zische ich und spaziere hoch erhobenen Hauptes davon.

Doch Kai läuft mir schon wieder hinterher.

Atemlos und noch immer nach Luft ringend geht er neben mir her.

»Sei doch nicht eingeschnappt, das ist doch lustig.«

»Ja, für dich vielleicht«, knurre ich.

»Komm schon, Annabell, lass uns noch mal von vorn anfangen.«

Beim Klang meines Namens hat er Mühe nicht schon wieder loszulachen. Er zwinkert mir übertrieben fröhlich zu.

Mir zuckt es gewaltig in den Fingern. Nur unter Aufbietung sämtlicher Willenskraft gelingt es mir, ihm jetzt keine zu scheuern.

»Warum nennst du mich nicht einfach Bella, bevor du jedes Mal kurz davor bist zu ersticken, nur weil du meinen Namen aussprechen musst.«

Ein süffisantes Lächeln huscht über Kais Gesicht.

»Bella ... hmmm, die Schöne. So willst du also genannt werden.«

Er legt eine Hand vor den Mund. Am Funkeln seiner Augen erkenne ich, dass er immer noch schmunzelt.

Ich rolle mit den Augen. »Lassen wir es einfach, okay?«

»Ich muss jetzt sowieso zurück ins Getümmel«, stellt er nüchtern fest. »Herr Plank bezahlt mich sicher nicht dafür, dass ich hier den Alleinunterhalter für dich spiele. Wobei er über meinen nassen Aufzug alles andere als erfreut sein wird.«

»Selbst schuld!« Ein zufriedenes Grinsen spielt um meine Lippen.

»Falls er mich fragt, wie es dazu kam, werde ich ihm berichten, dass du es gerne feucht und schmutzig liebst.«

Mir gefriert das Lachen im Gesicht.

»Das tust du nicht wirklich, oder?«

Kai verbeugt sich feixend.

»So leid es mir tut, meine Schöne, du wirst den Rest des Abends wohl auf mich verzichten müssen.«

Ich fasse mir ans Herz und taumele zurück.

»Oh mein Gott, wie soll ich das nur überleben.«

Doch bevor Kai verschwindet, umschließt er mit sanftem Griff mein Kinn und hebt es behutsam an, so dass ich ihm direkt in die Augen sehen muss.

»Übrigens, was deine Verletzung betrifft, glaube ich dir kein Wort! Wenn du die Treppe heruntergefallen wärst, wärst du entweder auf den Hinterkopf geknallt oder auf deinem süßen Arsch gelandet. Alles andere wäre ein wenig abenteuerlich.«

Wortlos starre ich ihm hinterher und überlege, ob ich ihn wegen seines Hochmuts hassen oder wegen seines Scharfsinns bewundern soll.

Kai

Die Kleine will mich eindeutig verarschen, doch nicht mit mir! Ich hab mich noch nie an der Nase herumführen lassen. Niemals hätte ich damit gerechnet, sie heute Abend hier zu sehen. Doch wenn ich ein wenig mein Gehirn eingeschaltet hätte, hätte ich es mir denken können. Diese reichen Säcke nutzen doch jede Gelegenheit, sich unter ihresgleichen zu mischen. Ich fühle mich hier sowieso schon wie der letzte Abschaum und dann muss ich mich in diesem bescheuerten Pinguinanzug auch noch vor ihr zum Affen machen. In meinen Punkklamotten fühle ich mich sicher und cool. Ich weiß, dass viele allein von meinem Styling oder eher gesagt nicht vorhandenen Styling abgeschreckt werden. Ein böser Blick, eine hochgezogene Augenbraue und sie ziehen den Schwanz ein. Doch diesen albernen Aufzug hasse ich. Nur wie soll ich sonst an Kohle kommen? Es ist verdammt schwer, neben der Schule eine Arbeit zu finden, also bleibt mir nichts anderes übrig, als Hiwi-Jobs anzunehmen. Und einer davon ist eben, für die reichen Arschlöcher den Idioten zu spielen.

»Noch ein Glas Champagner?«, frage ich dämlich grinsend eine alte, aufgebrezelte Ziege und halte ihr das Tablett hin.

Mann, nervt mich das alles hier! Schon wieder irren meine Augen suchend durch den Garten. Am liebsten würde ich alle Gläser dieses Gesöffs selbst kippen und mir die Kante geben, nur damit die Kleine endlich aus meinem Schädel verschwindet.

4. Kapitel

Annabell

»Was stehst du hier so rum? Keine Lust auf den Pool?« Luise tänzelt in ihrem knappen Bikini vor mir hin und her und schlingt sich bibbernd die Arme um den Oberkörper. Wasser rinnt aus ihren Haaren und bildet eine kleine Pfütze auf dem Boden.

Ich schüttele den Kopf. »Ich kann nicht. Mein Dad hat mich zu Janniks persönlichem Babysitter ernannt.«

Luise zieht eine Schnute und legt mir mitfühlend die Hand auf den Arm. »Oh nein, du Arme. Ausgerechnet der!«

Sie steckt sich den Finger in den Mund und gibt Würgegeräusche von sich.

»Ich kann mir auch nichts Schöneres vorstellen.« Meine Stimme trieft vor Sarkasmus. Niedergeschlagen mache ich mich auf die Suche nach Jannik. Er empfängt mich mit einem schleimigen Lächeln und klatscht mir links und rechts ein feuchtes Begrüßungsküsschen auf die Wange.

Mit einer eisigen Miene, um die mich selbst die Schneekönigin beneidet hätte, stehe ich, inmitten der Partygäste, neben ihm und komme mir so fehl am Platz vor wie sonst nirgendwo in diesem Leben. Jannik redet auf mich ein, während ich mechanisch nicke, Begeisterung heuchle und ihm das Gefühl zu vermitteln versuche, was für ein toller Hengst er doch sei. Er sonnt sich regelrecht in meiner vorgetäuschten Bewunderung.

Aus den Augenwinkeln sehe ich meinen Vater, der mir wohlwollend zunickt.

Mir bleibt keine andere Wahl als das Spiel zu Ende zu spielen. Kai schiebt sich an uns vorbei und zwinkert mir zu, woraufhin ich ihm hinter vorgehaltener Hand die Zunge rausstrecke. Doch das lässt ihn völlig kalt, er lächelt nur schief und geht dann weiter. Jannik nimmt zwei Champagnerflöten vom Tablett und reicht mir eine davon.

»Komm, lass uns ein Stück gehen.«

Mein Vater ist ins Gespräch vertieft, doch es gelingt ihm trotzdem, mich nicht aus den Augen zu lassen. Jannik legt mir die Hand auf den Rücken und schiebt mich weg vom Getümmel in die Stille der Nacht.

Das Planksche Anwesen ist ein weitläufiger Park und erstreckt sich über einige Quadratkilometer. Wir passieren das Lagerfeuer und den Pool, wo ich Luises mitleidige Blicke auffange. Ich fühle mich nicht wohl in Janniks Gesellschaft. Mit gesenktem Blick laufe ich neben ihm her und wünsche mir sehnlichst das Ende des Festes herbei.

Die Stimmen werden dumpfer, das Plätschern der Gäste im Pool ist nur noch entfernt zu hören. Nur das Zirpen einzelner Grillen und unsere knirschenden Schritte auf dem Kiesweg unterbrechen die Stille der Sommernacht.

Ich klammere mich an mein Glas. Um der Nervosität Herr zu werden, nippe ich immer wieder hektisch an dem herben Getränk, das mir schnell zu Kopf steigt.

Hinter einer Ansammlung herrlich duftender Lavendelbüsche kommt Jannik zum Stehen. Üppig blühende Rosenstauden verdecken fast gänzlich eine riesige Hollywoodschaukel, auf der sich Unmengen von Kissen türmen. Jannik schreitet geradewegs darauf zu und lässt sich nieder. Einladend klopft er auf den Platz neben sich. Ich zögere und ein flaues Gefühl breitet sich in meiner Magengegend aus. Mich fröstelt. Unentschlossen stehe ich vor der Schaukel und reibe mir die Oberarme, um die plötzlich auftretende Gänsehaut zu vertreiben.

»Nun komm schon! Ich beiße auch nicht.« Ungeduldig klopft Jannik wieder auf die Kissen. Ich trete zaghaft näher.

Worauf um Himmels willen soll das hinauslaufen?

Ich setze mich behutsam, fast so, als wäre die Schaukel aus hauchdünnem Glas und kurz davor zu brechen. Scheu blicke ich zu Boden, als könnte ich dort etwas finden, das mich aus dieser beklemmenden Situation befreien könnte.

»Du stehst auf mich, oder?«

»Was?« Mein Kopf schnellt nach oben.

»Ich kann das durchaus nachvollziehen«, sagt Jannik selbstverliebt. »Ich meine, ich bin immerhin nicht die schlechteste Partie. Ich bin voll und ganz in der Lage, den Frauen alle Wünsche zu erfüllen.«

Wow! Ich bin beeindruckt! Viermal »ich« in drei Sätzen, schießt es mir durch den Kopf.

Bevor ich die Gelegenheit bekomme, ihm zu antworten, redet Jannik bereits weiter.

»Ich muss zugeben – was dich betrifft, bin ich auch nicht gerade abgeneigt. Du bist hübsch, hast gute Manieren und stammst aus einer angesehenen Familie. Wir wären ein richtiges Traumpaar!«

Mir wird immer mulmiger zu Mute. Meine Handflächen werden feucht, unruhig rutsche ich in den Kissen hin und her.

»Jannik, ich ...«

Er legt mir den Zeigefinger auf den Mund.

»Schhh, ich weiß, du bist glücklich darüber, dass ich so denke.« Er kräuselt die Nase und schiebt mit dem Zeigefinger seine dicke Brille hoch.

Umständlich legt er den Arm um meine Schulter, zieht mich an sich und presst seine Lippen auf meine. Ich spüre nichts als pure Abneigung. Mein erster Impuls ist, ihn von mir wegzuschieben, doch ich sitze nur stocksteif da. Lasse ihn einfach gewähren. Ist es das, was mein Vater von mir erwartet? Würde er mich mit Schlägen bestrafen, wenn Jannik sich beschweren würde?

Meine Gedanken rasen. Ich spüre seine Lippen, die saugen und schmatzen, als wäre er ein Vampir, bereit, auch noch den letzten Tropfen Blut aus mir herauszusaugen.

Niemals zuvor habe ich mich so schmutzig gefühlt.

Janniks Hand rutscht von meiner Schulter fast beiläufig tiefer, streicht über meine Hüfte, wandert über den knapp bedeckten Oberschenkel zwischen meine Beine.

In meinem Kopf schrillen sämtliche Alarmglocken. Hektisch schiebe ich seine tastende Hand fort, drehe den Kopf zur Seite, versuche mich von ihm zu befreien.

Doch er lässt mich nicht gewähren. Er beugt sich über mich und hält mich mit seinem schweren Oberkörper gefangen. Schwer keuchend drückt er mich in die Kissen. Ich spüre seinen heißen Atem an meinem Hals und seine Hand erneut zwischen meinen Beinen.

Verzweifelt stemme ich mich gegen ihn. Ein hilfloser Versuch.

»Jannik! Nein!« Ich werfe den Kopf hin und her. Versuche seinen Küssen zu entkommen.

»Sei doch nicht so frigide. Ich steh nicht auf solche Spielchen!«

Jannik schiebt den Saum meines Sommerkleides in die Höhe.

Tränen laufen mir über das Gesicht. Und langsam erschlafft meine Gegenwehr. Mein Vater, Jannik ... ich bin und bleibe ein Opfer.

»Du machst mich wahnsinnig geil«, stöhnt Jannik in mein Ohr. Sein feuchter Atem stiebt mir ins Gesicht. Ich spüre seine Erregung, die sich hart an meine Oberschenkel presst.

Ich schließe die Augen. Versuche an etwas anderes zu denken. Mich fort zu träumen. Doch es gelingt mir nicht. Ich bin verzweifelt. Weiß nicht, was ich tun soll. Was von mir erwartet wird.

»Darf ich stören?« Eine Stimme schiebt sich in meine Gedanken und nimmt mir die Entscheidung ab. Jannik lässt mich augenblicklich los. Lehnt sich zurück und lässt mich zu Atem kommen.

»Was willst du?«, zischt er. Man hört ihm an, dass er alles andere als glücklich über die Störung ist.

Ich rapple mich auf und schiebe mir die verzottelten Haare aus der Stirn, um einen Blick auf meinen Retter zu erhaschen.

Kai!

Mit einem unschuldigen Lächeln steht er da und übermittelt Jannik die Botschaft, dass wohl mehrere Gäste nach ihm gefragt hätten.

Ich sehe, wie Jannik stolz die Brust schwillt, und hoffe, dass sein Verlangen, sich von allen beweihräuchern zu lassen, die Lust auf mich überwiegt.

Jannik wendet sich mir zu, ich kann ihm nicht in die Augen sehen. »Bin gleich wieder da. Warte hier auf mich.« Wie ein Hund fährt er mir mit der Zunge über die Lippen, steht auf und geht. Es ist so entwürdigend.

Ich sitze auf der Schaukel wie festzementiert, unfähig mich zu bewegen. Ich schäme mich, weiß nicht, wohin ich gucken soll. Unsicher zupfe ich an den Fransen der Kissen und spüre, auch ohne in seine Richtung zu sehen, dass Kai immer noch vor mir steht. Ich vermute, dass er auf eine Erklärung wartet. Doch wieso sollte ich ihm überhaupt eine schuldig sein. Oder ...

Ich halte in meiner sinnlosen Fummelei inne. Kostet er die Tatsache, mich augenscheinlich in flagranti erwischt zu haben, etwa aus? Ich könnte seinen Spott jetzt nicht ertragen und will keine Fragen beantworten. Warum verschwindet er nicht und lässt mich in Ruhe?

Ich halte den Blick weiterhin gesenkt, spüre, wie mir das Haar seidig weich wie ein kostbarer Vorhang vor die Augen fällt. Es schließt mich ein, schottet mich ab.

Die Schaukel senkt sich ein Stück. Kai hat wohl Platz genommen. Ich warte ... warte auf Hohn und Sticheleien.

Doch es kommt ... nichts.

Ich weiß nicht, wie lange wir so sitzen. Fünf Minuten? Zehn?

»Du wolltest das nicht wirklich, oder?« Seine Stimme klingt rau.

Ich antworte nicht. Was hätte ich auch sagen sollen?

»Komm«, raunt er mit dieser heiseren Stimme. »Oder willst du warten, bis er zurückkommt?«

»Nein!«

Endlich gelingt es mir, meine Befangenheit ein wenig abzuschütteln. Er hat Recht, ich muss hier weg! Sofort! Jannik kann jederzeit wieder auftauchen.

Kai zieht mich hoch und führt mich weg. Ich bin froh, dass er die Führung übernimmt, denn ich kann nicht klar denken.

In dem Stück des Gartens, das wir nun durchschreiten, flackern weder Kerzen noch leuchten Laternen. Nur der Mond und die Sterne, die am Himmel stehen, tauchen Bäume und Sträucher in silbriges Licht.

Kai hält noch immer meine Hand und ich bin froh, dass er mich nicht loslässt. Er vermittelt mir Sicherheit.

Auf einmal bleibt er stehen. Eine riesige Eiche breitet ihre Äste wie ein riesiges Dach über uns aus. Kai lässt sich zu Boden gleiten, schlägt die Beine übereinander und sieht mich an. In seinen Augen glitzert das Mondlicht.

»Willst du reden?«, fragt er. Seine Stimme klingt behutsam, tastend und hat so gar nichts mit dem Kai zu tun, den ich vor zwei Tagen kennengelernt habe.

Dennoch schüttle ich den Kopf.

»Du würdest mich nicht verstehen«, murmele ich.

»Es ist allein deine Entscheidung«, antwortet er und ich bin froh, dass er nicht weiter in mich dringt.

Ich setze mich neben ihn und lehne den Kopf an den mächtigen Stamm des Baumes.

»Danke«, wispere ich so leise, dass ich mir nicht sicher bin, ob er mich überhaupt gehört hat.

Er drückt meine Hand. Vorsichtig. Sachte. Als wäre sie zerbrechlich.

Leichter Wind kommt auf und lässt die Blätter über uns rascheln, gleich einer feinen Melodie. Mich fröstelt wieder, als die Luft über meinen nackten Arm streift. Mein Blick fällt auf die leuchtenden Zeiger meiner *Ice Watch*. Schon fast Mitternacht. Ich muss unbedingt zurück.

»Frierst du?«, fragt er mich.

»Ich muss zurück«, antworte ich und bleibe ihm erneut eine Antwort schuldig.

Augenblicklich steht er auf. »Ich begleite dich.«

Entschlossen schüttle ich den Kopf. »Danke, das schaffe ich schon alleine.« Niemals könnte ich mich mit ihm zusammen blickenlassen. Mein Vater würde ausrasten!

»Mach's gut«, sage ich. Meine Stimme hört sich seltsam an.

Er erwidert nichts, sieht mich nur an, mit diesem geheimnisvollen Blick, den ich nicht deuten kann.

Unsicher stakse ich los. Das schlechte Gewissen nagt an mir und ich weiß selbst nicht, warum eigentlich.

Kai

Am liebsten würde ich diesem Wichser eine scheuern. Ich hatte schon so ein ungutes Gefühl, als er mit ihr abgezogen ist. Es war nicht zu verkennen, dass sie seine Gesellschaft alles andere als genossen hat. Doch ich blicke nicht wirklich, warum sie sich das dann hat gefallen lassen. Ich bin den beiden nachgeschlichen, um zu sehen, was sie machen. Außerdem, ich gestehe es mir nur ungern ein, hat es mir wahnsinnig gestunken, dass dieser schleimige Schnösel sie für sich allein haben darf. Mindestens hundert Mal habe ich überlegt, kehrtzumachen und meine albernen Spannereien zu unterlassen. Jetzt bin ich froh, es nicht getan zu haben. Scheiße, was wäre noch passiert, wenn ich nicht dazwischengegangen wäre? Trotzdem komme ich mir wie ein beschissener Versager vor. Ich bin nicht blöd und weiß ganz genau, warum sie nicht wollte, dass ich sie zurück zu ihren Eltern begleite. Ich bin ihr peinlich und um ehrlich zu sein, nimmt mich diese Tatsache mehr mit, als sie eigentlich sollte.

Ich bin so angepisst, dass ich das Tablett mit den Gläsern mit voller Wucht an die Hauswand werfe und es ist mir scheißegal, dass dabei die sündhaft teuren Champagnerflöten zersplittern. Im Gegenteil, es tut wahnsinnig gut, meiner Wut freien Lauf zu lassen. Glitzernd wie Diamantensplitter regnen die Scherben auf den Boden. Scheiße! Ich muss hier weg. Ich packe es keine Sekunde länger, auf dieser Party zu bleiben, denn wenn mir dieses eingebildete Arschloch noch einmal über den Weg läuft, kann ich für nichts garantieren. Doch ich muss mich noch ein letztes Mal zusammenreißen, um den Trottel, dem das Haus gehört, nach meiner Kohle zu fragen. Wenn ich auf die Kohle nicht so angewiesen wäre, hätte ich darauf geschissen.

Glücklicherweise entlässt mich Plank ohne großen Aufstand nach Hause, da die Party sich sowieso zum Ende hin neigt. Er drückt mir fünfzig Euro in die Hand und ich kann mich endlich verpissen.

5. Kapitel

Annabell

Eine Stunde später liege ich endlich im Bett. Mein Vater scheint mit meinem Verhalten zufrieden gewesen zu sein, jedenfalls hat er sich nicht dazu geäußert. Während der Autofahrt hat er von diversen Anlagetipps erzählt, die er auf der Party erhalten hat. Dabei konnte man ihm anmerken, dass seine Zunge vom Champagner schon ziemlich schwer war.

Jetzt liege ich schon seit einer halben Stunde wach und überlege, ob es Zufall oder Absicht war, dass Kai mein ungewolltes Techtelmechtel mit Jannik gestört hat. Es muss fast Berechnung gewesen sein, was sonst hätte er in einem derart abgelegenen Teil des Gartens zu suchen gehabt? Ich kuschle mich tiefer in die Decke und bin froh, meinem Vater heute keinen Grund für eine weitere Bestrafung geliefert zu haben.

***

Am Sonntagabend ist es wieder so weit. Und das nur, weil ich mich weigere, mit Jannik essen zu gehen.

Um 18.00 Uhr steht er mit drei blutroten Rosen vor unserer Tür (ich hasse die Farbe Rot immer mehr) und bittet darum, mich zum Italiener ausführen zu dürfen. Mit einer fadenscheinigen Ausrede wimmle ich ihn ab und versenke die Blumen in unserer Biotonne.

Mein Vater unterstützt meine Ausflüchte Jannik gegenüber und liefert ihm somit die perfekte Ausrede, um jetzt möglichst schnell zu verschwinden. Dad hätte sich niemals vor einem Fremden auf eine Diskussion mit mir eingelassen. Äußerlich völlig ruhig schließt er die Haustür. Doch ich kenne ihn nur zu gut und kann sein inneres Beben fast körperlich spüren. Als er sich zu mir dreht, ist sein Gesicht krebsrot angelaufen. Seine Schultern heben und senken sich, als würde er tief Luft holen. Ich sehe, wie sich seine Hände zu Fäusten ballen. »Du bist eine Schande für diese Familie!«, brüllt er. Sekunden später geht er cholerisch hoch, springt auf mich zu und knallt mir seine Hand ins Gesicht. Meine Ohren singen und ich schmecke Blut.

»Du machst mich nicht noch einmal lächerlich!«, presst er zwischen zusammengebissenen Zähnen hervor. »Du wirst gefälligst mit Jannik Plank essen gehen! Noch in dieser Woche! Ich habe dir schon mehrmals erklärt, wie wichtig dieser Kontakt für uns ist.«

Wutschnaubend zieht er sich in sein Arbeitszimmer zurück.

In meinem Hals bildet sich ein dicker Kloß, doch ich unterdrücke die Tränen. Diese Genugtuung werde ich ihm nicht verschaffen.

Ich drehe mich zum Garderobenspiegel, streiche mir mit leicht zitternder Hand das Haar aus der Stirn und sehe mich an. Zum Glück ist es diesmal nicht ganz so schlimm. Meine Unterlippe ist aufgeplatzt und das Blut läuft mir über Kinn und Hals.

Ich frage mich, wann ich einmal ohne Blessuren in die Schule gehen werde. Eine verletzte Unterlippe bietet jedenfalls mehr Stoff für Gerüchte als das geschwollene Auge von letzter Woche.

Am Montagmorgen gehe ich extra spät zum Bus. Ich will Kai nicht begegnen. Ich habe Angst, dass er mich auf die Party anspricht, denn ich weiß nicht, was ich ihm darauf antworten soll. Ich will ihm nicht die Wahrheit über Jannik und mich erzählen, denn mein Vater würde mich sicher dafür bestrafen.

Im Schutz meiner Freundinnen steige ich in den pünktlich einfahrenden Schulbus. Von Kai keine Spur. Ich weiß nicht, ob ich mich darüber freuen soll oder nicht. Einerseits fürchte ich seine Fragen, andererseits …

Ja, was andererseits?

»Du hast auf der Feier doch nicht wirklich mit Jannik rumgemacht, oder?« Charlottes laute Stimme reißt mich aus meinen Gedanken.

Ich spüre, wie ich knallrot werde. »Ich … äh … nein.«

Doch das Nein kommt viel zu zaghaft und ich sehe meinen Freundinnen an, dass sie mir nicht glauben.

»Hat dir Jannik wohl im Eifer des Gefechts auf die Lippe gebissen?« Eva kichert.

»Ich hab gehört, er mag es hart und schmutzig«, wiehert Charlotte und kriegt sich fast nicht mehr ein vor Lachen.

Luise sieht mich fragend an. Sie wartet auf eine Erklärung. Leider kann ich ihr keine geben, zumindest keine, mit der sie sich zufriedengeben wird.

»Ach, lasst mich doch in Ruhe!«, brumme ich in mich hinein und stöpsle mir den I-Pod in die Ohren.

Wenigstens muss ich heute keine Sonnenbrille mehr tragen. Mamas teures Make-up verdeckt die schillernden Farben des Blutergusses, der an meiner Schläfe prangt wie eine Kriegsbemalung.

Ich schließe die Augen und gebe mich den sanften Klängen von *Silbermonds* neuem Album hin.

Erst als der Bus vor der Schule hält, öffne ich sie wieder und schließe mich dem Pulk von Schülern an.

»Na, schon wieder von der Treppe gefallen?«, wispert mir eine raue Stimme ins Ohr. Ich bleibe wie erstarrt stehen.

Ich brauche mich nicht umzudrehen, um zu wissen, wer da hinter mir ist.

»Diese Stufen bei dir zu Hause scheinen es wirklich in sich zu haben!«

Mittlerweile haben fast alle Schüler den Bus verlassen.

Luise und die anderen stehen draußen und glotzen durch die Fensterscheibe zu uns herein. Ich könnte darauf wetten, dass sich Eva und Charlotte schon das Maul über mich zerreißen.

Kai schiebt sich an mir vorbei.

»Und? Wie war es diesmal? Bist du rauf- oder runtergefallen?«

Wütend funkle ich ihn an. »Lass mich gefälligst in Ruhe!«, schnauze ich und flüchte zum Ausgang.

Was will er von mir? Wieso lässt er mich nicht einfach zufrieden? Hat er Spaß daran, sich über mich lustig zu machen?

»Komm, lass uns gehen!«, zische ich Luise zu, was mir einen verwunderten Blick ihrerseits einbringt.

Ich ärgere mich, dass ich mich jedes Mal von ihm aus der Reserve locken lasse und so ungestüm auf seine dämlichen Fragen reagiere.

Blöder Idiot!

Nach einem Vormittag voller Bangen auf die Herausgabe der Englischschulaufgabe fahre ich fast beschwingt nach Hause. Frau Lang ist für die ganze Woche krankgeschrieben. Pech für sie. Glück für mich.

Ich sperre die Haustür auf und bin froh, dass niemand zu Hause ist. Mein Vater verbringt auch seine Mittagspause stets in der Praxis und Mutter wird entweder beim Friseur, im Nagelstudio oder beim Shoppen sein. Manchmal gönnt sie sich auch den ein oder anderen Prosecco mit einer Freundin in dieser kleinen Bar in der Innenstadt.

Mein Gedankenkarussell steht mal wieder nicht still, obwohl ich jetzt in dem leeren Haus die Gelegenheit hätte, abzuschalten. Doch zu viel beschäftigt mich, lässt mich nicht zur Ruhe kommen. Die Angst vor meinem Vater, das bevorstehende Essen mit Jannik – und Kai, der scheinbar mehr über mich weiß, als mir lieb ist. Er durchschaut mich und meine Ausreden, die noch nie jemand in Frage gestellt hat. Nicht einmal meine beste Freundin Luise. Auch wenn sie mich oftmals mit diesem unbewegten Blick ansieht, bei dem ich mir nie sicher bin, ob sie mir tatsächlich Glauben schenkt. Dabei gibt sie mir nie das Gefühl, mich rechtfertigen zu müssen, und dafür bin ich ihr zutiefst dankbar.

Ein leiser Seufzer entschlüpft meiner Kehle und ich greife nach dem Schulrucksack. Zeit, an meiner Vollkommenheit zu feilen. Zwei Stunden und gefühlte tausend nicht verstandene Grammatikregeln später stopfe ich frustriert mein Deutschheft zurück in die Tasche. Wie oft habe ich meinen Dad um Nachhilfeunterricht gebeten. Doch alles, was ich geerntet habe, war ein verächtliches Schnauben. Annabell hat keine Nachhilfe nötig, es wäre schließlich nur peinlich, sollte sich herumsprechen, dass das Arzttöchterchen nicht mit einsteinscher Schlauheit gesegnet ist.

Ich fluche auf die Schule, fluche auf das Leben, fluche, weil ich nicht so perfekt sein kann, wie es von mir erwartet wird. Ich möchte mir gar nicht erst vorstellen, was mein Vater diesmal mit mir macht, wenn er die Englischarbeit zu Gesicht bekommt, die mit Sicherheit der totale Reinfall war. Gut, Frau Lang ist noch krank, doch leider nicht bis in alle Ewigkeit. Irgendwann werden wir die Arbeit zurückbekommen. Und Vaters nächste Strafe wird folgen, dabei ist es egal, ob heute, morgen oder nächste Woche. Allein der Gedanke daran bringt mein Herz zum Rasen.

Ich streiche mir eine Locke aus der Stirn. Ich will, dass mein Kopf aufhört zu denken. Mein Blick fällt auf die Laufschuhe neben meinem Bett. Ja, das ist jetzt genau das Richtige!

Minuten später laufe ich aus dem Garten. Ich renne die Straße entlang. Tief atme ich die frische Luft ein. Es beginnt zu regnen, doch ich nehme es kaum wahr. Gleichmäßig Luft zu holen, beruhigt mich, je schneller ich laufe, desto besser geht es mir. Ich spüre, wie meine Muskeln geschmeidiger werden, und nehme an Tempo auf. Adrenalin pumpt durch meine Blutbahnen und erlaubt mir, endlich abschalten zu können. Ich nehme nichts mehr wahr, nur noch das stetige Geräusch meiner eigenen Schritte und meinen immer rascher fließenden Atem.

Eine Stunde später ringe ich erschöpft, jedoch zufrieden in unserem Vorgarten nach Luft. Der Schweiß perlt mir von der Stirn, während ich mit in die Taille gestützten Händen langsam auf und abgehe. Gerade solange, bis ich nicht mehr außer Puste bin.

Im Haus öffne ich erschöpft die Kühlschranktür und greife nach der Wasserflasche, als mein Blick plötzlich am Seitenfach hängenbleibt. Ohne weiter darüber nachzudenken, angle ich nach der bereits geöffneten Wodkaflasche und nehme gierig einen tiefen Schluck. Der Alkohol brennt leicht in meinem Hals, doch ich trinke weiter, bis mein Durst gestillt ist. Ein warmes, fast tröstendes Gefühl breitet sich in meinem Körper aus und benebelt meine Sinne. Als ich in mein Zimmer gehe, ist mir leicht schwindelig und die letzten sorgenvollen Gedanken lösen sich im Nebel des Vergessens auf. Schwankend lasse ich mich aufs Bett sinken. Das Zimmer dreht sich vor meinen Augen. Ruhe durchströmt mich und bedeckt meine Gefühle und Gedanken mit einem feinen Tuch. Ich spüre, wie meine Lider immer schwerer werden, und heiße den Schlaf willkommen.

Kai

Ich hab den ganzen Nachmittag an nichts anderes gedacht als an sie. Wer ist dieses Schwein, der ihr so etwas zufügt? Gut, ich benutze auch hin und wieder meine Fäuste und nehme es mit dem Gesetz nicht so genau, auch wenn das sogar noch milde ausgedrückt ist. Doch niemals würde ich mich an einer Frau vergreifen. Männer (und ich nehme mal an, dass es sich um einen handelt), die Frauen anrühren, sind in meinen Augen die größten Mistkerle überhaupt.

Vor wem hat sie solche Angst, dass sie ihn deckt und mir ständig neue Lügen auftischt?

Eine Hand schlüpft unter mein Shirt und wandert meinen Rücken hinauf. Lil hat sich unbemerkt neben mich gesetzt.

»Lass das!«, fahre ich sie an. Ich möchte einfach meine Ruhe haben, die Sonnenstrahlen genießen, die mir ins Gesicht fallen, und meinen Gedanken nachhängen. Lil schiebt schmollend die Unterlippe vor, doch sie akzeptiert, dass ich keinen Bock auf sie habe, und zieht sich zurück.

Schon seit Stunden liegen wir am Baggersee in der Sonne und lassen uns volllaufen. Ich hasse diese ewige Sauferei und kippe die Bierdosen, die sie mir reichen, immer wieder heimlich in den Sand. Klar, an manchen Tagen genieße ich es, wie der Alkohol mein Hirn benebelt und mich an nichts denken lässt, doch nicht immer. Ich muss einen kühlen Kopf bewahren, denn schließlich will ich etwas im Leben erreichen, ich will ausbrechen und dieses miese Dasein hinter mir lassen. Ich hasse es, zum gesellschaftlichen Abschaum zu gehören und nie zu wissen, woher ich Geld für etwas zum Essen herbekomme.

Doch das hier sind meine Kumpels und alles, was ich habe. Ich will sie nicht gegen mich aufbringen und so beuge ich mich den unausgesprochenen Regeln und Sitten der Gang.

6. *Kapitel*

Annabell
Auf meinen Kopf schlägt ein unsichtbarer Hammer, als ich meine Augen öffne. Ich stütze mich mit der Hand ab und richte mich schwerfällig auf. Es ist dunkel und ich weiß nicht, wie lange ich geschlafen habe.

Ich würge. Magensäure schießt mir in den Mund und der säuerliche Geschmack verursacht mir Brechreiz. Mit vorgehaltener Hand stürze ich ins Badezimmer und übergebe mich in die Toilette. Schwer atmend sinke ich gegen die geflieste Wand. In meinen Eingeweiden wühlt die Übelkeit. Nur mit größter Mühe gelingt es mir, mich zurück in mein Bett zu schleppen. Die Angst vor dem Zorn meines Vaters macht das Unmögliche möglich. Ein Blick auf mein Handy verrät mir, wie spät es ist. 21.30 Uhr! Mein Vater müsste längst zu Hause sein. Und meine Mutter? Sie wird wie jeden Abend mit ihrem Prosecco auf dem Sofa vor dem Fernseher sitzen. Oft bin ich traurig darüber, dass sie sich nur so wenig für mich interessiert. Doch heute bin ich dankbar dafür. Meinen Eltern liegt nur daran, dass ich gut in der Schule bin, mich perfekt benehme und adrett anzuschauen bin. Was in mir vorgeht, wie ich denke oder fühle, wer ich eigentlich bin, das ist bedeutungslos für sie.

Und ich bin mir sicher, dass eine betrunkene Tochter kaum in das Bild passt, das meine Eltern nach außen hin präsentieren wollen.

Die Wut meines Vaters wäre grenzenlos, wenn er mich in diesem Zustand zu Gesicht bekäme.

Mit fahrigen Bewegungen streife ich mein Top und die Shorts ab, lasse sie zu Boden gleiten und schlüpfe wieder unter die Decke. Mein Schädel scheint in tausend Teile zu zerspringen, als ich mich auf den Rücken drehe. Ich höre, wie die Haustür unten ins Schloss fällt, und schicke tausend Stoßgebete zum Himmel, dass ich mich nicht noch einmal übergeben muss. Irgendwer muss sie wohl gehört haben, denn ich falle stattdessen in einen tiefen Schlaf.

***

Der Wecker zerreißt die frühmorgendliche Stille. Stöhnend wälze ich mich zur Seite und verpasse dem nervigen Störenfried einen ordentlichen Schlag. Das Dröhnen in meinem Schädel ist einem leichten, jedoch penetranten Pochen gewichen. Ich quäle mich aus dem Bett und ziehe meine Jeans und ein T-Shirt an.

Als ich die Küche betrete, wird mir plötzlich flau, so als hätte ich seit Tagen nichts gegessen. Dennoch bringe ich es nicht über mich, in eines der Croissants zu beißen, die meine Mutter in einem Körbchen drapiert hat. Allein bei diesem Anblick dreht sich mir der Magen um.

»Isst du nichts?« Mein Vater mustert mich argwöhnisch, während meine Mutter mich über den Rand ihrer Kaffeetasse hinweg taxiert. Ihre Augen sind rot. Der abendliche Alkoholkonsum hinterlässt auch bei ihr seine Spuren.

»Doch, doch«, antworte ich schnell. Und um das Unheil nicht heraufzubeschwören, greife ich nach einem Croissant und gieße mir ein Glas Orangensaft ein. Mein Vater nickt zufrieden.

»Musst du nicht in die Praxis?«, frage ich lauernd.

»Ich habe um halb neun einen Banktermin, deshalb beginnt die Sprechstunde heute erst gegen halb zehn.«

Mein Blick fällt auf das Croissant auf meinem Teller. Der Duft steigt mir in die Nase, unwillkürlich ziehen sich meine Eingeweide zusammen. Doch mir bleibt keine Wahl. Mit angehaltenem Atem beiße ich hinein, würge den Bissen durch die Speiseröhre und spüle mit Orangensaft nach.

Mir ist immer noch übel!

Doch ich darf mich auf keinen Fall übergeben. Mein Vater würde sofort misstrauisch werden und mich gründlich untersuchen. Das würde ich beim besten Willen nicht aushalten. Viel zu früh greife ich nach meinem Rucksack.

»Du gehst schon?« Er verschränkt die Arme vor der Brust und mustert mich aufmerksam.

»Ja, ich will mit Luise noch einmal die Vokabeln durchgehen, bevor der Bus kommt.«

Wohlwollendes Nicken meiner Eltern. Schule als Ausrede zieht immer.

Ich stürze aus dem Garten, rase auf die Straße, fort aus dem Sichtfeld meiner Eltern. Verzweifelt kämpfe ich darum, dass das morgendliche Frühstück dort bleibt, wo es hingehört.

Ich schaffe es bis kurz vor die Haltestelle. Doch dann beuge ich mich würgend über die Büsche.

»Hey, alles in Ordnung? Kann ich dir helfen?«

Oh! Mein! Gott!

Wie peinlich ist das denn?

Was gibt es Schöneres, als morgens von einem Typen kurz vorm Kotzen erwischt zu werden!

Unfähig, mich umzudrehen, schüttle ich hektisch den Kopf. Meine Beine zittern. Ich sinke auf die Knie. Der Junge tritt neben mich, geht in die Hocke und streicht mir die Haare aus dem Gesicht. Ich schiele zur Seite.

Und ...

Es hätte nicht schlimmer kommen können. Ausgerechnet Kai sitzt neben mir. Beruhigend streichelt er mir den Rücken, während ich glaube, sterben zu müssen.

Er umfasst meinen Arm und ich versuche schwankend in die Höhe zu kommen.

»Bulimie in einer ganz besonders ausgeprägten Form?« Kai grinst schief.

Mir ist weder nach Lachen noch nach einem Schlagabtausch, also schüttle ich einfach kraftlos den Kopf.

Er führt mich zur Holzbank. Dankbar lasse ich mich nieder.

»Willst du etwa in diesem Zustand in die Schule?« Kai deutet mit einem Kopfnicken auf meinen Rucksack.

Ich zucke die Achseln.

»Deine Strebsamkeit in allen Ehren, aber bist du noch ganz dicht?« Kai lässt sich neben mir nieder. »Du gehörst zu einem Arzt oder schleunigst ins Bett.«

Ich seufze tief. »Ich glaube kaum, dass mir ein Arzt helfen kann.«

»Jedenfalls ist die Schule bei einem Magen-Darm-Infekt nicht gerade die Anlaufstelle Nummer 1.« Kai rückt ein Stück zur Seite. »Immerhin bist du mit Bakterien verseucht und somit eine wandelnde Keimschleuder.« Er lacht leise.

Böse funkle ich ihn an. »Keine Sorge, ich bin keine drohende Gefahr für deinen vor Gesundheit strotzenden Körper.«

Er hebt die Augenbrauen. »Wieso nicht?«

Ich schüttle resigniert den Kopf.

Er mustert mich mit einem eindringlichen Blick und fängt dann plötzlich zu lachen an.

»Was ist los?«, zische ich verärgert. Er hat wirklich ein Talent, mich auf die Palme zu bringen.

»Du ... du hast einen Kater!«, stößt er zwischen zwei Lachern hervor. »Hab ich Recht?«

»Schön, dass das wenigstens einer witzig findet«, presse ich zwischen zusammengebissenen Zähnen hervor.

Kai lacht noch immer. »Sorry, aber das hätte ich dir echt nicht zugetraut.«

»Ach, lass mich doch in Ruhe«, knurre ich und drücke mir mit der Hand gegen den Bauch, in dem es erneut qualvoll zu gluckern beginnt.

»Auf welcher Party bist du denn abgestürzt?«

»Party?« Ist der Typ eigentlich dämlich?

»Muss ja ziemlich abgegangen sein, wenn du jetzt immer noch mit den Nachwirkungen zu kämpfen hast.«

Kann dem Kerl neben mir bitte jemand das Maul stopfen?

»Ich war auf keiner Party. Und jetzt lass mich zufrieden!«

Kai schmunzelt erneut. »Frustsaufen, oder was?«

Ich zucke zusammen. Der Kandidat hat hundert Punkte. Da hat er mal was Wahres gesagt.

»Jedenfalls kannst du so nicht in die Schule. Wobei ...«

Ich sehe ihn an und würde ihm sein dämliches Grinsen am liebsten aus dem Gesicht schlagen.

»... es wäre durchaus amüsant mitanzusehen, wie du einem der Lehrer vor die Füße kotzt. – Komm, ich bring dich nach Hause.« Kai fasst mich vorsichtig am Arm und zieht mich in die Höhe.

»N…nein, das geht nicht«, stottere ich.

Ein Blick auf meine Uhr bestätigt mir zwar, dass mein Vater inzwischen sicher das Haus verlassen hat, doch was ist mit meiner Mutter?

In diesem Moment sehe ich meine Freundinnen fröhlich gackernd um die Ecke biegen und mir wird bewusst, dass ich wirklich nicht in der Lage bin, ihnen in dieser Verfassung gegenüberzutreten.

Charlottes Mutter ist Dauerpatientin bei meinem Dad, es wäre nur eine Sache von Tagen, bis er erfahren würde, was mit seiner Tochter los war. Kai hat Recht, ich kann heute unmöglich in die Schule.

Das Zwicken in meinen Eingeweiden ignorierend springe ich auf, schnappe meinen Rucksack und mache mich aus dem Staub, ehe Charlotte und Co mich bemerkt haben. Als ich gehe, spüre ich Kais brennenden Blick direkt in meinem Rücken.

Hinter der Bushaltestelle führt ein kleiner Feldweg zu meiner Siedlung. Und ich bin froh, dass der Mais schon so hoch steht, dass er mich sofort verbirgt. Keuchend schleppe ich mich vorwärts. Die heiße Sonne brennt mir auf den Kopf, was leichten Schwindel bei mir heraufbeschwört.

Ob meine Mum wohl inzwischen das Haus für ihr morgendliches Training im Fitnessstudio verlassen hat? Ich weiß zum Teufel nicht, wie ich es überhaupt nach Hause schaffen soll. Noch nie im Leben ging es mir so beschissen.

Wenig später lasse ich den Rucksack auf den staubigen Boden fallen und mich gleich daneben. Den Kopf in die Hände gestützt sitze ich auf dem Feldweg. Der Wind bläst mir sachte in die Haare und ich schließe die Augen. Schlafen! Ich will einfach nur schlafen!

»Komm schon, ich bring dich hier weg«, ertönt da plötzlich eine bekannte Stimme.

Kai! Er muss mir gefolgt sein.

Ich hebe die Lider. Grinsend sitzt er vor mir im Staub und schaut mich an, ohne jegliche Arroganz in seinem Blick.

»Du … du musst in die Schule«, stammele ich.

Kai stößt verächtlich die Luft aus. »Schule! Ich glaube, die können ganz gut einen Tag auf mich verzichten.«

Widerstandslos lasse ich mich von ihm unterhaken und mit ihm mitziehen.

»Wo wohnst du?«

Ich sage ihm, dass der Feldweg, auf dem wir uns befinden, zum hinteren Tor unseres Gartens führt. Das Anwesen meiner Eltern ist groß und direkt im Anschluss daran erstrecken sich Äcker und Wiesen, so dass ich mich jetzt von hinten an unser Haus heranschleichen kann.

Minuten später sind wir am Ziel. Vorsichtig hangle ich mich am Gartenzaun entlang und versuche einen Blick auf das Fenster der Garage zu erhaschen. Der Anflug eines Schmunzelns ist auf Kais Gesicht zu sehen.

»Grins nicht so dämlich!«, fahre ich ihn an.

»Und du nimm dich mal zusammen. Deine Eltern werden dir schon nicht den Kopf abreißen!«

Er packt meine Hand und zieht mich mit einem Ruck in den Garten.

Er hat ja keine Ahnung!

Verzweifelt versuche ich mich aus seinem Griff zu befreien.

Ich, in diesem desolaten Zustand und mit einem – ich mustere Kai – na ja, ziemlich fertigen Typen an meiner Seite.

Resigniert senke ich die Lider. Ich bin so gut wie erledigt, wenn meine Eltern das mitkriegen. Panik schnürt mir die Kehle zu.

Wir erreichen gerade den Gartenweg, als ich höre, wie die Haustür zuklappt.

O mein Gott! Angstschweiß bildet sich auf meiner Stirn.

Doch genau in diesem Moment zieht mich Kai blitzschnell hinter das üppig blühende Staudenbeet meiner Mutter und drückt mich dort zu Boden.

»Schhht!« Er legt den Zeigefinger an die Lippen.

Kai liegt mit dem Oberkörper halb auf mir. Sein Gesicht schwebt direkt über meinem. Und ich kann nicht anders, als direkt in seine rehbraunen Augen zu sehen, die mich gefangen nehmen. Für einen Moment vergesse ich alles um mich herum. Ich sehe in Kais Gesicht und kann den Blick nicht abwenden. Das Braun seiner Augen ist so sanft und erinnert mich an Bernstein, der in der Sonne glitzert. Er wendet sich nicht ab. Mein Herz jagt. Ich halte die Luft an, um ihm nicht meinen Atem ins Gesicht zu blasen.

Ich spüre die Wärme seines Körpers auf mir und seinen intensiven Blick. Meine Lippen beben und plötzlich wünsche ich mir nichts mehr, als dass er mich küsst.

Meine Hand wandert wie von selbst in seine dichten, schwarzen Locken und ich bin versucht ihn zu mir zu ziehen, als sich sein Mund plötzlich zu einem Lächeln kräuselt.

»Sie ist weg«, flüstert er.

»Wer?« Verwirrt sehe ich ihn an, in Gedanken noch immer ganz woanders.

Kai setzt sich auf. »Deine Mutter, sie ist fort! Ich hatte den Eindruck, dass du ihr nicht über den Weg laufen wolltest.«

Ich spüre, wie ich rot werde, und richte mich ebenfalls auf. »Ja. Klar.«

Kai lacht leise. Meine Wangen glühen. Verlegen streiche ich mir das Haar aus der Stirn. Ich lasse zu, dass er mich am Ellbogen nimmt und auf das Haus zu führt.

Mit zittrigen Fingern angle ich den Ersatzschlüssel unter einem schweren Blumentopf hervor, überlasse es jedoch Kai, aufzusperren.

In meinem Zimmer lasse ich mich rücklings aufs Bett fallen und schließe die Augen. Ich will nur noch schlafen, in der Hoffnung, dass sich Übelkeit und Kopfweh verflüchtigen, bis ich wieder aufwache.

Ich spüre, wie sich Kai neben mich setzt, und öffne die Lider einen Millimeter. Was will er hier bei mir? Kai passt so gar nicht in mein aufgeräumtes, durchgestyltes Mädchenzimmer. Er wirkt wie eine störende Distel in einem Rosengarten. Und doch bin ich im Moment froh, dass er bei mir ist.

»Hier!« Kai streckt mir sein Handy entgegen.

»Was soll ich damit?« Fragend sehe ich ihn an.

»Deine Nummer eingeben, damit ich bei deinen nächsten Alkoholeskapaden vorbeikommen und dich gleich übers Knie legen kann.«

»W…w…was?« Meint er das ernst?

Kai verdreht melodramatisch die Augen.

»Nein, du sollst natürlich in der Schule anrufen und dich entschuldigen. Oder willst du solange warten, bis die bei deinen Eltern nachfragen, warum du nicht zum Unterricht erschienen bist?«

»Ach so. K…klar!«, stottere ich und komme mir irgendwie dämlich vor.

Kai muss mich für nicht ganz zurechnungsfähig halten, aber wahrscheinlich hätte er damit im Augenblick sogar Recht. Ich nehme ihm das Smartphone aus der Hand und halte es unentschlossen fest. Mein Hirn ist dermaßen benebelt, dass mir die verflixte Nummer des Sekretariats einfach nicht einfallen will.

Kai seufzt, greift nach dem Gerät und scrollt sich durch die Liste.

»Ist eingespeichert«, brummt er und gibt mir das Teil zurück.

»Sprechen kriegst du hoffentlich alleine hin.«

Ich merke erneut, wie mir die Röte ins Gesicht schießt.

Als sich das Sekretariat der Schule meldet, murmele ich meine Entschuldigung ins Telefon und bin erleichtert, weil ich angeblich erst am dritten Krankheitstag ein ärztliches Attest brauche.

Ein seltsames Gefühl im Bauch bleibt mir trotzdem. Hoffentlich finden meine Eltern niemals heraus, dass ich heute blaugemacht habe.

Kai greift sich sein Handy. »Ich verpiss mich dann mal.«

»Was? Wohin?« Ich will nicht, dass er geht. Kai ist ein unmöglicher Kerl, der mit Sicherheit irgendwelche Spielchen mit mir spielt, dennoch fasziniert er mich auf eine geradezu abschreckende Art und Weise.

»Muss ich dir jetzt etwa Rechenschaft ablegen, nur weil du Opfer meiner ersten und einzigen guten Tat heute warst?«

Ich verstehe nur Bahnhof. Verarscht er mich wohl schon wieder?

»Na, du kennst doch das Motto der Pfadfinder. Jeden Tag eine gute Tat.«

Okay, er verarscht mich tatsächlich. »Aber du bist kein Pfadfinder.«

»Eben, darum hab ich auch nicht so viele nette Taten parat.«

Kraftlos falle ich zurück in die Kissen. »Na, dann geh doch.«

Kai schultert seinen Rucksack und schlurft zur Tür.

»He, warte mal«, rufe ich ihm noch hinterher. »Hast du vielleicht irgendeinen guten Tipp. Ich meine, gegen … na, du weißt schon …« Die Sache mit dem Alkohol ist mir äußerst peinlich.

Er dreht sich um und hat jetzt ein dreckiges Grinsen im Gesicht. »Du meinst ein Heilmittel gegen zu wenig Selbstbeherrschung in Sachen Alkoholkonsum?«

Sein Grinsen wird immer frecher, was mich ungemein ärgert.

»Jetzt tu doch nicht so. Du gehörst doch sicher zu denen, die täglich besoffen irgendwo rumliegen.«

Kais Gesichtszüge entgleisen.

»Sorry«, wispere ich. »War nicht so gemeint.«

Er wirft den Rucksack in die Ecke.

»Ist schon okay«, meint er mürrisch und stapft zur Tür hinaus. »Ich hol dir ein Glas Wasser.«

»Danke«, flüstere ich, obwohl er mich schon nicht mehr hören kann. Kurz darauf fallen mir die Augen zu.

Kai

Fuck! Was mache ich hier überhaupt? Wieso spiele ich ihren Babysitter? Eigentlich kann es mir scheißegal sein, wieso sie sich die Kante gibt. Es geht mich verdammt noch mal einen Dreck an. Trotzdem kann ich nicht anders, als ihr zu helfen. Was ist nur mit mir los?

Die Kleine ist mir ein einziges Rätsel. Sie sieht ständig aus, als hätte sie gerade einen Boxkampf hinter sich, sie säuft wie ein Gangmitglied – und kommt mir trotzdem vor wie eine Prinzessin aus dem Land der Träume.

Ich streiche mir die Haare aus der Stirn und schüttle verwirrt den Kopf. Ich kann mir das alles einfach nicht erklären.

Frustriert schlage ich auf das marmorne Waschbecken. Dieses beschissene Badezimmer ist so groß wie unser halbes Untergeschoss. All der Reichtum und der zur Schau gestellte Luxus überfordern mich und führen mir erneut vor Augen, aus welchem Loch ich selbst stamme. Ich sollte nicht hier sein und verstehe selbst nicht, wieso ich es dennoch bin. Scheiße, das Leben ist kompliziert. Und das Mädchen erst! Und ich verfluche mich, weil ich mir darüber Gedanken mache. Langsam lasse ich das Glas, das ich aus einem der Küchenschränke geholt habe, mit Wasser volllaufen. Seit ich sie das erste Mal gesehen habe, ist mein ganzes Denken, mein ganzes Tun nicht mehr normal. Ich handle nicht mehr wie ein klar denkender Mensch, sondern wie ein verfickter ferngesteuerter Roboter. Nicht im Traum wäre es mir jemals eingefallen, den Krankenpfleger oder Dienstboten für ein verwöhntes Luxusluder zu spielen.

Ich muss dringend herausfinden, wer die Knöpfchen auf der Steuerung drückt.

Minuten später sitze ich mit dem Wasserglas wie ein Volltrottel wieder an ihrem Bett. Sie schläft und ich kann nicht anders, als sie anzusehen. Ihr langes Haar fällt in goldenen Wellen über ihr Kissen und eine Strähne davon liegt quer über ihren Augen. Sie sieht so unschuldig und wunderschön aus und ich kann nicht anders, als ihr das Haar aus dem Gesicht zu streichen. Es fühlt sich noch weicher an, als ich dachte.

Scheiße! Ich mache mich hier zum absoluten Idioten. Ich springe auf, bevor ich noch mehr unüberlegte Dinge tue. Ruhelos gehe ich ihm Zimmer auf und ab und überlege, ob ich gehen soll oder nicht.

7. Kapitel

Annabell

Als ich diesmal zu mir komme, überfällt mich sofort die Panik. Wie spät ist es? Ist meine Mutter schon zu Hause? Was, wenn ihr Kai über den Weg gelaufen ist?

Mit einem Satz bin ich aus dem Bett und spüre dabei, dass es meinem Magen besser geht. Mein Blick fällt auf das Nachtschränkchen. Ein Glas Wasser steht darauf, in dem eine frische Zitronenscheibe schwimmt. Von Kai keine Spur.

Mir fällt ein Stein vom Herzen, dass der Wecker über meinem Bett gerade mal zwei Stunden später anzeigt. Vor 14.00 Uhr ist meine Mutter selten zurück.

In diesem Moment öffnet sich die Tür und Kai stapft wieder herein. Ihm ist die Überraschung, dass ich schon wach bin, deutlich anzusehen.

»Wo warst du die ganze Zeit?«, frage ich ihn.

»Ist das ein Verhör?«

Kai wirkt irgendwie verärgert, ich kann mir nur keinen Reim darauf machen, warum.

»N...nein«, stammle ich.

»Ich war pissen!«

»Was?« Das kann ja wohl nicht so lange gedauert haben.

Er verdreht genervt die Augen und lässt sich auf meine Bettkante fallen.

»Danach habe ich dich im Schlaf beobachtet. Damit dir nichts passiert.« Er zieht verächtlich die Mundwinkel nach unten.

Ich bin überrascht.

»Das hast du wirklich getan?«

Er zuckt die Schultern und lacht blöde. »Natürlich nicht. Sehe ich etwa so aus?«

»Du bist so ein Arsch!«

Er seufzt tief. »Ich hab mich nach dem Pissen noch ein bisschen bei euch umgeschaut. Geile Hütte.«

»Bist du sauer?« Ich setze mich neben ihn und spiele verlegen mit einer meiner Locken.

»Warum sollte ich sauer sein?«

Was sollen diese Spielchen? Ich zucke die Schultern. »Keine Ahnung. Vielleicht, weil ich dich gebeten habe, mir zu helfen.« Ich nicke in Richtung Wasserglas.

Kai wirft mir eine Aspirintablette in den Schoß.

»Die hab ich bei euch ihm Bad gefunden. Und zum Thema gute Taten ... Damit«, er deutet auf die Tablette, »ist mein Kontingent für diese Woche ausgeschöpft.«

»Na, dann muss ich dir wohl dankbar sein, dass ausgerechnet ich in den Genuss deiner Nächstenliebe gekommen bin.«

Kai zieht spöttisch eine Augenbraue in die Höhe. »Nö, musst du nicht, denn immerhin schuldest du mir jetzt was.« Er grinst selbstzufrieden.

»Was meinst du mit *schulden?* Spinnst du?«

»Du glaubst doch nicht, dass ich das umsonst getan habe.« Er schaut so ernst, dass ich ihm das, was er sagt, tatsächlich abnehme.

Ich schlucke schwer. Der Typ hat echt einen an der Waffel. Und weil mir partout keine schlagfertige Antwort einfallen will, pule ich die Tablette aus der Folie und spüle sie mit dem Zitronenwasser hinunter.

»Also?«, fragt Kai herausfordernd.

»Was also? Willst du jetzt etwa Geld von mir?« Ich nestele verlegen an meiner Bettdecke herum, die er fast vollständig in Beschlag nimmt.

Kai stößt ein spöttisches Lachen aus.

»Ja, klar!«, erwidert er, beugt sich vor und greift sich das leere Glas.

»Setz dich«, befiehlt er und deutet auf den Boden.

Ich bin neugierig darauf, was er vorhat, und gehorche ihm.

Er lässt sich mir gegenüber auf den Teppich gleiten, legt das Glas in die Mitte und dreht es.

»*Wahrheit oder Pflicht?*«, fragt er, als das Glas stehenbleibt und dummerweise direkt auf mich zeigt. Dabei bin ich mir irgendwie sicher, dass Kai auf jeden Fall so lange weitergedreht hätte, bis es tatsächlich auf mich gezeigt hätte.

»Was soll das? Sind wir jetzt etwa im Kindergarten?« Ich mache keinen Hehl aus meiner Verärgerung.

Doch Kai grinst bloß. »Na los, immerhin schuldest du mir etwas.«

Diesmal verdrehe ich die Augen.

»*Wahrheit*«, sage ich automatisch und weiß selbst nicht, wieso ich mich auf dieses kindische Spiel einlasse.

Von Kai kommt ein lang gezogenes »Ooookaaay«. Er blickt mir direkt in die Augen, schaut mir geradezu unverfroren ins Gesicht.

Ich schaffe es nicht, seinem Blick standzuhalten, und sehe zur Seite.

»Jetzt mach endlich«, murmele ich. Ich möchte diesen Mist endlich hinter mir haben.

Kai holt tief Luft. »Woher hast du diese Verletzungen?«

Mein Kopf fährt herum. Ich spüre, dass ich knallrot werde. Das kann er wirklich nicht von mir verlangen. Sein forschender Blick hält mich gefangen.

»D…d…das hab ich dir doch schon gesagt, ich b…bin d…die Treppe …« Ich bringe nicht mehr als ein Stottern zu Stande.

Kai mustert mich mit so großer Ernsthaftigkeit, dass es mir eiskalt über den Rücken läuft.

»Ja, ja, die liebe Treppe.« Er beugt sich zu mir und stützt dabei die Hände links und rechts neben mir auf dem Boden ab. »Du hast die Spielregeln dieses Spiels wohl nicht begriffen, oder? Allein der Name sagt alles – *Wahrheit oder Pflicht*. Und nicht ›Verarsche den anderen, so gut du kannst‹. Abgesehen davon, kannst du es sowieso nicht besonders gut. Man sieht dir deine Lügen schon an der Nasenspitze an.«

Mir schnürt sich die Kehle zusammen. Er hat mich in die Enge getrieben.

»Also, was ist jetzt?« Er klingt leicht gereizt.

»*Pflicht!*«, stoße ich automatisch hervor und hoffe dabei, dass er mich nicht irgendetwas Dämliches tun lässt.

Kai zieht die Augenbrauen hoch. »Das gilt nicht!«

Ich verschränke trotzig die Arme.

»Da du keine Spielregeln festgelegt hast, darf ich mich ja wohl umentscheiden!«

Ich lächle ihn siegessicher an. Kai presst die Lippen zusammen. Man merkt ihm an, wie er sich ärgert.

Plötzlich verzieht sich sein Mund zu einem breiten Grinsen. Mir gefriert das Lächeln auf den Lippen. Seine deutlich zur Schau gestellte Fröhlichkeit kann nichts Gutes verheißen. Nervös rutsche ich auf dem Teppich hin und her.

»Küss mich!«, sagt er feixend.

»Du spinnst wohl!«, schnappe ich sofort zurück.

Kai hebt entschuldigend die Hände. »Du hast deine Entscheidung revidiert und selber gesagt, dass du Pflicht willst.«

»Deswegen kannst du noch lange nicht erwarten, dass ich jetzt mit dir rumknutsche.«

Ich bin so was von sauer! Was bildet sich der Typ eigentlich ein? Ich balle die Hände zu Fäusten. Am liebsten würde ich ihm eine scheuern.

»Ich nehme doch wieder *Wahrheit*. Aber ich möchte, dass du mir eine andere Frage stellst als vorhin.«

Kai steht auf.

Was, um Himmels willen, hat er jetzt schon wieder vor?

Er schnappt sich seinen Rucksack und wirft ihn sich über die Schulter.

»Weißt du, was? Ich habe keine Lust mehr. Du bist eine richtige Spielverderberin!«

Mir fehlen die Worte. Fassungslos sehe ich zu, wie er aus der Tür geht.

»Hau bloß ab«, murmele ich und ärgere mich über mich selbst, weil es mir trotz allem leidtut, dass er jetzt verschwindet.

Plötzlich streckt Kai seinen dunklen Haarschopf noch einmal zur Tür herein. »Und denk dran – selbst wenn du mein Spielchen boykottierst, bist du mir immer noch was schuldig!«

Wutentbrannt greife ich mir das Kissen vom Bett und schleudere es in seine Richtung. Kai zieht schnell den Kopf zurück. Ich kann ihn hören, wie er lachend und pfeifend die Treppe hinuntergeht.

Was für ein Idiot!

8. *Kapitel*

Annabell

Ich bin ziemlich froh, dass es mir erheblich besser geht und schwöre mir, nie wieder so viel Alkohol zu trinken. Ich nutze die Gelegenheit und verschwinde, solange meine Mum noch nicht da ist, aus dem Haus. Die restlichen Stunden bis zum offiziellen Schulschluss liege ich faul im Schatten einer großen Kastanie, die mitten in einer herrlichen Blumenwiese hinter unserem Haus steht.

Pünktlich um halb drei stehe ich mit einer Unschuldsmiene vor unserer Haustür und klingle. Niemand öffnet. Ein Blick durchs Garagenfenster bestätigt mir, dass meine Mutter noch immer unterwegs ist. Den Zirkus hätte ich mir also sparen können.

Ich schließe die Tür auf. In der Küche schnappe ich mir ein trockenes Brötchen und einen Apfel und balanciere beides in mein Zimmer. Dort hängt noch immer schwach der Geruch von Kais Aftershave in der Luft.

Gierig atme ich den frischen, minzigen Duft ein. Als mir bewusst wird, was ich da gerade tue, knalle ich den Teller auf meinen Schreibtisch und reiße das Fenster auf. Der Kerl kann mich mal!

Ich nehme gerade einen Bissen von dem Brötchen, als mein Handy klingelt.

Luise! Zaghaft nehme ich das Gespräch an.

Sofort prasselt ein Wortschwall auf mich nieder: »Wie geht es dir? Wo warst du?« Panik überfällt mich. Panik, dass mein Vater doch noch herausfinden könnte, dass ich geschwänzt habe.

Eine Lüge liegt mir bereits auf der Zunge, doch dann entscheide ich mich anders. Ich erzähle Luise, dass mir an der Bushaltestelle übel geworden ist und ich nach Hause gegangen bin. Den Grund für meinen nervösen Magen nenne ich ihr jedoch nicht. Beste Freundin hin oder her. Es würde einen Rattenschwanz an Fragen nach sich ziehen und ich will im Moment nur meine Ruhe haben.

Bis zum Abend bleibe ich in meinem Zimmer und arbeite die verpassten Schulstunden nach. Meine Mutter lässt sich gegen vier Uhr kurz blicken und kontrolliert, ob ich auch brav meine Hausaufgaben mache. Damit scheint die elterliche Fürsorge für heute erledigt zu sein.

Als meine Mum mich um sieben zum Abendessen ruft, habe ich tatsächlich richtig Hunger. Ich räume meinen Schreibtisch auf und gehe beinahe gut gelaunt nach unten. Doch noch bevor ich die Küche betrete, erstarre ich zu Eis. Mein Vater steht mit einem dermaßen zornentbrannten Gesichtsausdruck im Türstock, dass ich am liebsten die Flucht ergreifen würde.

Mit langen Schritten kommt er auf mich zu und baut sich drohend vor mir auf. Aus den Augenwinkeln sehe ich, wie meine Mutter die Küchentür von innen schließt.

Er weiß es! Er weiß es! Er weiß es! Wie ein Mantra schießen mir die Worte immer wieder durch den Kopf.

»Wo warst du heute Vormittag?«, zischt er.

»W…was meinst du?«, wispere ich.

Mit einem Ruck packt mich mein Vater an den Haaren und zieht mich zu sich.

»Unterstehe! Dich! Mich! Anzulügen! Fräulein!«

Meine Kopfhaut beginnt zu brennen, so straff hält er mein Haar in seiner Faust.

Ich beginne zu weinen.

»Mir ist an der Bushaltestelle übel geworden …« Meine Stimme bricht.

»Warum hast du nicht in der Praxis angerufen? Ich hätte dich sofort behandelt und dir ein Medikament gegeben! Du kannst es dir nicht leisten, in der Schule zu fehlen!« Mein Vater brüllt die Worte. Mein Kopf dröhnt.

»Sprich!«, schreit er aufgebracht und zieht noch heftiger an meinen Locken.

Ich stöhne vor Schmerz.

»Ich … mir war so schlecht. Ich wollte nur noch ins Bett«, wimmere ich.

Ich riskiere einen Blick in sein Gesicht. Seine Augen funkeln drohend.

»Weißt du, wie lächerlich ich mir vorkam, als Charlottes Mutter mich vorhin fragte, warum du heute gefehlt hast?«

Natürlich. Ich hatte doch geahnt, dass es auf diese Weise herauskommen würde. Charlottes Mum, die hinterhältige Hypochonderin, die andauernd bei meinem Vater in der Praxis herumhängt!

»Es tut mir leid, Dad. Wirklich!« Meine Stimme ist nicht mehr als ein Hauch.

Er lässt mein Haar ruckartig los und stößt mich dabei nach vorne, so dass ich gegen den Türrahmen taumle und mir heftig den Wangenknochen stoße.

»Mach das nie wieder!«, stößt er keuchend hervor und stampft in die Küche.

Ich schleiche zurück in mein Zimmer. Die Tränen rinnen mir in Bächen über das Gesicht. Meine Wange fühlt sich seltsam taub an. Den Blick in den Spiegel spare ich mir diesmal. Ich weiß auch so, dass ich morgen grün und blau im Gesicht sein werde. Ich verstehe meinen Vater nicht, einerseits wünscht er sich ein entzückendes Töchterchen, doch andererseits entstellt er mich ständig auf geradezu abartige Weise. Sobald seine Wut hochkocht, fällt vermutlich ein Schalter in ihm und er ist nicht mehr in der Lage, sich zu beherrschen.

Hungrig und mit einem flauen Gefühl im Bauch weine ich mich in den Schlaf.

***

Am Morgen bleibt mir der Blick in den Spiegel nicht erspart. Ein großer blauer Fleck ziert meine Wange und ich mache mich an die Arbeit, ihn mit Concealer und Make-up zu überschminken.

Als mein Vater zur Tür hereinkommt, fängt meine Hand so stark zu zittern an, dass mir die Schminkdose aus der Hand fällt.

Wortlos reicht er mir eine Krankschreibung.

Ich starre auf das Papier.

»F…für heute und für morgen auch noch?«

»Glaubst du etwa, ich mach mich zum Affen«, fährt er mich wütend an. »Wenn du nur einen Tag fehlst, weiß doch jeder, dass du geschwänzt hast.«

Er dreht sich um, poltert die Treppe hinunter und fährt zur Arbeit.

Ich verstehe ihn einfach nicht, gestern macht er noch ein Drama daraus, dass ich nicht in der Schule war, und heute gibt er mir eine Krankschreibung für insgesamt drei Tage. Wahrscheinlich ist ihm sein guter Ruf wichtiger als meine Noten.

Entnervt packe ich die Schminksachen zusammen und schlüpfe wieder ins Bett.

Wenige Minuten später klopft es an der Tür und meine Mutter schiebt sich mit einem voll beladenen Frühstücksteller ins Zimmer.

»Lass es dir schmecken. Ich bin mit Luises Mutter zum Brunch verabredet.« Sie streicht mir fahrig über den Kopf, bevor sie ihre Hände in ihren Schoß legt und sie verlegen knetet. Mein Herz klopft und ich blicke abwartend zu ihr, da mich das Gefühl beschleicht, dass sie mir etwas sagen will. »Annabell, ich …« Unsicher sieht sie mich an. »Es tut mir so leid!«, haucht sie fast tonlos und steht abrupt auf. Bevor ich etwas darauf erwidern kann, ist sie bereits aus dem Zimmer verschwunden. Kurze Zeit später fällt die Haustür ins Schloss und ich bin mal wieder alleine.

Bei dem Frühstück hat sich Mum allerdings selbst übertroffen. Neben einem duftenden Croissant und frisch gepresstem Orangensaft steht ein Schälchen Obstsalat, ein gekochtes Ei und ein Becher mit Erdbeermarmelade.

Hungrig falle ich über das Essen her, immerhin habe ich seit mehr als einem Tag nichts mehr zu mir genommen, abgesehen von dem Brötchen und dem Apfel.

Ein lautes *Donk!* lässt mich hochfahren. Vor Schreck verschlucke ich mich an einem Löffel Obstsalat. Hustend stehe ich auf und sehe nach, woher das Geräusch kommt. Da, schon wieder. Es kommt von draußen. Irgendein Verrückter wirft Steine gegen die Scheibe.

Die verflixte Frucht steckt mir immer noch im Hals. Keuchend und mit tränenden Augen öffne ich das Fenster.

Durch den Tränenschleier nehme ich eine dunkel gekleidete Gestalt wahr.

Kai!

Also hatte ich tatsächlich Recht – es war ein Verrückter.

»Bist du bekloppt, oder was? Du wirfst noch das Fenster ein!«, stoße ich röchelnd hervor.

»Warum bist du nicht in der Schule? Hast du schon wieder gesoffen?«, brüllt er zu mir herauf.

Ich bringe ihn um. Jetzt! Sofort! »Sei still! Wenn dich die Nachbarn hören!«

»Dann lass mich rein!« Energisch verschränkt er die Arme vor der Brust und sieht mich auffordernd an.

»Nein! Wieso sollte ich?«

»Weil ich sonst hier die ganze Siedlung zusammenschreie!«

Ja! Ich bringe ihn wirklich um. Aber langsam und qualvoll.

»Das tust du nicht!«, gebe ich verärgert zurück.

»Willst du es drauf ankommen lassen?«

Während ich noch überlege, ob er tatsächlich so ein Idiot ist und mich derart in Verlegenheit bringen würde, fängt der Mistkerl auch schon zu schreien an.

»Na, wie viel hast du denn diesmal in dich reingekippt!?«, grölt er in einer Lautstärke, die sicher noch drei Häuser weiter zu hören ist.

Ängstlich blicke ich mich um, ob bereits jemand die Fenster öffnet, um sich nach dem Störenfried umzusehen.

Ich winke ihm hektisch zu, damit er endlich die Klappe hält. »Pst, ich mach ja schon auf. Aber sei bloß still!«

Er grinst zufrieden.

Ich hasse ihn!

Als ich die Treppe nach unten gehe, um ihn durch die Hintertür hereinzulassen, überlege ich, ob ich ihm lieber eine reinhauen oder ihm einen Tritt in die Eier verpassen soll. Er schafft es jedes Mal aufs Neue, mich bis aufs Blut zu reizen.

Mit Wucht reiße ich die Tür auf. »Sag mal, was fällt dir eigentlich ...?«

Im nächsten Moment hat er mich schon nach innen geschoben und gegen die Wand gedrückt. Sanft legt er seinen Zeigefinger auf meinen Mund.

»Schhht!«, murmelt er. »Du weißt doch – die bösen, bösen Nachbarn.«

Zornig funkle ich ihn an und stoße seine Hand weg.

»Die scheinen dir doch völlig egal zu sein. Was veranstaltest du hier eigentlich für ein Gebrüll? Und was willst du?«

Doch Kai ignoriert meine Fragen völlig. Aufmerksam studiert er mein Gesicht.

»Was glotzt du so dämlich?« Mein Herz trommelt wie wild und ich verachte ihn dafür, dass er solch ungewollte Gefühlsregungen in mir hervorruft.

Doch er lässt sich nicht aus der Ruhe bringen. Langsam hebt er die Hand und fährt sachte über meine Wange.

Schon diese kleine Berührung lässt mich vor Schmerz zusammenzucken.

Ich schrecke zurück und wende mich beschämt ab. Der riesige blaue Fleck! Nachdem mir mein Vater die Krankmeldung gebracht hat, hab ich mir nicht mehr die Mühe gemacht, das Hämatom zu kaschieren.

»Scheint, als hätte es die Treppe auf dich abgesehen«, murmelt Kai. »Vielleicht wohnt ja ein Poltergeist darin. Schon mal die *Ghosthunters* gegoogelt?«

Was für ein Scherzkeks!

Er schiebt meine Locken, die mir wie ein Vorhang ins Gesicht fallen, zur Seite.

»Ist das der Grund, weshalb du heute zu Hause bist?«

Ich hebe den Kopf und versuche ihm selbstbewusst zu begegnen.

»Ich bin immer noch krank.«

Kai tritt einen Schritt zurück und lehnt sich gegen die Haustür. Er schnaubt: »Immer noch krank? Du warst nie krank, nur stockbesoffen.«

»Aber mein Vater glaubt, dass ich es bin.«

Kai kneift die Augen zusammen. »Hat er dich so zugerichtet?«, fragt er forschend.

Ich fühle mich in die Enge getrieben. Egal, was ich antworte, er wird so lange auf mich einreden, bis ich Dinge sage, die ich gar nicht sagen will.

»Und du? Was machst du überhaupt hier? Wieso bist du nicht in der Schule?«, schleudere ich ihm ausweichend entgegen.

»Ich wollte nur deine Schulden bei mir einfordern.«

Ich sehe ihm fest in die Augen. »Das kannst du dir abschminken. Ich spiele definitiv nicht noch mal *Wahrheit oder Pflicht* mit dir.«

»Wer will schon mit einer Spielverderberin spielen«, höhnt Kai und wirft mir einen verächtlichen Blick zu.

»Dann rück schon raus, was soll ich tun? Meine Mutter kommt bald wieder nach Hause.«

»Darfst du denn keinen Besuch empfangen?« Forschend sieht er mich an und hebt dann fragend eine Augenbraue, was ihn ziemlich sexy wirken lässt.

»Doch ... schon.« Ich zögere. Wie soll ich Kai klarmachen, dass meine Eltern eigentlich nichts dagegen haben, wenn Freunde oder Freundinnen bei mir vorbeischauen. Aber nicht solche ... wie er.

Ich raufe mir die Haare.

Kai presst die Lippen aufeinander und nickt. Er stößt sich von der Haustür ab und kommt einen Schritt auf mich zu.

»Hab schon verstanden. Ich bin nicht gut genug für ein Töchterchen aus feinem Hause. So ein Assi wie ich hat hier nichts zu suchen.«

Ich sehe ihn an und meine, in seinen Augen Traurigkeit zu erkennen. Andererseits kann ich mir nicht vorstellen, dass es jemandem wie ihm, mit einem Selbstbewusstsein bis zum Mond und wieder zurück, etwas ausmacht, nicht besonders beliebt zu sein.

Ich finde, er hat eine ehrliche Antwort verdient. Vielleicht macht er sich dann vom Acker.

Ich zucke die Schultern. »Ja, meine Eltern sind sehr auf einen guten Umgang und gute Manieren bedacht.«

Kai stößt verächtlich die Luft aus. »Gute Manieren? Wer säuft hier und lässt sich verprügeln? Ich glaube, da bin eher ich derjenige, der um seinen Ruf fürchten muss.«

Ich balle die Hände zu Fäusten. »Du musst dich ja nicht mit mir abgeben, wenn es dir nicht passt. Ich hab dich nicht darum gebeten, hierherzukommen.«

Wutentbrannt lasse ich Kai an der Tür stehen und trample die Treppe nach oben.

»Wir spielen jetzt dieses dämliche Spiel und dann will ich dich nie wiedersehen.«

Frustriert sinke ich in meinem Zimmer auf den Boden und ziehe eine leere Wasserflasche aus meinem Schulrucksack.

Kai steckt seinen Kopf durch die Tür. »Hat dich die Spielfreude jetzt doch gepackt?«

»Ach, lass mich doch zufrieden«, blaffe ich ihn an und unterstreiche meine Aussage mit einer wegwerfenden Handbewegung.

Kai gleitet geschmeidig zu Boden. Wenn er nicht so ein verdammter Arsch wäre, könnte man ihn wirklich als sexy bezeichnen.

»Und nur damit eines klar ist«, füge ich hinzu, während Kai bereits zur Flasche greift, »intime Fragen zu meiner Person sind verboten und ich werde auch nicht mit dir rummachen, mit dir knutschen oder dich küssen. Verstanden?«

Kai zieht eine Schnute. »Nicht nur 'ne Spielverderberin, sondern auch noch eine Spaßbremse ...«

Kopfschüttelnd stoße ich die Luft aus. »Willst du jetzt spielen oder nicht?«

»Spaßbremse!«, zieht mich Kai noch einmal auf, aber er lächelt und dreht die Flasche.

Ich triumphiere innerlich, als der Flaschenhals nicht auf mich, sondern auf Kai zeigt.

Kai fläzt sich völlig gelassen auf den Boden und streckt die Beine von sich. »Na, was kann ich für dich tun?«

»Heißt das, du nimmst *Pflicht?*«, frage ich lauernd.

Kai zuckt lässig mit den Schultern. »Klar, ich bin nämlich kein Langweiler.«

Da ich eine wirklich gute Idee habe, diese Nervensäge loszuwerden, kann ich mir ein hämisches Grinsen nicht verkneifen.

»Gut, dann will ich, dass du jetzt gehst.«

Zufrieden sehe ich, wie Kai ein verblüfftes Gesicht macht. Doch es dauert nur einen kurzen Moment, dann ist er wieder die Coolness selbst.

»Wie langweilig«, sagt er höhnisch, steht auf und läuft zwei Runden durchs Zimmer, um sich anschließend seelenruhig wieder auf dem Teppich niederzulassen.

»Was soll das?«, schimpfe ich sofort los. »Ich sagte doch klar und deutlich, dass du gehen sollst.« Zornig funkele ich ihn an und überlege, ob ich ihm die Flasche vielleicht über den Kopf ziehen soll.

»Bin ich doch«, antwortet Kai fröhlich. »Ich bin zweimal durch dein Zimmer gegangen. Wenn du allerdings meintest, dass ich das Haus verlassen soll, musst du deine Aufgabe das nächste Mal ein bisschen deutlicher formulieren.«

Vergnügt reibt er sich die Hände und dreht wieder die verdammte Flasche. Ich bin sprachlos, doch innerlich wünsche ich ihn zur Hölle.

Beim Blick auf die Uhr macht mein Herz einen Satz. Wie lange wird es noch dauern, bis Mum zurückkommt? In Anbetracht dessen, dass ich nicht unbedingt vom Glück verfolgt bin, regt sich die Angst in mir, dass sie ausgerechnet heute früher als gewöhnlich hier auftauchen könnte. Ich muss Kai schnellstmöglich loswerden. Also verfolge ich gebannt die Wasserflasche, die sich vor uns auf dem Boden dreht, und sende Stoßgebete zum Himmel, dass sie wieder auf Kai zeigt.

Ich erstarre. Dieses verflixte Scheißding stoppt tatsächlich in meiner Nähe. Am liebsten würde ich die Flasche packen und zum Fenster rausschleudern.

»*Wahrheit oder Pflicht*«, sagt der grinsende Idiot vor mir.

Meine Gedanken rasen. Ich habe keine Ahnung, was Kai mich fragen wird oder was er mich machen lässt.

Vor lauter Anspannung beginne ich an meinen Fingernägeln zu knabbern. Eine dumme Angewohnheit, die ich mir endlich abgewöhnen muss.

Kai rutscht näher heran und zieht mir die Hand aus dem Mund.

»Angst?«, murmelt er an meinem Ohr. Sein warmer Atem streift meine Haut und ich spüre, wie sich meine Nackenhärchen aufstellen.

Er legt meine Hand auf seinen Oberschenkel und lässt sie nicht los.

Nervös rutsche ich auf meinem Hintern hin und her. Warum verunsichert er mich so? Er nervt mich, doch andererseits fühlt sich meine Hand in seiner so warm und geborgen an, dass ich es nicht über mich bringe, sie wegzuziehen.

»Willst du mich immer noch nicht küssen?«, raunt er mir mit rauer Stimme zu.

Ich funkle ihn wütend an.

»Okay, okay, war ja nur eine Frage.« Abwehrend hebt er die Hände, und sofort fehlt mir dieses warme Gefühl auf der Haut.

Aus reinem Trotz nehme ich *Wahrheit.*

Kai schaut mich lange an. Immer wieder zieht er die Unterlippe zwischen die Zähne. Man merkt, wie es in seinem Kopf arbeitet.

Hitze breitet sich in mir aus.

»Was findest du an deinem Sitznachbarn schöner als an dir selbst?«, fragt Kai geradeheraus.

»Sehr witzig, Kai!« Ich verziehe den Mund.

»Was?« Er gibt sich völlig ahnungslos.

»DU bist doch mein Sitznachbar!«

Kai dreht den Kopf und tut so, als würde er sich suchend umsehen.

»Tatsächlich!« Er schlägt sich an die Stirn. »Sorry, ich glaube, ich bin heute ein bisschen verpeilt.«

Er legt die Hand vor den Mund und ich könnte drauf wetten, dass er dahinter ein Lachen verbirgt.

»Du bist so kindisch!«, sage ich. »Aber bitte, wenn ich dich damit loswerden kann.«

Ich mustere ihn von oben bis unten. Er trägt normale blaue Jeans und ein schwarzes T-Shirt, das eng anliegt. Die dunklen Locken ringeln sich bis in seinen Nacken und umrahmen sein kantiges Gesicht.

Mein Blick wandert weiter und bleibt bei seinen Augen hängen. Er hat unwahrscheinlich schöne Augen. Sie sind groß und von langen dichten Wimpern gesäumt. Die Iris ist von einem tiefen, warmen Braun und glänzt bernsteinfarben. Ernst und freundlich blickt er mich an, völlig ohne Hohn und Spott. Daher fällt es mir in diesem Moment leicht, ihm eine Antwort zu geben.

»Deine Augen ...«, stammle ich. »Die sind schöner als meine ...«

Kais Blick hält mich gefangen, nur aus den Augenwinkeln sehe ich, wie er sich mit den Händen am Boden abstützt und ein Stück in meine Richtung gleitet. Wie in Zeitlupe nähert sich sein Gesicht meinem.

»Die Augen also ...«, murmelt er und verharrt nur wenige Zentimeter vor mir. Mein Atem stockt und mein Herz trommelt gegen die Rippen. Ich spüre die Wärme, die von ihm ausgeht, und fühle eine noch nie da gewesene Anziehungskraft.

Nun ist er so dicht vor mir, dass ich nur die Lippen zu spitzen bräuchte, um seinen Mund zu berühren.

Plötzlich dreht er abrupt den Kopf. Das Herz rutscht mir in die Hose, als seine Lippen dabei meine streifen.

Er steht auf, streicht sich das Haar aus der Stirn und geht.

Das kann er doch jetzt nicht ernst meinen!

Er lässt mich hier zurück und ich fühle mich wie überfahren. Mein Herz schlägt nach wie vor im Galopp und ich meine, noch immer seinen warmen Lippen zu spüren.

Ich springe auf.

»Hey! Warte!«, rufe ich und sprinte ihm hinterher, die Treppe nach unten. Kai greift gerade nach dem Griff der hinteren Haustür.

Atemlos komme ich vor ihm zum Stehen.

»Wieso ... wieso gehst du jetzt einfach?«, stoße ich hervor.

Verwunderung spiegelt sich auf seinem Gesicht. »Aber das wolltest du doch!«

Ich spüre, wie ich schon wieder knallrot anlaufe. Das hat er wirklich drauf – mich zum Leuchten zu bringen!

»Äh ... ja ... klar.« Vor Verlegenheit zupfe ich erneut an meiner abstehenden Nagelhaut herum.

»Autsch!«, entfährt es mir. Na toll! Mein Finger blutet.

Schnell stecke ich ihn in den Mund, doch Kai greift sich meine Hand und wickelt den Finger in sein Shirt. Er übt einen sanften Druck aus, um die Blutung zu stoppen.

Ich schließe die Augen, lehne mich an ihn und genieße die Wärme, die von seinem Körper ausgeht und mich einlullt.

»Warum bist du gekommen?«, flüstere ich.

»Ich habe mir Sorgen gemacht.«

»Sorgen um mich?« Überrascht schlage ich die Augen auf.

Kai streicht mit dem Zeigefinger vorsichtig über meine verletzte Wange. »Und scheinbar hatte ich Recht damit.«

Seine Berührung lässt Schmetterlinge in meinem Bauch flattern, doch ich verstehe wirklich nicht, wieso. Immerhin ist er trotz allem ein Riesenidiot.

Das Geräusch des Hausschlüssels in der vorderen Haustür lässt uns zusammenfahren. Mit einem Satz ist Kai zur hinteren Tür raus und nimmt die Wärme mit sich. Ich fühle mich mit einem Mal ganz alleine.

»Aaaannnaaabeeelll!«

»Ich bin hier, Mum!«

Meine Mutter kommt durch den Flur auf mich zu.

»Was machst du da an der Hintertür?«

»Ich war nur kurz draußen. Ein wenig frische Luft schnappen.«

Mutter nickt. Sie sieht irgendwie abgespannt aus, obwohl ich mir keinen Reim darauf machen kann, wieso. Immerhin war sie nicht bei der Arbeit und hat auch keine körperliche Betätigung hinter sich. »Hoffentlich hast du dich nicht außerhalb des Gartens blickenlassen. Schließlich bist du noch krankgemeldet.«

»Natürlich nicht, Mum.«

»Ich dachte, ich schaue zwischen meinen Terminen nach dir. Ist alles in Ordnung?«

»Ja, alles okay.«

Sie lächelt mich müde an und legt mir ihre Hand auf den Oberarm. Das ist alles, was ich von ihr erwarten kann, diese kleinen, versteckten Gesten, mit denen sie mir ihr Mitgefühl bekundet. Niemals wird sie es wagen, sich gegen meinen Vater aufzulehnen.

Sie drückt mir zwanzig Euro in die Hand. »Ich habe nachher noch einen Termin im Nagelstudio und anschließend einen beim Friseur. Wenn du Hunger bekommst, bestell dir doch einen Salat beim Italiener.« Manchmal kommt es mir so vor, als wären ihre ständigen Termine eine Art Flucht. Ein Vorwand, um dieses Haus verlassen zu können.

Ich schiebe das Geld in die Tasche meiner Jeans und nicke.

Dann fasst sie mir ins Haar, lässt meine Locken durch ihre Finger gleiten und kräuselt missbilligend die Nase.

»Du hast auch dringend einen Haarschnitt nötig. Kein Glanz, und die Spitzen sind gespalten. Du solltest sie ein ganzes Stück kürzen lassen. Weißt du was, ich mache einen Termin für dich am Wochenende aus.«

Damit rauscht sie aus der Tür.

Ich trete vor den Flurspiegel. Eigentlich finde ich meine Haare ganz okay. Ich liebe es, wie sie in sanften Wellen bis knapp über die Schulterblätter fallen, und möchte sie nicht kürzen lassen. Doch der Wunsch meiner Eltern ist Befehl. Außer, ich will wieder Schläge bekommen.

Zurück auf meinem Zimmer wollen die Gedanken an Kai nicht verschwinden. Einerseits nervt er mich tierisch. Doch wenn er mich berührt oder mich ansieht …

Wenn ich nur wüsste, was er denkt. Manchmal habe ich das Gefühl, es interessiert ihn wirklich, wie es mir geht, und manchmal denke ich, er verarscht mich von vorne bis hinten.

Ruhelos wandere ich auf und ab und wünsche mir, dass die Stimme in mir endlich schweigt.

Um mich abzulenken, schlüpfe ich in meinen Bikini und schnappe mir ein Taschenbuch aus dem Regal.

Kurz darauf rekele ich mich im Garten in einem der Liegestühle am Pool und vertiefe mich in eine Romanze zwischen einem gefallenen Engel und einer Elfe.

Kai

Ich habe es, zum Teufel noch mal, versucht. Ich bin weggegangen. Leider habe ich es nur bis zum Gartentor geschafft. Wie ein verfluchter Spanner stand ich am Zaun und habe gewartet, ob sich ihre Mutter vielleicht wieder verdrückt. Als nach kurzer Zeit tatsächlich der Motor von dem Nobelhobel angesprungen ist, hat mein dämliches Herz einen noch dämlicheren Hüpfer gemacht. Und dann ist sie in diesem … Nichts aus dem Haus getreten. Da war es um mich geschehen. Sie ist die Versuchung in Person und ich bin so scheiß schwach! Ich sehe, wie sie auf einem der Liegestühle liegt, in ein Buch versunken. Ich weiß nicht, wann ich das letzte Mal etwas außerhalb der Schule gelesen habe. Lesen ist etwas für Langweiler oder für Nerds. Doch sie sieht verdammt sexy dabei aus, wenn sie auf die Seiten starrt. Mal zieht sie die Stirn kraus, mal legt sich ein Lächeln auf ihre Lippen. Ich könnte ihr ewig dabei zusehen, wenn es nur nicht so beschissen heiß wäre. Ich fühle mich wie ein geröstetes Stück Fleisch. Die Sonne scheint fast senkrecht auf mich herab und brennt mir gnadenlos auf die Stirn. Das Wasser des Pools sieht derart verführerisch aus, dass ich nur schwer gegen den Drang ankämpfen kann, hineinzuhüpfen. Doch was hält mich eigentlich davon ab?

9. Kapitel

Annabell

Ich spüre die Sonnenstrahlen auf meinem Bauch und bin völlig in die fantastische Liebesgeschichte versunken, als plötzlich ein lautes Platschen zu hören ist und mir kaltes Wasser über den Körper spritzt. Erschrocken springe ich von meiner Liege und kreische laut auf.

Was zur Hölle …!

Ich trete an den Rand des Pools und meine Augen suchen die Wasseroberfläche ab. Und genau in dem Moment, als ich den Körper am Boden des Beckens entdecke, schnellt er wieder in die Höhe und beschert mir erneut eine Dusche.

Vor mir lehnt Kai am Beckenrand und grinst mich siegessicher an. Fassungslos starre ich ihn an. Er hat sein T-Shirt ausgezogen und ist mitsamt Jeans ins Wasser gesprungen.

Die Schimpftirade bleibt mir im Hals stecken, als ich sehe, wie unglaublich toll er im Wasser rüberkommt.

Das sowieso schon dunkle Haar glänzt wie ein geschliffener Obsidian und einzelne Wassertropfen perlen über sein braun gebranntes Gesicht bis hinunter zur Brust und hinterlassen silbrige Spuren, die im Sonnenlicht funkeln wie Diamantenadern.

Kai grinst verwegen und gnadenlos frech und sieht dabei so süß aus, dass ich meinen Ärger gänzlich herunterschlucke.

»Du schon wieder?«

Kais Lächeln vertieft sich und er stemmt sich aus dem Wasser. Er stellt sich neben mich und wirft das nasse Haar nach hinten.

»Ich dachte, wir spielen noch ein bisschen weiter.«

Er ist wirklich unersättlich.

»Nee, Kai, tu mir das nicht an.«

Er zieht eine Schnute und kommt näher.

»Na gut, dann eben nicht …«, brummt er, packt mich mit Schwung um die Taille und springt mit mir, noch ehe ich bis drei zählen kann, ins kalte Wasser.

Prustend tauche ich an die Oberfläche und sehe in Kais feixendes Gesicht.

»Du Trottel!«, schreie ich und klatsche ihm die Hände auf den Oberkörper. »Was soll das?«

Kai taucht lachend unter mir weg und kommt ein Stück weiter entfernt wieder nach oben.

Kopfschüttelnd bahne ich mir meinen Weg zur Treppe. Ich erklimme gerade die erste Stufe, als mich etwas am Fuß packt und ruckartig zurück ins Wasser zieht.

Jetzt reicht's! Okay, er sieht besser aus, als es ihm gut tut, doch er ist und bleibt ein Idiot.

Ich verschlucke mich an dem verdammten Wasser, doch dann tauche ich auf und spritze Kai zornentbrannt eine Ladung davon ins Gesicht.

»Hör endlich auf mit dem Mist! Sag mir lieber, was du hier schon wieder zu suchen hast?«

Kai setzt sich auf die Treppe am Beckenrand, stützt sein Kinn in die Hand und tut, als müsse er überlegen.

Ich seufze tief.

»Willst du wirklich wissen, wieso ich hier bin?« Er sucht meinen Blick und nimmt ihn gefangen.

Ich bin verwirrt. Er schaut mich so intensiv an, dass mir ganz flau im Magen wird. Ich fröstle und weiß nicht, ob es vom kalten Wasser kommt oder ob er daran schuld ist.

»Ja«, hauche ich. Zu mehr bin ich im Moment nicht fähig.

Er wickelt sich eine meiner nassen Locken um den Finger, um sie gleich darauf wieder aufspringen zu lassen. Seine andere Hand verweilt auf meiner Schulter.

Ich halte die Luft an. Schon wieder bringt er mein Herz zum Rasen. Er ist mir so nah.

Er mustert mich und blickt mir so tief in die Augen, dass ich nur noch daran denken kann, wie sich seine Lippen wohl jetzt gleich auf meinem Mund anfühlen werden. Er rückt mein Kinn ein klein wenig gerade. Seine

Hand rutscht wie zufällig meinen Arm entlang nach unten und taucht knapp über meiner Hüfte ins Wasser.

Seine Berührung hinterlässt ein Kribbeln auf meiner Haut, das sich bis in den Unterleib brennt.

Ich schiebe mich näher an ihn heran, gezogen von einem unsichtbaren Band, dem ich mich nicht widersetzen kann. Meine Schienbeine stoßen an den Rand der Treppe, auf der er hockt. Kai spreizt die Beine ein Stück weit, damit ich dazwischen passe, doch mit einem Mal steht er abrupt auf, flüchtet die Treppe hinauf und wirft sich auf eine der Poolliegen.

Ich komme mir verdammt dämlich vor.

»Warum glaubst du, bin ich gekommen? Es ist ganz einfach, Prinzesschen. Deinetwegen schwänze ich nun schon zum zweiten Mal die Schule. Das bedeutet erstens, dass du einen verflucht schlechten Einfluss auf mich ausübst, und zweitens, dass mir stinklangweilig ist. Außerdem ist es gerade abartig heiß.«

Arroganter Widerling!

»Falls es dir entgangen sein sollte – das hier ist keine öffentliche Badeanstalt. Also hau ab ins Freibad!«, schleudere ich ihm wütend entgegen.

»Hab keine Kohle für den Mist!« Kai dreht sich auf den Bauch und schließt die Augen.

Ich ringe um Fassung und bete um Beherrschung, damit ich ihm nicht sofort den Poolkescher über den Kopf ziehe.

Ich stehe wie bestellt und nicht abgeholt im Wasser und sehe zu, wie Kai sich völlig relaxt in der Sonne aalt.

Mein Blick fällt auf den großen leeren Blumentopf, der am Rande des Pools steht. Meine Mutter hat noch nicht die Zeit gefunden, um ihn zu bepflanzen. Und mit einem Mal kommt mir ein hinterhältiger Gedanke. Ich gebe Kai noch gute fünf Minuten, so dass sich seine Haut in der Sonne so richtig aufheizen kann.

Währenddessen tauche ich auf das Gefäß zu, angle es mir ins Schwimmbecken und fülle es bis zur Oberkante. Kai döst immer noch in der Sonne, während ich mich auf Zehenspitzen zu ihm schleiche und mit einer einzigen schwungvollen Bewegung den riesigen Blumentopf über ihm leere.

Noch nie habe ich jemanden derart schreien hören. Es erfüllt mich mit tiefer Befriedigung, mitanzusehen, wie Kai wie von der Tarantel gestochen in die Höhe fährt.

Wütend starrt er mich aus funkelnden Augen an.

»Bist du völlig durchgedreht?«

Scheinheilig lächle ich ihn an. »Du hast vorhin gesagt, dass dir so heiß ist. Da dachte ich, du könntest ein bisschen Abkühlung vertragen. Sag bloß, das wolltest du nicht?«

Unschuldig klimpere ich mit den Wimpern. Ich sehe, wie Kai innerlich einen Kampf ausficht, und gratuliere mir für meinen gelungenen Schachzug. Endlich fehlen auch ihm mal die Worte.

Gleichzeitig habe ich ein wenig Angst davor, wie er jetzt reagieren wird. Ich hoffe, er flippt nicht aus. Vorsichtshalber gehe ich aus der Schusslinie und weiche ein paar Meter von seiner Liege zurück. Doch genau in diesem Augenblick beginnt Kai zu lachen. Er wirft den Kopf in den Nacken und lacht, bis ihm die Tränen kommen.

Immer noch lachend steht er auf und kommt auf mich zu.

Oh nein! Ich kann mir denken, was er im Schilde führt – er will mich ins Wasser werfen.

»Vergiss es!«, schreie ich und laufe, so schnell ich kann, in Richtung Garten.

Und obwohl ich eigentlich eine gute Läuferin bin, scheine ich gegen ihn keine Chance zu haben. Als ich mich umsehe, ist er unmittelbar hinter mir.

Mit langen Schritten überholt er mich und dreht sich abrupt um, so dass ich mit Volldampf direkt an seiner Brust lande.

»Hoppla!«, ruft er, greift mir unter die Arme und Beine und hebt mich hoch.

»Jetzt bekommst du, was du verdient hast!« Er läuft mit mir zurück zum Pool.

»Eins, zwei ...«

»Kai, hör auf! Bitte!« Frustriert trommle ich gegen seine Brust. Mir ist mittlerweile kalt und ich will auf keinen Fall zurück ins Wasser.

Mitten in der Bewegung hält er inne und grinst mich an. »Rache ist süß, Prinzesschen!«

»Du hast mich doch zuerst nass gespritzt«, antworte ich kleinlaut.

»Nicht zu vergleichen mit deinem Attentat von eben. Das sah fast so aus, als ob du mich ersäufen wolltest.«

Ich versuche es mit Betteln. »Komm schon, sei nicht so nachtragend. Ich bestelle auch Pizza für uns.«

Kais Lippen kräuseln sich zu einem Schmunzeln. »Du willst also, dass ich bleibe?«

Meine Wangen fangen Feuer. »D...das habe ich nicht gesagt.«

»Wenn du mich zum Pizzaessen einlädst, sieht es doch ganz danach aus.« Seine Mundwinkel zucken. »Man könnte ja fast meinen, dass wir zwei hier ein Date haben.«

»Davon träumst du wohl!«

Kai lacht. Und schon wieder juckt es mir in den Fingern. Was stellt dieser Typ bloß mit mir an? Einerseits möchte ich ihm pausenlos eine scheuern und andererseits ...

Zischend stoße ich die Luft aus.

Kai lässt sich mit mir auf dem Beckenrand nieder. Seine Füße baumeln ins Wasser und ich sitze automatisch auf seinem Schoß. Und damit genau auf seinem ... Ding.

Ich atme heftig, als er mir mit der Hand über den Rücken fährt. Und noch ehe ich begreife, was er da eigentlich tut, liegen seine Lippen auf meinen. Warm und fest spüre ich sie auf meinem Mund und ich atme seinen frischen Geruch.

Mein Herz trommelt fast schmerzhaft gegen die Rippenbögen und ich kann mich nicht entscheiden, ob ich ihn von mir stoßen oder seinen Kuss erwidern soll. Herz oder Kopf?

Ich spüre, wie er zwischen den Beinen hart wird, und im gleichen Augenblick stößt er mich von sich runter, steht auf und springt mit einem Köpper ins Wasser.

Er taucht bis zur anderen Seite des Pools und klettert dort wieder heraus.

»Was ist jetzt mit der Pizza?«, ruft er mir zu. »Ich habe Hunger.«

Ich bin immer noch aufgewühlt von dem Kuss und weiß nicht wirklich, was er zu bedeuten hat. Heißt das, er steht auf mich? Will ich überhaupt, dass er auf mich steht?

Ja! Antwortet mein Unterbewusstsein ungefragt, noch ehe ich überhaupt richtig zu Ende denken kann.

Aber ich schüttle den Kopf und hoffe, damit alle Gedanken, die Kai betreffen, auf Nimmerwiedersehen ins Weltall schleudern zu können.

Meine Neugier kann ich dennoch nicht zügeln.

»Warum hast du mich geküsst?«, frage ich ihn, während er an meiner Seite das Haus betritt.

»Spielschulden sind Ehrenschulden.«

»Wie bitte?«

»Na, weißt du nicht mehr – dein Einsatz bei *Wahrheit oder Pflicht?*« Er sieht mich von der Seite an. »Ich bin gestern gegangen, weil du eine verflixte Spielverderberin bist. Aber was mir zusteht, treibe ich immer irgendwann ein.«

»Ich hasse dich!«

Kai zuckt die Schultern. »Damit kann ich leben. – Für mich bitte eine mit Oliven und Paprika.«

Bescheuerter Vollidiot trifft es nicht mal ansatzweise.

Er reizt mich wirklich bis aufs Blut mit seiner selbstgefälligen Art.

»Was sagt eigentlich deine Freundin dazu, dass du andere Mädchen küsst?«

Kai lacht schon wieder.

»Freundin? Habe ich jemals erwähnt, eine Freundin zu haben?« Er bückt sich und wispert mir ins Ohr: »Willst du mich etwa aushorchen?«

»N…nein …«, stammle ich verzweifelt. »Ich dachte nur, deine Freundin wäre bestimmt sauer, wenn …«

Ich habe keine Ahnung, wie ich mich aus dieser Sache herauswinden soll. Um meine Verlegenheit zu überspielen, öffne ich die oberste Schublade der kleinen Kommode, die im Flur steht, und entnehme ihr die Menükarte vom Pizzaservice.

»Willst du dich etwa in die Schlange meiner Verehrerinnen einreihen?«, feixt er.

»Sicher nicht«, sage ich trotzig, stapfe an ihm vorbei und wähle die Nummer der Pizzeria.

Während ich telefoniere, spüre ich, wie seine Blicke begehrlich über meinen fast nackten Körper gleiten. Ich werde unsicher, obwohl es mir sonst nichts ausmacht, mich in meinem Bikini zu zeigen.

Nach dem Telefonat ziehe ich mich mit einer hastig gemurmelten Entschuldigung zurück auf mein Zimmer und schlüpfe in ein kurzes gelbes Sommerkleid.

Ich weiß nicht, wie Kai es schafft, mich jedes Mal derart aus der Fassung zu bringen. Er sieht wahnsinnig gut aus, doch ich kann mich nicht erinnern, jemals auf den Typ dunkel und gefährlich gestanden zu haben. Ich kenne Kai zwar nur vom Sehen, aber sein Ruf eilt ihm weit voraus. In der Schule erzählt man sich, er sei in einer Punkclique, die es mit den Gesetzen nicht so genau nimmt. Es ist noch kein Jahr her, dass einer der Mitglieder auf dem Pausenhof von der Polizei verhaftet wurde. Das Gerücht von illegalem Drogenbesitz machte damals die Runde. Und irgendetwas wird wohl daran gewesen sein, denn der Typ ist bis heute nicht wieder aufgetaucht.

Mit solchen Gangs und ihren Machenschaften will ich nichts zu tun haben, mir reichen meine Probleme zu Hause, und solange Kai in meiner Nähe ist, werden die sicher nicht weniger. Trotzdem hat er irgendetwas an sich, dem ich mich nicht entziehen kann.

Ich setze mich an meinen Schreibtisch und starre gedankenverloren aus dem Fenster. Was ist zwischen Kai und mir? Ist da überhaupt etwas? Und wenn da etwas wäre, will ich mich darauf überhaupt einlassen? Ich weiß nicht, wie lange ich durch die blank geputzte Scheibe gestarrt habe, als ich höre, wie meine Zimmertür aufgeht.

»Schmollst du?« Kais Lockenkopf erscheint im Türspalt.

»Ich hab mich nur angezogen.«

Kai runzelt die Brauen. »Etwa wegen mir? Hättest du nicht tun müssen. Mir hast du nackt besser gefallen.«

»Ich war nicht nackt!«, erwidere ich empört.

»Na ja, die paar Dreiecke auf deinem Körper haben mehr enthüllt als verdeckt.« Kai zwinkert mir zu. »... Und ich verfüge über eine gewaltige Vorstellungskraft und eine blühende Fantasie!«

Er macht drei Schritte auf mich zu und fährt mit zwei Fingern am Ausschnitt meines Kleides entlang. Ich spüre den noch immer leicht feuchten Stoff seiner Jeans an meinen Beinen und stehe sofort in Flammen.

Hör auf! Hör auf!

Er legt den Arm um meine Taille und zieht mich an sich.

O mein Gott!

Ein Nerven zerreißender Ton lässt uns auseinanderfahren.

»Die Pizza«, keuche ich, haste sofort nach unten und lasse ihn in meinem Zimmer zurück.

Wenige Minuten später balanciere ich die beiden Schachteln in mein Zimmer, doch Kai ist verschwunden.

Kai

Ich muss hier sofort weg, sonst passiert ein riesengroßes Unglück. Wenn ich nicht gleich verschwinde, dann ist es um meine Selbstbeherrschung geschehen. Sie sah so heiß aus in ihrem Bikini und dann in diesem Kleid, das jede Rundung ihres Körpers betont. Allein beim Gedanken daran pocht es vor Verlangen zwischen meinen Schenkeln. Ich war schon kurz davor, sämtliche Vorsätze über Bord zu werfen und sie tatsächlich zu verführen. Bei jedem anderen Mädchen wäre es mir egal gewesen, wie sie wirklich zu mir steht. Bei ihr nicht. Ich merke, dass sie Vorbehalte hat und sich gegen mich wehrt. Und ich kann nicht einschätzen, ob sie mich in ihrer Nähe haben will oder nicht. Ich will sie nicht nur vögeln, ich will ... Scheiße, ich will sie glücklich machen. Ich möchte dabei in ihre Augen schauen und sehen, wie sie mich anstrahlt. Ich will, dass sie meinen Namen stöhnt und ich der Einzige bin, den sie begehrt. Niemals wollte ich, dass jemand eine solche Kontrolle über mich hat, und nun ist es einfach passiert.

Ich kann nicht gut mit Gefühlen umgehen, das konnte ich noch nie. Ich habe in meinem Leben nie Liebe erfahren, wie könnte ich sie also weitergeben? Ich würde dieses Mädchen früher oder später verletzen. Und genau darum muss ich gehen. Es gibt schon jemanden, der ihr Schmerzen zufügt, und ich will nicht der Nächste sein, dafür ist sie zu ... kostbar. Schon wieder so ein schwules Wort! Ich erkenne mich selbst nicht wieder.

Ich muss zu meinen Kumpels, zu der Gang. Dorthin, wo ich hingehöre, und sie mir aus dem Kopf schlagen. Ich lebe nicht in ihrer Welt! Ich bin ein Alien, ein Außerirdischer, der sich ungefragt Zutritt dorthin verschafft hat und jetzt kapiert, dass er dort auf Dauer nichts zu suchen hat. Heute werde ich mir die Kante geben, weil ich das alles vergessen will, aber einfach nicht vergessen kann.

10. Kapitel

Annabell

»Kai?«

Ich durchsuche das ganze Haus und werfe zuletzt einen Blick in den Garten. Er ist nicht mehr da. Was soll das nun schon wieder? Ich werde einfach nicht schlau aus ihm.

Außerdem, wie um Himmels willen soll ich jetzt die zwei Pizzen verdrücken? Allein bei dem Gedanken daran wird mir übel, aber wegen der zweiten Pizza würde meine Mutter garantiert misstrauisch werden.

Missmutig setze ich mich auf mein Bett und stopfe das fettige Zeug in mich hinein.

Mein Magen macht bereits bei der Hälfte der ersten Pizza schlapp.

Ich könnte ihn umbringen! Schon wieder!

Zwei Stunden später habe ich es tatsächlich geschafft, die beiden Kalorienbomben herunterzuwürgen. Ich fühle mich wie der Wolf in Rotkäppchen, dessen Bauch mit Backsteinen gefüllt ist. Ich will in meinem ganzen Leben keine Pizza mehr sehen, geschweige denn essen. Und daran ist nur dieser unausstehliche Typ schuld.

Ich schleppe mich zu meinem Papierkorb, reiße eine der Pizzaschachteln in kleine Schnipsel und verstecke sie unter einem Haufen zerrissener Übungsblätter. Der anderen verpasse ich einen Tritt, dass sie gegen die Wand fliegt. Ich bin stinksauer!

Das Klingeln meines Handys ertönt und ich melde mich mit einem gestressten »Ja?«.

»Annabell? Hier spricht dein Vater.«

Mein Mund wird trocken und ich schlucke. Das macht er öfter, dass er seine Nummer unterdrückt. Vermutlich weil er mich dann besser kontrollieren kann.

»Daddy?«

»Ich habe Jannik für heute Abend zum Essen eingeladen. Er wollte dich ausführen und war ganz besorgt, als ich sagte, du wärst krank.«

Mir wird schlecht. Klar, Jannik und besorgt …! Wahrscheinlich hat er nur dicke Eier, die er loswerden will. Seit der Geschichte auf der Party finde ich ihn noch widerlicher als zuvor.

»Ich habe ihm gesagt, dass du dich sicher über einen kleinen Krankenbesuch freuen würdest. Deine Mutter und ich sind heute Abend auf einem Empfang, also habt ihr das Haus für euch.«

Wie passend! Ich will auf keinen Fall mit diesem Schleimscheißer alleine sein.

»Und was soll ich ihm zu essen anbieten, wenn ihr gar nicht da seid?«, frage ich lauernd.

»Hm.« Er macht eine Pause, als würde er überlegen. »Deine Mutter wird euch Pizza bestellen.«

Auch das noch! Pizza und Jannik, die schlimmste Kombination *ever!*

»Annabell, ich muss jetzt Schluss machen«, meldet mein Vater sich wieder zu Wort. »Meine Patienten warten. Nur noch eines. Ich verlange ausdrücklich von dir, dass du zu Jannik nett und höflich bist. Verstanden?«

Mehr als ein zustimmendes Gemurmel bringe ich nicht zu Stande.

Nett und höflich! Nett war schon immer die kleine Schwester von scheiße.

***

Die Stunden bis zum Abend vergehen viel zu schnell.

Pünktlich um halb sieben steht *Mr Lover* vor der Haustür und überreicht mir ein perfekt gebundenes Biedermeiersträußchen.

Ich heuchle Freude und bitte ihn herein.

Die Pizza liegt bereits ekelhaft duftend im Esszimmer. Und mir ist von ihrem Geruch so schlecht, dass ich Jannik nicht mal vorspielen muss, wie krank ich bin.

Jannik verhält sich den gesamten Abend über höflich und unterlässt sogar seine penetranten Annäherungsversuche – auch wenn sein Verhalten sicherlich nichts mit Rücksichtnahme zu tun hat. Ich denke, dass er einfach Schiss hat, meine Eltern könnten früh zurückkommen und uns in einer verfänglichen Situation überraschen.

Trotzdem bin ich über den Verlauf des heutigen Abends einigermaßen verwundert. Jannik fordert mich mehrmals auf, mich aufs Sofa zu legen, und bietet mir an, für mich Tee zu kochen. Ja, er holt sogar eine Decke und legt sie mir um die Schultern, als ich auf Grund der weit geöffneten Terrassentür leicht zu frösteln beginne. Jannik gibt sich locker und ich bin sehr erleichtert, dass er mich ansonsten in Ruhe lässt.

»Annabell, was meinst du – jetzt, wo du meine Freundin bist ... Wann können wir es denn endlich offiziell machen?«

Vor Schreck spucke ich die Cola, an der ich gerade nippe, zurück ins Glas. Mit weit aufgerissenen Augen starre ich den schmierigen Kerl mir gegenüber an.

»Wir können *was?*«, stoße ich entsetzt hervor.

Jannik lehnt sich im Stuhl zurück und verschränkt die Arme vor der Brust.

»Jetzt tu doch nicht so überrascht. Du hast mich auf der Party ziemlich heiß gemacht und dein Vater ist mit deiner Wahl mehr als einverstanden. Ich habe bereits mit ihm gesprochen.«

»Was hast du zu ihm gesagt?«, zische ich wütend.

»Na, dass wir einen romantischen Abend hatten, du gerne mit mir zusammen wärst und ich es mir durchaus vorstellen kann. Ich meine, sieh dich mal um ...« Jannik macht eine schwungvolle Handbewegung. »Du kommst aus gutem Haus, ihr seid reich, dein Vater genießt ein hohes Ansehen und du ... du hast guten Manieren und bist durchaus vorzeigbar.«

Ich kann nicht glauben, was er da von sich gibt. Er ist völlig übergeschnappt. Ein selbstverliebtes Arschloch. Er wartet anscheinend darauf, dass ich ihm um den Hals falle, weil er es mir genehmigt, mich an seiner Seite zu zeigen. Doch lieber sterbe ich, als Janniks Freundin abzugeben.

»Jannik ... ich«, setze ich an, doch ich komme nicht weit. In diesem Augenblick betreten meine Eltern gut gelaunt das Wohnzimmer.

Der Arschkriecher steht natürlich sofort auf, haucht meiner Mutter einen Kuss auf die Wange und reicht meinem Vater die Hand.

»Schön, dass Sie wieder da sind. Haben Sie den Abend genossen?«, säuselt er.

Meine Mutter kichert albern.

»Oh ja, es war sehr amüsant. Stimmt's, mein Schatz?« Sie versucht sich an einem koketten Augenaufschlag, der jedoch leicht verrutscht. Man hört ihrer Stimme an, dass sie einiges getrunken hat. Schon wieder!

»Das freut mich für Sie«, säuselt Jannik weiter. »Annabell und ich hatten auch eine schöne Zeit und ich bin glücklich, ab jetzt öfter hier sein zu dürfen.«

Wie bitte? Mir verschlägt es die Sprache. Ich muss an mich halten, um vor Wut nicht laut loszuschreien oder mit irgendetwas um mich zu werfen.

Mein Vater klopft Jannik wohlwollend auf den Rücken. »Da meine Tochter für ihr Alter noch ziemlich unreif und naiv ist, bin ich froh, dass du sie unter deine Fittiche nehmen willst. Ich hoffe, sie wird deinem guten Beispiel folgen und in Zukunft etwas strebsamer sein und besser gehorchen.«

»Ich werde ein Auge auf sie haben, das verspreche ich Ihnen, Herr Beck. Ihre Tochter ist bei mir in den besten Händen.« Er blinzelt mir demonstrativ zu.

»Das weiß ich, Jannik, das weiß ich.« Mein Vater streckt ihm die Hand entgegen. »Aber nenn mich doch bitte Manfred.«

Meine Knie beginnen zu zittern, während ich dabei zusehen muss, was sich da gerade vor meinen Augen abspielt. Ich fühle mich wie eine Kuh auf dem Viehmarkt, die gerade an den Meistbietenden verschachert wurde.

Jannik küsst mich stürmisch auf den Mund, während seine Hand hinterrücks an meinen Po greift.

»Bis morgen, Täubchen«, zwitschert er.

Täubchen? Unwillkürlich muss ich an diese grauen hässlichen Vögel denken, die alles vollkacken, was sich in ihrem Umfeld befindet. Und genau das würde ich am liebsten jetzt auch tun. Jannik etwas scheißen!

Doch natürlich tue ich es nicht. Es würde mir nur noch mehr Probleme einbringen. Wenn mein Vater eine Entscheidung gefällt hat, ist sie unumkehrbar. Egal, was andere darüber denken oder dazu sagen. Und meine Wünsche hat er sowieso noch nie respektiert. Eigentlich kann ich es Jannik nicht verübeln, dass er mich genauso behandelt.

11. Kapitel

Annabell

Als ich am nächsten Morgen die Augen öffne, gilt mein erster Gedanke Kai. Wird er auch heute wieder hier aufkreuzen? Leider macht meine Mutter alle Hoffnungen auf ein ungestörtes Wiedersehen zunichte, indem sie sich den ganzen Tag auf einer der Poolliegen räkelt und einen Gin Tonic nach dem anderen hinunterkippt. Irgendwie beschleicht mich das Gefühl, als wolle sie etwas wiedergutmachen, indem sie mir zu Hause Gesellschaft leistet. Doch ihr sparsamer Einsatz wird nichts an der ganzen Sache ändern. Um mir zu helfen, müsste sie meinem Vater selbstbewusst und forsch entgegentreten. Aber leider verfügt meine Mum über keine der beiden Eigenschaften. Sie erinnert mich oft an ein graues Mäuschen, das fast unsichtbar durchs Leben huscht.

Ich hänge meinen Gedanken nach, wie es wohl gewesen wäre, wenn sie nicht zu Hause geblieben und Kai wieder aufgetaucht wäre.

Der einzige Lichtblick an diesem Tag ist, dass Jannik anruft und unser *kotz* Date absagt. Er meint, wir müssten es auf morgen verschieben, da er mit dem Lernen für eine Klausur nicht fertig geworden sei.

Wow, Superboy bekommt wohl doch das ein oder andere nicht auf die Reihe! Ich heuchle Bedauern und überlege dabei fieberhaft, wie ich aus der Nummer wieder rauskomme. Doch egal, wie ich es drehe und wende, die Sache mit Jannik wird mein Untergang. Mein Vater flippt aus, wenn ich ihn in den Wind schieße – und was das für mich bedeutet, kann ich mir jetzt schon lebhaft vorstellen.

Obwohl ich die Schule und insbesondere die Mathe- und Englischstunden hasse, bin ich froh, am darauffolgenden Morgen wieder hingehen zu können.

Und das liegt nicht zuletzt an Kai. Mein Bauch beginnt schon allein bei der Vorstellung, ihn wiederzusehen, heftig zu kribbeln. Gleichzeitig hasse ich mich dafür.

Ich will gerade zur Bushaltestelle losgehen, als mich meine Mum zurückhält und mir anbietet, mich mit dem Auto zur Schule zu bringen.

»Du warst immerhin drei Tage krank, da macht es einen besseren Eindruck, wenn ich dich fahre.«

Natürlich, ein guter Eindruck ist das Wichtigste! Enttäuscht steige ich in das polierte Cabrio meiner Mum und lasse mich wie eine Erstklässlerin zur Schule kutschieren.

Wir erreichen zeitgleich mit dem Bus das Schulgelände. Luise, Charlotte und Eva stürmen sofort auf mich zu und begleiten mich zum Eingang. Mein Blick wandert suchend über die Schülergruppen. Als mir bewusst wird, nach wem ich da Ausschau halte, würde ich mich am liebsten selbst ohrfeigen. Im Grunde ist Kai doch wie alle anderen auch. Er nutzt mich aus, wie es ihm gerade passt. Zuerst ist er nett und freundlich und dann verhält er sich wie ein Arschloch.

»Aua! Spinnst du?«

Ich reibe mir die Seite, in die mir Luise, warum auch immer, ihren Ellbogen gerammt hat.

»Da ist der schwarze Vogel aus dem Bus wieder«, raunt sie mir zu. »Wusstest du, dass er Motorrad fährt?«

»Ein Vogel auf einem Motorrad? Was hast du dir denn heute eingeworfen?«

Luise verdreht die Augen. »Doch kein richtiger Vogel. Ich meine doch den.« Sie deutet mit ausgestrecktem Zeigefinger zum Schulparkplatz. Und im gleichen Augenblick macht mein Herz einen Hüpfer. Kai hat gerade den Helm abgenommen, schüttelt seine Locken und gleitet von seinem pechschwarzen Motorrad.

Als er sich umdreht, begegnen sich unsere Blicke und ich merke, wie er für einen kurzen Moment erstarrt. Ich versinke in seinen Augen und auch ihm gelingt es nicht, den Blick abzuwenden.

»Kai!«

Erst als jemand seinen Namen ruft, dreht er sich beinahe unwillig von mir weg.

Ein Mädchen mit Springerstiefeln und zerfetzter Strumpfhose geht auf ihn zu und fällt ihm um den Hals. Es ist, als würde sich eine Faust in meinen Magen bohren.

»Hallo? Erde an Annabell!«

»Ja?« Verwirrt schaue ich zu meiner Freundin, die neben mir steht und mich erstaunt mustert.

»Was war denn das?«

»Was meinst du?«

»Ihr habt euch eben angeglotzt, als würdet ihr euch bei der nächsten Gelegenheit aufeinanderstürzen und schmutzigen Sex haben.« Sie steckt den rechten Zeigefinger in ihre Faust und zieht ihn rein und wieder raus.

»Luise!«

Sie kichert.

»Na, ist doch wahr! Also, was läuft da?«

Ich kann nicht vermeiden, dass meine Wangen Feuer fangen.

»Wie kommst du darauf, dass da was läuft? Ich kenn den Kerl doch gar nicht.«

Luise sieht mir lange und forschend ins Gesicht und mir gelingt es nicht, ihrem Blick standzuhalten. Ich fürchte, dass meine Augen mich verraten.

Luise legt mir die Hände auf die Schultern. Die Schüler strömen über den Hof an uns vorbei in Richtung Schulhaus.

»Annabell, überleg dir gut, was du tust. Ich gebe zu, der Typ ist wahnsinnig heiß, aber er gehört zu den Punks und du weißt, was über die geredet wird. Sie sind brutal, nehmen Drogen und drehen ein illegales Ding nach dem anderen.« Luise lacht auf. »Außerdem, sieh ihn dir doch mal an. Was kann der Loser dir schon bieten!«

Ich weiß nicht genau, warum ich sage, was ich jetzt sage, vielleicht um Luises Bedenken zu zerstreuen oder um vorzubeugen, dass irgendein Gerücht bei meinem Vater landet. Oder vielleicht will ich mir damit auch einfach nur selbst beweisen, dass Kai mich absolut nicht tangiert.

»Ich bin seit ein paar Tagen mit Jannik zusammen, also was sollte ich von Kai wollen?«

Luise kreischt los. »Mit Jannik? Jannik Plank? Diesem Angeber?«

Ich nicke und will eigentlich gar nicht weiter darüber reden.

Luise kriegt sich überhaupt nicht mehr ein. »Ich dachte, du kannst ihn nicht leiden?«

Ich zucke die Schultern. »Mein Vater meint, er ist eine gute Partie.«

Auf Luises Gesicht spiegelt sich Fassungslosigkeit.

»Dein Vater meint, er ist eine gute Partie?«, wiederholt sie ungläubig. »Und was meinst DU?«

Verlegen sehe ich zur Seite. »Ich dachte, ich versuch es einfach mal mit ihm. Immerhin kommt er aus gutem Hause und hat anständige Manieren.«

Mir fällt auf, dass ich die gleichen Worte benutze, die Jannik vorgestern Abend zu mir gesagt hat.

»Ich glaub dir kein Wort!«

Gemeinsam betreten wir das Schulhaus.

»Frag doch Ben, wenn du mir nicht glaubst.« Damit nehme ich Luise den Wind aus den Segeln.

Dann drehe ich mich um und lauf den Korridor entlang. »Ich muss noch ins Sekretariat, meine Krankmeldung abgeben«, sage ich zu Luise, als wir schließlich vor dem Physikraum angelangt sind, und lasse sie ratlos stehen.

»Annabell!«

Ich sehe mich noch einmal nach ihr um.

»Woher weißt du eigentlich, dass er Kai heißt, wenn du ihn gar nicht kennst?«

Sie hat ihre Augen fest auf mich gerichtet, doch als ich ihr nicht antworte, wendet sie sich ab und betritt das Klassenzimmer.

Ich schäme mich, weil ich weiß, dass Luise mich durchschaut. Doch wie soll ich ihr die Sache mit Kai erklären? Mein Gott, ich kann ihr doch nicht beichten, dass er mich halb nackt geküsst hat! Luise ist zwar meine beste Freundin, doch auch unheimlich geschwätzig. Sie könnte dieses Geheimnis bestimmt nicht wahren.

Nach dem Umweg über das Sekretariat schlüpfe ich eine Minute vor Unterrichtsbeginn an Frau Lang vorbei ins Klassenzimmer. Sobald ich diese Frau sehe, beginne ich zu schwitzen. Als sie auch noch einen dicken Stapel weißer Blätter auf ihren Schreibtisch knallt, beginnt mein Herz zu rasen. Immer wieder streiche ich mit den Handflächen über den Stoff meiner Hose, um die Feuchtigkeit, die sich darin sammelt, abzuwischen.

»Guten Morgen, zusammen.«

»Morgen.«

»Wie ihr seht, bin ich schneller wieder genesen als erwartet. Wie heißt es so schön, Unkraut vergeht nicht.« Frau Lang verzieht ihr Gesicht zu etwas, das wohl ein Lächeln sein soll.

»Vielleicht sollte man es mal mit Unkrautvernichtungsmittel versuchen«, flüstere ich Luise zu, woraufhin sich diese die Faust vor den Mund schlägt, um ihr Lachen zu ersticken.

Ich bin eine der Ersten, die ihren Test zurückerhält.

»Mit ein bisschen mehr Übung wird es beim nächsten Mal sicher noch besser«, sagt Frau Lang, reicht mir die Schulaufgabe und besiegelt damit mein Schicksal.

Eine Vier mit einem laaaangen Minus.

Wenn sie wüsste, wie lange ich hierfür schon gelernt habe. Noch mehr Übung ist nicht drin. Hektisch versuche ich die aufsteigenden Tränen wegzublinzeln. Ich darf keine Schwäche zeigen. Nicht auszudenken, wenn es meinem Vater zu Ohren käme, dass ich in der Schule heule. Dafür bekäme ich nach meiner »Glanzleistung« in Englisch sicher noch ein paar Backpfeifen extra.

»Na, ist doch diesmal gar nicht so schlecht«, flüstert mir Luise ins Ohr. »Jedenfalls besser als deine Mathe-Fünf das letzte Mal.«

Wenn sie wüsste ...! Bei meinem Vater fangen die guten Noten bei einer Eins an und enden bei einer Zwei. Ein Dreier ist für ihn schon grenzwertig.

Ich bin ausnahmsweise froh um das strenge Regiment, das Frau Lang führt, denn so kann ich Luise die Antwort schuldig bleiben.

Den Rest des Schultages spiele ich die Rolle des perfekten Arzttöchterchens und lasse niemanden hinter meine Fassade blicken. Nach Schulschluss laufe ich mit Beinen wie aus Pudding zur Haltestelle, in der Erwartung dort meine Mutter zu sehen. Ein Seufzer der Erleichterung entfährt mir, als ich ihr Cabrio nirgends entdecken kann. Das verschafft mir wenigstens noch ein wenig Aufschub, bis mir das Unausweichliche zu Hause bevorsteht.

Im Bus quetsche ich mich auf einen der hintersten Plätze, verkrieche mich im Sitz und stöpsle mir den Ipod in die Ohren. Als sich Luise neben mich fallenlässt, drehe ich mich zur Seite und schließe die Augen. Ich bin momentan wirklich eine grottenschlechte Freundin.

Kurz bevor der Bus hält, zieht mir Luise die Hörer aus den Ohren.

»Hast du heute Nachmittag Zeit?«

Ich schnaufe tief. »Ich weiß noch nicht.«

Sie schüttelt den Kopf. »Mann, Ann, du nervst tierisch. Was ist denn los mit dir?«

»Nichts. Ich ruf dich später an.«

Luise seufzt.

Ich warte, bis auch der Letzte ausgestiegen ist, bevor ich mich im Zeitlupentempo auf die Straße schiebe. Ich will überallhin, nur nicht nach Hause. Der Gang nach Canossa war bestimmt ein Witz gegen das, was mich jetzt erwartet.

Kai

Sie sah so verflixt traurig aus, als sie aus der Schule kam. Am liebsten hätte ich sie in den Arm genommen, gewiegt und ihr gesagt, dass alles gut wird. Doch das wäre eine Lüge gewesen. Nichts wird einfach gut, das zeigt mir die Realität jeden Tag aufs Neue. Die Welt, das Schicksal oder was auch immer tritt mir jeden Tag in den Arsch. Ich habe mich damit abgefunden, doch ihre Niedergeschlagenheit lässt mich nicht kalt. Sie wirkt so verletzlich und einsam, obwohl ihre Freundinnen ständig um sie herum sind. Sie braucht jemanden, der sie tröstet und dem sie sich anvertrauen kann. Sie ist nicht so stark, wie ich es bin. Ich weiß, dass ich sicher nicht der Richtige für sie bin, doch sonst scheint niemand da zu sein, der sich die Mühe macht, ihr zuzuhören. Ihre Mauern niederzureißen und das, was dahintersteckt, zu erforschen.

Und schon wieder werde ich zum Stalker, weil ich ihr helfen will. Zumindest rede ich mir das ein, denn im Grunde weiß ich ja gar nicht, ob sie überhaupt Hilfe braucht – und falls doch, ob sie ausgerechnet von einem abgefuckten Loser wie mir welche annehmen will. Ich bin so abgrundtief erbärmlich!

12. Kapitel

Annabell

Ich gehe den Schleichweg, den ich erst vor wenigen Tagen mit Kai gelaufen bin. Ich möchte niemanden sehen. Leider schaffe ich es nicht mal bis zur ersten Biegung, bevor ich weinend zusammenbreche. Auf einem der Findlinge am Feldrand lasse ich meinen Tränen freien Lauf.

Ich kann nicht nach Hause. Ich will nicht schon wieder geschlagen und gedemütigt werden.

Welche Geschichte sie wohl Jannik auftischen werden, wenn er heute Abend auftaucht? Nicht dass Jannik das Märchen auch nur annähernd in Frage stellen wird. Er schluckt bestimmt brav jeden Bissen, den mein Vater ihm zuwirft. Bei dem Gedanken daran entfährt mir ein hämisches Lachen, doch dann vergrabe ich den Kopf in meinen Armen und heule weiter.

»Unsere Treffen könnten erotischer nicht sein. Entweder heulst oder kotzt du, wenn ich dich sehe.«

Mein Kopf schnellt nach oben.

Kai! Wer auch sonst käme auf die Idee, solche Worte abzulassen.

Ich will nicht, dass er mich schon wieder am Boden sieht.

Er muss langsam glauben, dass ich total abgewrackt bin.

Vielleicht bin ich es ja auch. Trotzdem muss ich mir von ihm nicht auch noch den Rest geben lassen. Ich stehe auf, drücke ihn zur Seite und gehe davon.

»Hey!«, ruft er mir hinterher. »Lass uns reden.«

»Reden worüber? Dass du dich ständig wie ein Arschloch verhältst?« Zornig drehe ich mich zu ihm um.

»Nein, ich wollte eher über *dich* sprechen. Aber wenn dir an meinem Verhalten was nicht passt ... Bitte, tu dir keinen Zwang an. Ich bin ganz Ohr.«

»Du bist ein richtiger Arsch, Kai! Nie weiß ich, woran ich bei dir bin!«

»Das sagtest du bereits. Etwas mehr konstruktive Kritik wäre hilfreich, wenn ich etwas an mir ändern soll.« Er lehnt sich an einen Baumstamm und mustert mich abwartend.

»Als ob du dich für mich ändern würdest!«, höhne ich. »Kai, ich habe das Geplänkel mit dir so satt! Deine kindischen Spielchen stehen mir bis hier!«

Ich wedle mit der Hand unterhalb meines Kinns und stapfe wütend davon. Hat sich etwa die ganze Welt gegen mich verschworen?

Ich höre, wie Kai mir hinterherläuft.

»Warte!« Er legt mir eine Hand auf die Schulter und dreht mich zu sich um. »Warum rennst du ständig vor mir weg?«

»Tu ich ja gar nicht. Außerdem – wer läuft denn hier vor wem weg?«

Kais Augen verengen sich zu Schlitzen. »Wie meinst du das?«

»Zum Beispiel vorgestern. Erst warst du nett, dann ein Arsch, dann wieder nett und dann bist du abgehauen und hast mich mit zwei Pizzen sitzenlassen.«

Ich stoße ihm den Zeigefinger gegen die Brust. »Weißt du, dass Pizza mal zu meinen absoluten Lieblingsgerichten gezählt hat? Aber nachdem ich deinetwegen zwei Stück auf einmal verdrücken musste, wird mir schon schlecht, wenn ich nur an Pizza denke.«

»Du hast zwei Pizzen hintereinander gegessen?« Ich sehe, dass Kai sich reichlich Mühe gibt, ein Grinsen zu unterdrücken, doch es gelingt ihm nicht.

»Wow! Ich bin beeindruckt!«, sagt er belustigt. »Das schaffe ja nicht mal ich.«

»Weißt du was, du kannst mich mal kreuzweise«, knurre ich und starte einen neuen Versuch von hier wegzukommen.

Doch Kai hält mich schon wieder zurück. »Es tut mir leid!«, sagt er.

»Wie bitte? Was tut dir leid?«

»Mein Verhalten. Ich will dich weder verletzen noch dich in irgendeiner Art und Weise verarschen«, räumt er großmütig ein.

»Was meinst du damit?« Ich tippe mit dem Zeigefinger gegen seine Brust. »Ich glaube dir kein Wort.«

»Wie kann ich dich überzeugen?«

»Beweise es mir einfach oder lass mich in Ruhe!«

»Wie du willst«, raunt Kai mit rauer Stimme, und ehe ich begreife, was er vorhat, legt er seine warmen Lippen fest auf meine.

Ich kann nicht glauben, was er da tut. Meine inneren Alarmglocken schrillen und ich will ihn von mir stoßen. Doch es ist verdammt schwer, auch nur einen Finger zu rühren, wenn man im Begriff ist, wegzuschmelzen wie Eis in der heißen Julisonne. Kais Zunge schlüpft spielerisch in die Lücke zwischen meinen Lippen und fordert mich heraus, mich ihm zu öffnen. Mein Hirn ist wie in Watte gepackt, wie gerne würde ich dem inneren Drang nachgeben und mich in diesem Kuss fallenlassen. Doch die Situation ist nicht gerade günstig, meine Probleme und Schwierigkeiten sind zu groß, um jetzt auch noch mit dem Feuer zu spielen.

Und er ist Feuer pur! Wahnsinnig heiß und ich werde mich verbrennen, wenn ich diesem Lodern nicht sofort Einhalt gebiete.

»Kai …«, stöhne ich in seinen Mund. »Hör auf!«

Doch er tut genau das Gegenteil. Natürlich! Er zieht mich noch näher an sich heran, seine Hand fährt in mein Haar und spielt damit, während die andere sich fest um meine Taille schlingt.

Gott im Himmel! Nie zuvor wurde ich so geküsst. Und ich weiß, dass ich jeden Kuss, den ich in meinem Leben noch bekommen werde, an diesem messen werde.

Langsam löst er sich von mir und klemmt mir eine verirrte Locke hinters Ohr. Sein Blick ist voller Begierde und die Augen glänzen vor Lust.

Was passiert hier?

»War ich überzeugend genug? Glaubst du mir jetzt?« Kai schüttelt sich sein langes Haar aus dem Gesicht und mustert mich.

»Du hast mich geküsst«, stelle ich fest, doch es kommt eher einer Frage gleich.

»Ja! Und wenn du mitgemacht hättest, wäre es sicherlich noch besser gewesen.« Er sieht mich aus schmalen Augen an.

»Kai, was willst du? Warum läufst du mir ständig hinterher? Du solltest deine Zeit lieber bei deiner Freundin verbringen und aufhören mich zu stalken.«

Kais Miene wird ernst. »Ich sagte bereits, dass ich keine Freundin habe.« Er hebt die Schultern und begegnet mir mit einem offenen und ehrlichen Blick. Dennoch bin ich nicht ganz überzeugt.

»Und wer war das heute Morgen? Die Tussi, die dir um den Hals gefallen ist, als wäre sie kurz vorm Ertrinken und du ihr Rettungsanker?«

Kais Mundwinkel zucken nach oben. »Wer stalkt hier wen?«

Ich verdrehe die Augen.

»Kai, lass mich bitte in Ruhe. Ich habe mehr als genug Probleme und kann es mir nicht leisten, mir noch eins aufzuhalsen.«

Kais Hände ballen sich zu Fäusten und ich sehe, wie sich sein gesamter Oberkörper strafft. »Weißt du was, Prinzesschen Annabell? Du bist nicht anders als die ganzen anderen Snobs. Als du einen Idioten gebraucht hast, der dir hilft, als dir übel war, oder dich vor schwanzgesteuerten Losern schützt, war ich dir gut genug. Aber sobald es euch besser geht, denkt ihr, die Welt gehört euch und Menschen wie ich sind es nicht wert, dass man sich mit ihnen abgibt.«

Mit großen Schritten trampelt Kai davon.

»Schönes Leben noch, Prinzessin!«, schmettert er über seine Schulter zurück.

Mit meiner Selbstbeherrschung ist es nun endgültig vorbei. Tränen stürzen erneut über meine Wangen.

»Du verdammter Idiot!«, brülle ich ihm hinterher, woraufhin mir Kai den Mittelfinger zeigt.

Ich schlucke schwer. Es sieht so aus, als ob ich ihn tatsächlich getroffen hätte. Und mit einem Mal tut es mir unheimlich leid. Kai kann nichts für mein verkorkstes Leben und ich war ein Scheusal ihm gegenüber.

Ich drehe mich um und laufe in seine Richtung zurück. Kurz bevor der Feldweg endet, hole ich ihn ein.

»Es war nicht so gemeint«, sage ich und lege ihm die Hand auf die Schulter.

Kai bleibt stehen, doch er antwortet nicht. Ich hoffe, dass das ein gutes Zeichen ist und er mir verzeiht.

»Gehst du jetzt nach Hause?«, frage ich ihn zögernd.

»Nein, zur Schule«, brummt Kai unwirsch. »Mein Bike steht noch da.«

Ich werfe einen Blick auf das Dach unseres Hauses, das sich in unmittelbarer Nähe befindet, doch ich kann mich noch nicht durchringen, dorthin zu gehen.

Ich runzle die Stirn. »Warum bist du dann eben mit dem Bus gefahren?«

Kai wendet sich mir zu. Mein Blick taucht in seine warmen Augen. Er fasst mich sanft am Kinn und hebt es vorsichtig an. Er berührt mich, als ob ich zerbrechlich wäre.

»Warum wohl?«, murmelt er und seine Stimme klingt heiser.

Die Schmetterlinge in meinem Bauch flattern wieder. Vor gar nicht allzu langer Zeit hätte ich, um etwas dagegen zu unternehmen, am liebsten Insektenvernichtungsmittel geschluckt. Doch jetzt …

Mein Herz rast, als würde ich einen Marathon laufen.

»Du fühlst es doch auch. Gib zu, du bist hoffnungslos in mich verknallt!«

Hat er Recht, mit dem was er sagt? Ja, zum Teufel noch mal, das hat er! Aber er ist ein verflixter Punk und das mit uns wäre zum Scheitern verurteilt, noch bevor es überhaupt begonnen hat. Außerdem bin ich mir nach wie vor nicht sicher, ob er nicht doch mit mir spielt und sich danach bei seinen Freunden über mich kaputtlacht.

Ich will nicht, dass er böse auf mich ist, denn das könnte ich nicht ertragen, doch ich kann und darf mich nicht auf ihn einlassen, wenn ich den Zorn meines Vaters nicht heraufbeschwören will.

»Kai, ich .. . ich habe einen Freund«, sage ich, weil mir nichts Besseres einfällt, um ihn auf Abstand zu halten.

Kais Augen verziehen sich zu Schlitzen.

»Einen Freund? Du?« Er spuckt die Worte fast aus, womit er mich schon wieder verärgert.

»Ja, einen Freund. Ist das denn so abwegig?«

Er stemmt die Arme in die Hüften. »Und wer ist es, wenn ich fragen darf?«

Ich sehe zu Boden. Ich bringe es nicht fertig, ihm weiter in die Augen zu schauen.

Mit der Schuhspitze male ich kleine Kreise in den staubigen Sand und hoffe, dass er nicht weiter nachbohrt.

»Moment, es ist aber nicht dieser gehirnamputierte Fatzke von der Party neulich, oder?«

Ich konzentriere mich ganz auf mein Sandbild, das immer größere Ausmaße annimmt.

Kai keucht. »Oh mein Gott. Doch! Er ist es!«

Er packt mich an den Schultern und schüttelt mich.

»Das kannst du doch nicht ernst meinen! Nach allem, was er sich auf der Party geleistet hat! Warum? Ich muss das nicht verstehen, oder?«

Kai streicht sich immer wieder vergeblich das Haar nach hinten. Sein Gesicht ist ein einziges Fragezeichen.

»Es ist, weil er Kohle hat, stimmt's? Kohle und Einfluss. Welchen Grund gäbe es sonst für dich!«

Kai spuckt verächtlich auf den Boden.

Seine Worte verletzen mich. Es macht mich unendlich traurig, dass er mich so einschätzt.

»Du hast keine Ahnung!«, erwidere ich. »Du wirfst mit Worten und Beleidigungen um dich, wie es dir gerade passt. Bilde dir nicht ein, dass du ein Urteil über mich fällen kannst!«

Ich tippe ihm mit den Fingerspitzen aufgebracht gegen die Brust. »Du kennst mich nicht, Kai!«

»Das stimmt, aber wer kennt dich schon?« Kai geht einen Schritt zurück und beschreibt mit einer Geste mein Erscheinungsbild. »Sieh dich an. Das perfekte Prinzesschen, sogar der Name klingt wie aus einem Märchen. Nach außen hin gibst du dich kühl und unnahbar. Ich verwette meinen Arsch, dass noch nicht einmal deine tollen Freundinnen wissen, was wirklich bei dir abgeht.«

Tränen schießen mir wieder in die Augen. Kai ist gerade dabei, die sorgsam aufgebaute Mauer, die ich aus reinem Selbstschutz um mich errichtet habe, einzureißen.

»Aber du, Mister Neunmalklug, glaubst wohl, dass du bestens über mich Bescheid weißt! Was bildest du dir eigentlich ein!«

Kais Körper erschlafft. Er lässt sich direkt vor meinen Füßen auf dem staubigen Boden nieder.

»Nein, ich weiß gar nichts über dich, oder besser gesagt, nicht viel. Aber ich spüre, dass du nicht die Wahrheit sagst. Du weinst auf der Party, weil dein angeblicher Freund dich anfasst. Du hast ständig irgendwelche Verletzungen …«

Ich öffne gerade den Mund, um mich zu rechtfertigen, doch bei Kais bitterböser Miene bleiben mir die Worte im Hals stecken.

»Komm mir bloß nicht wieder mit dieser verfickten Treppe!«, droht er.

»Bist du jetzt fertig?«, flüstere ich mit tränenerstickter Stimme.

Aber Kai kann sich gar nicht mehr beruhigen. »Und du säufst Alkohol, um dir anschließend die Seele aus dem Leib zu kotzen«, fährt er erregt fort.

»Als ob du noch nie besoffen gewesen wärst!«

Seine Miene bleibt unbeweglich. »Doch, ich bin andauernd dicht, aber ich habe wenigstens meinen Spaß beim Saufen.«

Ich fühle mich völlig bloßgestellt, als würde ich nackt vor ihm stehen und er jeden Makel an mir erkennen.

»Hast du jetzt erreicht, was du wolltest?« Meine Stimme ist kurz davor, zu brechen.

»Was meinst du?«

»Hat es dich aufgegeilt, mich fertigzumachen? Denn genau das ist dir gelungen! Glückwunsch, Kai. Diese Runde geht an dich!« Ich blinzele hektisch. Ein Versuch, die Tränen zurückzudrängen.

Und mit einem Mal will ich nur noch nach Hause. Ich will mich verkriechen. Einschlafen und am besten nie wieder aufwachen. Doch ich weiß, dass mich daheim nicht der ersehnte Frieden erwartet.

Kai springt auf. »Verdammt! Verstehst du denn gar nichts? Das ist kein verficktes Spiel, in dem es darum geht, zu gewinnen.«

»So? Was ist es denn dann?« Der Tränenstrom rinnt unaufhaltsam über meine Wangen.

»Ich … ich will, dass du mir vertraust.« Er streckt die Arme nach mir aus, doch ich weiche zurück.

»Wie kann ich dir vertrauen, wenn du derart auf mir und meinen Gefühlen herumtrampelst?«

Kai rüttelt mich. »Ich möchte, dass du siehst, was mit dir passiert, dass du aufwachst aus deinem Dornröschenschlaf und anfängst dich zu wehren.«

»Ist das alles, was du willst?«, wispere ich.

Kai beginnt zu grinsen. »Na ja, wenn du mich so fragst … Nicht nur. Ich würde auch gerne jede Menge dreckiger Sachen mit dir anstellen.«

Ich klatsche ihm als Antwort die Hand ins Gesicht.

Okay, jetzt wird er mich umbringen.

Doch Kai steht völlig perplex vor mir, ehe er in haltloses Gelächter ausbricht.

»Das war ein guter Anfang. Schau mal, du kannst es doch!«, stößt er zwischen zwei Kieksern hervor.

»Was? Dir eine scheuern?«

»Dich wehren.«

Kai umfängt meine Wange mit seiner warmen Hand.

»Denk dran, es ist *dein* Leben, Prinzesschen«, raunt er, bevor er geht.

13. Kapitel

Annabell

Kais Worte gehen mir nicht aus dem Sinn, während ich langsam nach Hause schlurfe. Gleichzeitig geistern Gedanken durch meinen Kopf, wie ich heute Abend wohl aussehen werde. Als ich nach Hause komme, steht mein Mittagessen unter einer Abdeckhaube auf dem Küchentisch, daneben ein Zettel mit Mums Nachricht, dass sie heute in der Arztpraxis aushelfen muss, da zwei der Helferinnen krank geworden sind.

Ich schiebe das Essen in die Mikrowelle und stochere danach lustlos in den Käsemakkaroni herum. Natürlich ein Fertigprodukt. Meine Mutter kann nicht kochen und sie will es auch gar nicht. Meist rufen wir irgendwelche Lieferservices an oder wir gehen auswärts essen.

Mehr als drei Gabeln bringe ich von der Pampe beim besten Willen nicht herunter. Ich schiebe den Rest in den Abfalleimer und packe reichlich Papiertücher darüber.

Denn wenn meine Mutter das sieht, reibt sie mir sofort unter die Nase, wie undankbar und verzogen ich sei.

Ich will gerade in mein Zimmer verschwinden, als mein Handy klingelt.

Luise!

»Ja?«

»Ich dachte, ich ruf dich einfach mal an. Nicht, dass du es wieder vergisst.« Ich gebe mir Mühe, Luises sarkastischen Tonfall zu überhören. Dabei hat sie ja so Recht. Aber momentan kann ich mich einfach zu keinem Mädels-Tratsch aufraffen. Es passiert gerade zu viel in meinem Leben.

»Ich komme jetzt vorbei«, sagt sie ohne Umschweife und legt gleich darauf auf. Ich starre sprachlos auf das Handy. Kann eigentlich jeder mit mir machen, was er will?

Zehn Minuten später steht Luise mit einer Flasche Sekt und ihrer Badetasche vor unserer Haustür.

»Heute entkommst du mir nicht.« Sie lächelt hintergründig und stolziert an mir vorbei in Richtung Hintertür.

Seufzend folge ich ihr.

Luise wirft ihre Badesachen auf einen der Liegestühle und lässt den Korken knallen.

»Gläser?«

Kopfschüttelnd hole ich zwei Sektkelche und sehe zu, wie meine Freundin das prickelnde Getränk hineinkippt.

»Stößchen«, kichert sie, lässt die Gläser klingen und reicht mir eines davon.

Ich nehme einen tiefen Zug und merke, wie ich innerlich ruhiger werde.

Wider Erwarten wird es ein lustiger Nachmittag. Der Alkohol und die knallend heiße Sonne wirken sich auf meine Gefühlswelt äußerst positiv aus.

Um vier Uhr bediene ich mich an Dads Bar und schmeiße eine Runde Whisky Sour. Ich fühle mich so entspannt wie lange nicht mehr.

»Was ist jetzt mit Kai?«, nuschelt Luise und sieht mich aus glasigen Augen an.

»Er ist ziemlich heiß, oder?«, gluckse ich.

»Er ist ein Punk und bestimmt vorbestraft«, lallt Luise. »A…aussserdem säuft er.«

Ich muss lachen.

»Und was machen wir?« Ich hebe mein Glas, proste ihr zu und nehme einen tiefen Schluck.

»A…aber nur manchmal«, säuselt sie. »Willst du mit ihm schlafen, Ann?« Sie dreht sich auf den Bauch, stützt ihr Kinn in die Hand und schaut mich neugierig an.

»Bist du übergeschnappt? Du weißt genau, dass ich noch Jungfrau bin.«

»Eben.« Luise kichert und quetscht sich zu mir auf die Liege.

»Es ist jedenfalls der einzige Grund, der mir einfällt, wieso du dich mit ihm abgibst. Ich meine …« Luise dreht sich auf den Rücken und verschüttet dabei etwas von dem kühlen Getränk auf ihrem Bauch, was sie jedoch nicht weiter zu stören scheint.

»Er ist wirklich heiß und sexy und poppt alles, was bei drei nicht auf den Bäumen ist. Er hat also jede Menge Erfahrung, was für dein erstes Mal äußerst vorteilhaft sein kann.«

Ich setze mein Glas erneut an die Lippen, trinke und lecke mir einen Tropfen von den Lippen.

»Du scheinst bestens über Kai informiert zu sein. Woher willst du wissen, dass er mit so vielen Mädchen schläft?«

Luise hebt die Schultern.

»Ben.«

Sie springt plötzlich auf und springt kreischend in den Pool.

»Komm rein, Bella. Es ist wahnsinnig erfrischend!«

Sie klammert sich am Beckenrand fest und macht mit ihren Beinen kreisende Bewegungen.

»Ben?« Entgeistert stiere ich sie an. »Du hast mit Ben über Kai gesprochen?« Langsam gehe ich auf sie zu und lasse mich zu ihr ins Wasser gleiten. Ein Frösteln überläuft meinen Körper, doch schon nach wenigen Augenblicken fühlt sich das Wasser angenehm warm an.

Luise scheint nichts Schlimmes daran zu finden. »Klar habe ich mit Ben über ihn gesprochen, warum nicht?«

»Du hast wohl vergessen, dass Ben Janniks Bruder ist.«

Luise hebt die Hände. »Na und?«

Sie wendet sich zu mir und packt mich an den Schultern. Eindringlich sieht sie mich an. »Nur keine Panik, Annabell. Ben kann schweigen wie ein Grab. Unsere Lippen sind versiegelt.«

Sie zieht einen Strich über ihren Mund und tut so, als würde sie den imaginären Schlüssel wegwerfen.

»Außerdem habe ich mich wirklich ganz vorsichtig nach ihm erkundigt. Es ist Ben sicher gar nicht aufgefallen, immerhin hat Kai auf seiner Party den Kellner gemimt.«

Ich beruhige mich ein wenig. Nicht auszudenken, wenn Jannik von Kai Wind bekäme. Dann wüsste mein Vater auch sofort alles.

Luise steigt aus dem Wasser. Ich folge ihr. Wir wickeln uns in große Handtücher und klettern erneut auf die Liegestühle.

»Und woher bezieht Ben seine Informationen über Kai?«

Luise zuckt die Achseln.

»Keine Ahnung. Und das interessiert mich auch nicht. Ich gebe dir nur einen guten Rat, entweder lässt du jetzt ganz schnell die Finger von ihm oder du gebrauchst ihn dazu, endlich deine Unschuld zu verlieren. Denk aber bitte an ein Gummi – bei dem Verschleiß, den er hat. Trotzdem solltest du nicht vergessen, dass er deinem Ruf schaden könnte und dass jemand wie er es sowieso nicht ernst meint. Am Ende zieht er dich in irgendeine Scheiße hinein. Er ist gefährlich, Annabell, glaub mir!«

Ich weiß, dass es stimmt, was sie sagt, und doch habe ich das Gefühl Kai verteidigen zu müssen.

»Jannik ist auch dafür bekannt, dass er nichts anbrennen lässt. Er besitzt mindestens so viel Erfahrung in Sachen Sex wie Kai. Aber vor ihm warnst du mich nicht.« Ich schäle mich aus dem Badelaken und drapiere es hinter mir über die Lehne.

»Jannik ist ein Großmaul und Besserwisser und ich mag ihn nicht. Aber er und seine Familie haben großen Einfluss hier in der Stadt. Er wird dir das alles hier später auch mal bieten können und noch viel mehr.«

Luise macht eine weit ausgreifende Geste in Richtung Swimmingpool und Haus.

In diesem Moment fasse ich nicht, dass sie meine Freundin ist. Wie kann sie nur so oberflächlich sein!

»Außerdem«, gluckst sie, »hätte ich gegen dich als Schwägerin nicht wirklich etwas einzuwenden ...«

»Das ist nicht dein Ernst!« Fassungslos reiße ich die Augen auf.

»Doch!«, kichert sie.

»Du ... du bist mit Ben zusammen? Seit wann?«

»Seit seiner Party.« Ein verliebtes Lächeln umspielt ihre Lippen.

»Warum hast du nichts erzählt?«

»Ach, Annabell«, sie zieht verlegen an ihrem Bikiniträger und lässt ihn zurückschnalzen. »Ich hatte in letzter Zeit nicht den Eindruck, dass du an meinem Leben teilhaben wolltest.«

Beschämt senke ich den Kopf und schwöre mir innerlich, meine beste Freundin nie wieder derart hängenzulassen.

»Es tut mir leid, Luise«, murmele ich.

»Schon okay, Annabell. Immerhin hatte ich durch deine permanente Abwesenheit mehr Zeit für Ben.«

»Und?«, frage ich. »Wie ist es mit ihm?«

Luise verdreht verzückt die Augen und leckt sich über die Lippen. Ich muss lachen.

»So toll?«

»Noch viel toller!«, schwärmt sie. »Er ist einfach …« Sie hebt die Arme. »Er ist göttlich. Ein absoluter Traummann. Ich glaube, ich war noch nie in meinem Leben so verknallt.«

Neid regt sich in mir. Luise weiß gar nicht, wie gut sie es hat. Sie wird von allen Seiten geliebt. Ihre Eltern sind toll und mit Ben hat sie einen guten Fang gemacht. Ich mag ihn. Er ist nett, charmant, witzig und nicht der Typ, der ein Mädchen zu irgendetwas drängt. Er ist ganz anders als sein großer Bruder.

Wir albern noch ein wenig herum und ich bin Luise so nah wie lange nicht mehr.

Erst als meine Eltern gegen sieben nach Hause kommen, verabschiedet sie sich.

Kaum hat sie das Haus verlassen, umfängt mich eine erdrückende Stille. In meinem Zimmer schlüpfe ich in Jeans und Kapuzenpullover und flechte mir das Haar zu einem strengen Zopf. Ich will so brav aussehen wie möglich.

»Annabell! Essen!«

Ich schleiche die Treppen hinunter und drücke mich im Esszimmer auf einen der Stühle. Am liebsten würde ich mich unsichtbar machen. Das kühle Prickelwasser und der Whiskey benebeln mir immer noch alle Sinne, aber das hilft mir jetzt nicht weiter. Im Gegenteil. Die Angst vor meinem Dad gewinnt wieder die Oberhand und außerdem dreht sich mir alles, als ob ich in einem Karussell auf dem Jahrmarkt sitzen würde.

Meine Mutter öffnet zwei große Plastikschachteln vom Italiener und stellt sie in die Mitte des Tisches. Vater gießt Rotwein in drei große Gläser neben unseren Tellern.

»Annabell, würdest du bitte die Kerzen anzünden?«

Sofort stehe ich auf und greife nach den Streichhölzern, wobei ich ein wenig schwanke und mich am Tisch festhalten muss, um nicht zu straucheln.

»Sag mal, hast du was getrunken?« Mein Vater erhebt sich und kommt auf mich zu. Vor lauter Angst beginnen meine Hände zu zittern und die Schachtel mit den Streichhölzern fällt zu Boden.

Vater baut sich vor mir auf. Angst einflößend steht er vor mir.

»Hauch mich an!«, befiehlt er in herrischem Ton.

Ich traue mich nicht, zu widersprechen. Die Angst nimmt mich gefangen und schnürt mir den Hals zu.

Langsam blase ich Vater meinen Atem ins Gesicht.

Er schnuppert und rümpft die Nase.

»Sag mal, was fällt dir überhaupt ein? Hast du dich etwa alleine betrunken?«

»Luise war hier.« Meine Stimme ist nicht mehr als ein Hauch.

Mein Vater packt mich an den Haaren. »Besuch hin oder her. Das rechtfertigt noch lange nicht, dass du dich am helllichten Nachmittag betrinkst!«

Aus den Augenwinkeln sehe ich, wie meine Mutter hastig das Zimmer verlässt.

»Wenn Jannik nicht jeden Moment kommen würde, ich würde dich grün und blau schlagen! Meine Tochter hat sich nicht zu betrinken! Ist das klar?«

Er reißt schmerzhaft an meinem Zopf. Ich stöhne auf. Meine Kopfhaut brennt wie Feuer. Wehr dich! Es ist *dein* Leben! Kais Worte schießen mir durch den Kopf. Immer und immer wieder.

Mein Vater lässt mich los und stößt mich zurück auf den Stuhl. Er nimmt mir gegenüber Platz.

»Iss gefälligst! Jannik wird in einer halben Stunde hier sein und dich abholen. Du wirst ihn zu einer Filmpremiere begleiten.«

Filmpremiere? Etwa in einem Kino? Da sind Dunkelheit und Fummeln mit inbegriffen. Ohne mich!

Ich trinke den Wein, den er mir heute ausnahmsweise zugesteht, in einem Zug aus.

Mein steigender Alkoholpegel und der Gedanke an Kais ermunternde Worte verleihen mir mehr Mut, als ich sonst jemals aufgebracht hätte.

Ich sehe meinem Vater direkt in die Augen. »Ich gehe heute nirgendwohin!«, sage ich mit fester Stimme.

Er steht auf und stützt sich mit beiden Fäusten auf der Tischkante ab. »Was hast du gesagt?«

»Ich werde nicht mit Jannik ins Kino gehen. Und ich weiß auch nicht, was daran so schlimm sein soll, dass ich mit Luise ein bisschen getrunken habe. Immerhin werde ich bald achtzehn.« Mein Vater baut sich vor mir auf. Er wirkt wieder einmal wie ein wildes Tier, bereit, jeden Moment seine Zähne in mich zu schlagen.

»Wie kannst du es wagen, so mit mir zu sprechen!« Vaters Haltung und sein erzürnter Blick sind eine einzige Drohung.

Doch ich habe mich bereits zu weit aus dem Fenster gelehnt, um jetzt einen Rückzieher zu machen.

»Papa, wir haben uns weder ins Koma gesoffen noch das Haus vollgekotzt. Warum hast du immer was dagegen, wenn ich mal Spaß haben will? Und Jannik ... Er ist so ...« Ich suche nach den passenden Worten.

Mein Vater kommt um den Tisch herum auf mich zu.

»Ja, Fräulein? Was ist er? Verantwortungsvoll? Klug? Reich? Ein Mann mit Perspektive?«

»Er ist ein gehirnamputierter Vollidiot!«, sage ich und wiederhole damit Kais Worte.

Das ist der Moment, in dem mein Vater vollends ausrastet.

»Dich werde ich lehren, was es heißt, gehorsam zu sein! Ich werde dir Anstand, Moral und Sittsamkeit zur Not auch einprügeln!«, schreit er, völlig außer sich.

Vorbei ist es mit meiner Forschheit und dem Versuch, die Heldin spielen zu wollen. Ich ducke mich und lege schützend die Hände über den Kopf.

Doch ich habe ihn zu sehr herausgefordert. Er schlägt zu. Und diesmal mit ganzer Kraft. Seine Fäuste trommeln auf meinen Kopf, bis mir nicht nur vom Alkohol schwindelig ist.

Ich lasse mich vom Stuhl fallen, um seinen prügelnden Händen zu entkommen, doch er ist noch lange nicht fertig mit mir.

Ich registriere, wie er den Gürtel aus seiner Hose zieht und damit ausholt. Ein Sirren durchschneidet die Luft, als das Leder auf meinen Rücken saust. Ich schreie vor Schmerz.

Tränen schießen in meine Augen.

»Papa, bitte hör auf!«, bettle ich und hebe den Kopf, um ihn anzusehen. Doch das hätte ich besser nicht tun sollen. Der Gürtel saust auf mich nieder und trifft mich mitten im Gesicht. Ich spüre, wie meine Lippe aufplatzt und mir Blut aufs Kinn tropft. Mir wird schwarz vor Augen und ich übergebe mich auf den alabasterfarbenen Teppich.

Er ist wie in einem Rausch. Er wird mich umbringen. Ich krieche unter den Tisch, um mich vor seinem Jähzorn zu schützen. Ich zittere vor Angst. Ich bin gefangen in einem Albtraum und mein Vater ist der Dämon darin. Als er versucht mich an den Füßen hervorzuziehen, reagiere ich instinktiv. Ich trete nach seinen Händen, krabble unter dem Tisch hervor und renne davon. Ich renne um mein verdammtes Leben!

Mein einziger Gedanke ist, dass ich hier weg muss. Raus, bevor er mich erschlägt.

14. Kapitel

Annabell

Ich laufe durch die Straße, höre, wie er meinen Namen brüllt, und laufe noch schneller.

Tränen tropfen von meinen Wangen und die Welt dreht sich um mich herum. Der Alkohol in mir verhindert, dass ich auch nur einen klaren Gedanken fassen kann. Ich weiß nicht, wohin ich laufe, Zeit und Raum haben ihre Bedeutung verloren.

Die Bewegung und die schwüle Abendluft sind alles andere als gut für meinen Magen. Ich merke, wie er zu rebellieren beginnt, doch die Panik, mein Vater könnte irgendwo hinter mir sein, lässt mich nicht anhalten. Wie von selbst fliegen meine Beine über den Asphalt.

Gegröle zerreißt die abendliche Stille und ich erlaube mir, stehenzubleiben. Ich reiße den Kopf nach hinten. Wirr huscht mein Blick umher. Erleichterung durchflutet mich, denn mein Vater ist nirgends zu sehen. Mein Herz klopft, als wolle es mir aus der Brust springen. Ehe ich es verhindern kann, schießt mir mein saurer Mageninhalt in die Kehle und ich muss mich übergeben. Die Kotze bespritzt meine nackten Füße, was mich so sehr anekelt, dass ich mich gleich noch einmal übergeben muss.

Das Gegröle wird lauter. Einzelne Satzfetzen dringen an mein Ohr und Sprüche, die eindeutig für mich bestimmt sind.

»Was'n das für 'ne Braut? Kotzt da mitten auf die Straße!«

Ich wische mir mit dem Arm über den Mund und drehe mich um.

Die Allee, auf der ich mich befinde, kommt mir bekannt vor. Hinter mir steht der kleine Springbrunnen, der jetzt im Sommer hohe Fontänen in den Abendhimmel schießt. Rund um das Wasser sind steinerne Bänke kreisförmig in den Boden eingelassen.

Eine Horde ziemlich fertig aussehender Jugendlicher besetzt zwei davon. Während zwei Jungs sich offensichtlich einen Joint teilen, knutscht ein Pärchen direkt neben ihnen wild herum. Mindestens ein Dutzend leere Bierdosen liegen verstreut auf dem Boden, und als sich die beiden Küssenden die Oberteile über den Kopf ziehen, wende ich mich schamhaft ab.

»Hey, Baby, haste Lust mir einen zu blasen?«

Erschrocken fahre ich herum. Einer der Jungs kommt auf mich zu. Hilfe suchend schaue ich mich um. Doch es ist niemand in der Nähe, der mir helfen könnte.

Der Junge baut sich vor mir auf, greift an seinen Hosenschlitz und zieht ihn auf.

»Na, was ist, Puppe? Auf zur Schwanzfütterung!«

»N...nein, danke«, stammle ich entsetzt und weiche zurück.

Er nimmt einen tiefen Schluck aus seiner Bierdose und sieht mich aus glasigen Augen an.

»Es macht mich wahnsinnig geil, wenn du einen auf prüde machst, weißt du das?«

Mit einem Schritt ist er bei mir, packt meine Hand, legt sie sich zwischen die Beine und hält sie fest. Grunzend reibt er sich an mir und ich spüre, wie sein Teil anschwillt. Die Angst vertreibt den Alkoholnebel aus meinem Gehirn.

Vergebens versuche ich mich loszureißen, doch er ist zu stark.

»Lass mich los!«, schreie ich und winde mich in seinem Griff. Doch er ignoriert meinen Widerstand.

»Komm schon, Baby, besorg es mir«, stöhnt er in mein Ohr. Sein Atem stinkt nach Alkohol, Nikotin und irgendetwas Süßlichem, vermutlich dem Joint.

Jetzt wünsche ich tatsächlich, ich könnte kotzen, und zwar mitten in sein Gesicht.

»Hey, Luke, lass die Kleine in Ruhe«, ertönt da eine Stimme, die ich unter tausenden heraushören würde.

Kai kommt hinter der Wasserfontäne hervor und schlendert betont gelassen auf uns zu.

Sind diese zugedröhnten Typen etwa Kais Clique?

Der Junge, den er Luke genannt hat, reibt sich noch immer an mir und seinem heftigen Grunzen nach zu urteilen, wird es wohl nicht mehr lange dauern, bis er kommt.

Kai fasst ihn unwirsch an der Schulter und reißt ihn von mir weg. Sofort bringe ich Abstand zwischen uns und wische mir die Hand an meiner Hose ab.

»Alter, was soll das?«, brüllt Luke und stößt Kai vor die Brust, so dass dieser rückwärts taumelt.

Doch es dauert nur einen kurzen Moment, bis Kai sich fängt. Er stürzt sich auf Luke und nimmt ihn in den Schwitzkasten.

»Fass mich nicht noch mal an, sonst mach ich dich alle«, droht er.

Lukes Kopf verwandelt sich in eine Tomate.

»Alter … ist ja gut«, stammelt er und hebt entschuldigend die Hände. Kai stößt ihn so plötzlich von sich, dass Luke auf den Hintern knallt.

»Haben sie dir ins Gehirn geschissen? Was soll der Quatsch? Willst du die kleine Schlampe für dich selber haben, oder was?«, schimpft er lautstark vor sich hin.

Kai lässt ihn links liegen und kommt auf mich zu.

»Alles in Ordnung?« Er legt mir den Zeigefinger unter das Kinn und hebt es an, so dass ich gezwungen bin, ihm in die Augen zu sehen.

Ich nicke zögernd.

Als er vor mir zum Stehen kommt, erstarrt er. »Du hast schon wieder gesoffen!«, stellt er ohne Umschweife fest.

Und dann spiegelt sich tiefe Bestürzung in seinem Gesicht.

»Zur Hölle, wer hat dir das angetan?«

So wie Kai mich angafft, muss ich wirklich schrecklich aussehen.

Ich lasse meine Haare wie einen Vorhang vor mein Gesicht fallen, um mich vor seinen Blicken zu verstecken.

Kai streicht mir meine Strähnen über die Schulter zurück. »Sag schon. Wer?«

»Ich habe nur getan, was du mir gesagt hast«, wispere ich. Luke sieht hämisch in meine Richtung. »Hast es sowieso nicht gebracht, du kleine Bitch! Dabei hast du wahrscheinlich noch nie so ein Prachtstück in der Hand gehabt«, johlt er.

Kai wirft Luke einen lodernden Blick zu, so dass dieser augenblicklich verstummt und sich zum Rest der Clique verzieht.

»Komm.« Kai nimmt mich am Ellbogen und führt mich fort.

»Kai?«

Wir drehen uns um.

Vor dem Springbrunnen steht das Mädchen, das Kai vor der Schule um den Hals gefallen ist.

»Wohin gehst du?« Trotzig verschränkt sie die Arme vor der Brust.

»Jetzt nicht, Lil«, antwortet Kai und zieht mich mit sich.

Nachdem wir ein Stück gegangen sind, bemerkt Kai, dass ich keine Schuhe trage.

»Dafür blieb keine Zeit«, sage ich.

Auf einer Parkbank, die am Rand eines Spielplatzes steht, drückt er mich nieder. Mittlerweile ist es schon fast dunkel geworden.

Kai setzt sich neben mich und rückt nah zu mir heran. Seine Wärme lullt mich ein. Ich lehne den Kopf an ihn.

»Wer war es?« Kai schielt mich von der Seite her an.

Ich senke den Blick.

Er steht auf und nimmt alle Wärme mit sich. Ich ziehe mir die Kapuze über den Kopf und schlinge die Arme um meine Knie. Ich sehe Kai dabei zu, wie er ruhelos auf und ab geht. Dabei rauft er sich fortwährend die Haare.

Dann sinkt vor mir auf die Knie und sagt nur: »Was hast du getan?«

Ich schlage die Augen nieder. »Ich hab mich nur gewehrt. Wie du gesagt hast.«

Kai schüttelt niedergeschlagen den Kopf. »Ich kann nicht glauben, dass ich jetzt an deinem Zustand schuld bin.«

Ich sehe in an. In seinen Augen steht nichts als Schmerz.

»Das habe ich nie behauptet.«

Kai schaut unwirsch zu Boden. »Doch, du hast es nur anders formuliert. Im Endeffekt kommt es aufs Gleiche raus. Wenn ich dich schon in diese Lage gebracht habe, dann möchte ich auch wissen, was genau passiert ist.«

Sein Blick ist jetzt so flehend, dass es mir fast das Herz zerbricht.

»Bitte!«

Und mit diesem kleinen Wort reißt er meine Mauer nieder und bricht meinen Widerstand.

»Du hast schon einmal eine Vermutung angestellt. Kannst du dich erinnern?«, hauche ich. Es kostet mich unglaublich viel Überwindung, der Name will mir einfach nicht über die Lippen kommen.

Kai nimmt an meiner Seite Platz. »Ich will es aber von dir hören und keine Mutmaßungen anstellen.«

Er nimmt mich an den Oberarmen und dreht mich zu sich.

»Willst du wirklich so weitermachen wie bisher? Zu allem nur schweigen?«

»Schweigen ist besser, als sich wehren. Du siehst ja, wohin mich deine tollen Tipps gebracht haben«, stoße ich hervor. Im gleichen Augenblick beiße ich mir auf die Zunge, als ich sehe, wie Kai zurückzuckt, als ob ich ihn geschlagen hätte.

»Entschuldige, Kai, das ... das ist mir nur so rausgerutscht. Ich wollte das nicht sagen.« Ich schlinge ihm die Hände um den Hals, überwältigt davon, dass ihm mein Schmerz so nahegeht.

Hoffentlich stößt er mich jetzt nicht von sich. Doch das tut er nicht. Stattdessen zieht er mich an seine Brust und ich vergrabe meinen Kopf in der Kuhle zwischen seinem Hals und seiner Schulter.

Ich spüre, wie er mir einen Kuss auf mein Haar gibt und tröstend über meinen Rücken streicht.

»Mein Vater«, flüstere ich ihm ins Ohr. »Es ... es war mein Vater.«

Ich erwarte, dass Kai aufspringt und tobt ... doch nichts geschieht. Er hält mich nur noch fester, klammert sich an mich, so als müsse er nicht mich trösten, sondern sich selbst.

Wir sitzen ganz lange so da. Und ich bin froh, dass Kai die Intimität zwischen uns nicht durch weitere Fragen zerstört. Ich weiß nicht, ob ich in meinem ganzen Leben jemals so festgehalten wurde. Ich fühle mich beschützt und behütet und versuche nicht an das Punkmädchen zu denken, das nach Kai gerufen hat. Ich brauche ihn, jetzt und hier, ohne Wenn und Aber.

»Ich kann heute nicht nach Hause«, sage ich und löse mich ein wenig von ihm.

»Ja, das dachte ich mir.«

»Hast du ... meinst du ... könnte ich ...?« Ich breche ab. Mann, ist das peinlich.

Der Anflug eines Lächelns huscht über sein Gesicht.

Ich verdrehe die Augen. Er weiß genau, worum ich ihn bitten möchte, doch er hilft mir kein Stück weiter. Mistkerl!

Ich stupse ihn in die Seite. »Nun sag schon!«

Kai lacht. »Was soll ich sagen?«

Ich kapituliere. »Kann ich bei dir übernachten?«

Kai zögert lange. »Ich weiß nicht, ob das eine gute Idee ist.«

»Hast du Angst um deinen Ruf als Jungfrau?« Ich lehne mich auf der Bank zurück und sehe ihn leicht spöttisch an.

»Wohl eher um deinen, denn um meine Selbstbeherrschung war es noch nie sonderlich gut bestellt«, stellt er fest.

»Aber das ist nur ein Grund von vielen. Kannst du nicht bei einer deiner gackernden Freundinnen pennen?«

Ich schüttle den Kopf. Charlotte und Eva scheiden durch ihren regen Mitteilungsdrang von vornherein aus. Und Luises Zimmer befindet sich unmittelbar neben dem Schlafzimmer ihrer Eltern im ersten Stock. Niemals käme ich unbemerkt daran vorbei. Außerdem bin ich mir immer noch nicht sicher, ob ich überhaupt will, dass Luise davon erfährt, was bei mir zu Hause abgeht.

»Kai, bitte, bitte«, bettle ich. »Oder willst du, dass ich hier auf der Parkbank kampiere?«

Kai runzelt die Stirn, als überlege er. Mein Herz klopft vor Aufregung, wie er sich entscheiden wird.

»Na, dann komm schon«, brummt er schließlich und springt auf.

Wortlos geht er voran und ich bin enttäuscht, weil er nicht mal den Versuch unternimmt, nach meiner Hand zu greifen. Insgeheim hatte ich sogar die absurde Hoffnung, er wäre über meinen Vorschlag begeistert, doch damit scheine ich gehörig falschzuliegen. Wahrscheinlich ist diese kleine Punkerin doch seine Freundin und ihm gehen gerade sämtliche Horrorszenarien durch den Kopf, wie sie ausflippen wird, falls sie herauskriegt, dass ich bei ihm geschlafen habe.

Ich verfluche mich dafür, ihn überhaupt in solch eine Zwickmühle gebracht zu haben, und würde am liebsten sagen, dass ich es mir anders überlegt habe.

Aber das habe ich nicht. Denn wo sollte ich denn sonst hin?

Kai hat völlig Recht, ich benutze ihn nur.

Als ich sehe, wie er mit verkniffener Miene neben mir her trampelt, regt sich der Trotz in mir. Er braucht sich ja schließlich von mir nicht ausnutzen zu lassen, wenn er es nicht will.

Ich heule auf. Etwas Scharfes bohrt sich schmerzhaft in meine Fußsohle.

Ich lasse mich auf der Gehsteigkante nieder und ziehe den Fuß auf meinen Schoß. Ein Glassplitter hat sich tief in meine Haut gebohrt und die Wunde blutet wie verrückt. Tränen laufen mir über die Wangen, während ich vergeblich versuche ihn mit den Fingerspitzen herauszuziehen. Durch das viele Blut ist die Scherbe so glitschig, dass ich sie nicht ordentlich zu fassen kriege.

»Lass mich mal!« Kai stößt meine Hand zur Seite.

Er zieht sich das Shirt über den Kopf, wickelt es um den Splitter und reißt ihn mit einem festen Ruck heraus.

Ich stöhne vor Schmerz. Doch ich will nicht vor ihm jammern, denn Kai wirkt auf einmal so ... kalt.

Energisch packt er das T-Shirt um meinen Fuß und verknotet es unter der Wunde, so dass eine Art Druckverband entsteht.

»Kannst du laufen?«, fragt er barsch.

»Wie denn?«, schnappe ich zurück, so langsam habe ich die Nase voll von seinen Launen.

Sobald ich den Fuß auf den Boden setze, schießt ein scharfer Schmerz hindurch. So kann ich auf keinen Fall weitergehen. Und barfuß auf einem Bein die Straße entlangzuhüpfen, ist auch nicht gerade lustig.

Kai beobachtet mürrisch meine unfähigen Versuche, vorwärtszukommen.

»Na los, lass dir helfen«, mault er, fädelt seinen Arm durch meine Achseln und hebt mich hoch.

»Du musst mich nicht tragen«, sage ich, weil mir das ganze höchst peinlich ist.

Er zieht die Augenbrauen hoch. »Ach nein? Ist das nicht die Fortbewegungsart, die sich für Prinzessinnen ziemt? Auf Händen getragen zu werden?«

Er kann wirklich ein Arsch sein.

»Schon«, gebe ich schnippisch zurück. »Aber normalerweise wird man von einem strahlenden Prinzen in glänzender Rüstung getragen und nicht von einem ...«

»Ich an deiner Stelle wäre jetzt verdammt vorsichtig, Prinzesschen«, unterbricht er mich, wobei er das letzte Wort besonders spöttisch betont.

Artig schließe ich den Mund, ich will es mir schließlich nicht vollends mit ihm verderben.

Kurz darauf biegen wir in eine schmale Gasse am Stadtrand ein. Kai bleibt vor einem winzigen, ziemlich heruntergekommenen Häuschen stehen und lässt mich vorsichtig auf den Bürgersteig herunter.

»Du wartest hier, verstanden?« Ohne meine Antwort abzuwarten, verschwindet er im Haus.

Ich zupfe ein Blatt von einem der Sträucher hinter mir und zerpflücke es. Dabei frage ich mich immer wieder, was das ist – oder auch nicht ist –, das zwischen Kai und mir gerade abgeht.

Minuten später kommt er zurück. »Okay, du kannst kommen.« Er macht Anstalten, mich wieder auf die Arme zu nehmen, doch ich weiche ihm aus.

»Darfst du etwa keine Mädchen mit nach Hause bringen?« Ein anderer Grund fällt mir für sein seltsames Verhalten nicht ein.

»Ich darf schon, aber ich möchte es nicht. – Nicht wirklich«, schiebt er noch schnell hinterher.

So viel zu Bens Aussage, dass Kai angeblich alles poppt, was nicht bei drei auf den Bäumen ist.

Wer weiß, vielleicht steht er auf Freiluftsex oder macht es mit den Mädchen bei ihnen zu Hause, meldet sich mein gehässiges Unterbewusstsein zu Wort.

»Danke, dass du für mich eine Ausnahme machst.« Ich klinge schnippischer, als ich es beabsichtigt habe.

Doch Kai scheint das entweder nicht aufzufallen oder er stört sich nicht daran. Neugierig luge ich durch die Tür ins Innere des Hauses.

»Mein bescheidenes Heim wird den Ansprüchen einer Prinzessin natürlich nicht gerecht – aber ich tue, was ich kann, um ihnen einen angenehmen Aufenthalt zu bereiten, Hoheit.«

Sehr witzig! Er geht mir ganz schön auf die Nerven mit seinem gestelzten Gerede.

»Was hast du immer mit deiner dämlichen Prinzessin?«, erwidere ich kurz angebunden.

Kai zieht die Mundwinkel in die Höhe. »Du kleidest dich wie eine, benimmst dich wie eine und heißt auch noch dazu so. Es müsste dir doch gefallen, wenn ich dich so nenne.«

»Nenn mir eine Prinzessin, die Annabell heißt!«, verlange ich.

»Ich kenne keine«, gibt Kai zu. »Aber du musst zugeben, dass dieser schwülstige Name eher in einen Disneyfilm passt als zu einem fast erwachsenen Mädchen.«

»Konntest du dir deinen Namen etwa aussuchen, Pflaume?«

Kai hebt die Schultern. »Jedenfalls hasse ich Zeichentrickfilme.« Er tut so, als müsse er sich übergeben.

»Und ich hasse es, wenn du mich Prinzesschen nennst.«

Kai verdreht melodramatisch die Augen. »Gut, dann nenn mir eine Alternative.«

Er hebt mich auf seine starken Arme. Da muss ich gar nicht lange überlegen. »Ann. Sag einfach Ann. So nennt mich Luise auch manchmal.«

»Damit kann ich leben«, räumt Kai großmütig ein und trägt mich ins Innere des Hauses.

Kai

Was habe ich mir da nur eingebrockt! Ich will nicht, dass sie mein erbärmliches Zuhause und meine versoffene Mutter sieht. Ich schäme mich so abgrundtief für das, was ich Ann präsentieren muss.

Mein Leben ist kein rosaroter Prinzessinnentraum, sondern das verfickte Gegenteil. Es ist die rabenschwarze Hölle, inklusive Luzifer in Form meiner Mum. Ich muss das Mädchen, das erste, das jemals mein Herz berührt hat, auf direktem Weg in die Hölle führen. Ich weiß genau, dass sie, wenn sie das alles hier gesehen hat, nie wieder auch nur in meine Nähe kommen will. Und ich kann es ihr noch nicht einmal übel nehmen.

Trotzdem schleppe ich sie in unser Haus. Ich kann nicht zulassen, dass sie auf der Straße schläft. Schließlich ist Luke nicht das einzige Arschloch, das dort draußen herumläuft. Niemals würde ich mir verzeihen, wenn ihr noch mehr Leid widerfährt. Ich muss wenigstens ein Stück weit wiedergutmachen, was durch meine Schuld passiert ist. Ja, sie muss sich gegen ihren Vater wehren. Aber sie muss dabei vorsichtiger sein. Dieser Mistkerl ist stärker als sie. Ann muss lernen, mit welchen Mitteln sie gegen ihn ankommt. Aber vorerst werde ich sie beschützen. Ich genieße es, sie um mich zu haben. Sie in meinen Armen zu halten, ist mehr, als ich verdient habe. Allein bei dem Gedanken daran, mit ihr die Nacht in meinem Zimmer zu verbringen, fängt mein Körper Feuer und mein Blut sammelt sich an einem ganz bestimmten Punkt unterhalb meines Bauches. Doch ich schwöre bei Gott, dass ich diese Situation nicht ausnutzen werde – nicht nach dem, was ihr angetan wurde.

15. Kapitel

Annabell

Es ist stockdunkel. Nirgendwo brennt Licht. Es riecht nach kaltem Stein, Äpfeln und … Ich schnuppere. Schnaps? Ich bin mir nicht sicher. Kai legt den Zeigefinger an die Lippen und bedeutet mir, leise zu sein.

»Bin ich dir nicht zu schwer?«, wispere ich, als er mich die Treppe hochschleppt.

Kai gluckst leise. »Ich könnte locker das Doppelte deines Gewichts tragen«, prahlt er.

Macho! Ich rolle die Augen, was er glücklicherweise in der Dunkelheit nicht sehen kann.

»Ist das dein Zimmer?«, flüstere ich, als er eine Tür aufstößt und mich auf einem schmalen Bett absetzt.

Kai antwortet nicht und knipst eine kleine Lampe auf dem Nachtkästchen an. Neugierig sehe ich mich um. Der Raum ist nicht viel größer als unsere Gästetoilette. Ein schmaler Kleiderschrank, ein Schreibtisch und das Bett sind die gesamte Einrichtung, für mehr wäre auch kein Platz gewesen. Kai wischt mit einer Handbewegung einen Berg getragener Klamotten vom Bett und schiebt ihn mit dem Fuß darunter. Die Wände sind kahl, abgesehen von einem riesigen Anarchiezeichen, das mit schwarzer Farbe auf den Putz gesprüht wurde.

»Hast du Durst?«

Ich nicke. In meinem Mund schmeckt nach wie vor alles nach Kotze. Bestürzt stelle ich fest, dass nicht nur meine Füße, sondern auch die Hose und der Pulli etwas von meinem Mageninhalt abbekommen haben.

Kai verlässt das Zimmer und taucht kurz darauf mit einem Glas Leitungswasser wieder auf. Ich trinke in großen Schlucken, doch das Wasser vertreibt den ekelhaften Geschmack nicht, der mir auf der Zunge liegt, und meine vollgekotzten Klamotten stinken erbärmlich.

»Darf ich euer Badezimmer benutzen?«

Kai seufzt. »Muss das sein?«

»Soll ich vielleicht in die Hose pinkeln?«, keife ich.

Wortlos setzt mich Kai im Badezimmer ab.

»Ich warte vor der Tür«, flüstert er so leise, dass ich ihn fast nicht verstehe.

Nachdem ich mich auf der Toilette erleichtert habe, streiche ich ein wenig Zahncreme auf meinen Finger und säubere damit meine Zähne und den Mund. Das Minze-Aroma vertreibt glücklicherweise den säuerlichen Geschmack auf meiner Zunge.

Das Bad ist winzig und bis auf einen schmuddeligen Badvorleger, zweimal Zahnputzzeug, zwei Handtücher und ein Duschgel leer.

Sogar der Spiegel über dem Waschbecken fehlt, dabei hätte ich gerne gesehen, wie verunstaltet ich tatsächlich bin. Resigniert wasche ich mir das Gesicht und trockne es mit einem der beiden Handtücher, ehe ich wieder vor die Tür gehe.

»Nicht, dass du dich noch daran gewöhnst«, brummt Kai, während er mich zurück in sein Zimmer trägt.

»Die Vorstellung ist nicht schlecht«, grinse ich ihn an.

Kai deutet auf meinen Fuß. »Das muss desinfiziert werden, sonst entzündet es sich.« Aus seinem Nachtkästchen holt er eine kleine Flasche, wickelt das T-Shirt von meinem Fuß und tropft Desinfektionsmittel darauf.

Behutsam säubert er damit meinen Fuß und betupft die Wunde. Auch meine Gesichtsverletzung behandelt er und streicht eine kühlende Salbe darauf.

Aus seinem Schrank holt er ein frisches Shirt.

»Ich habe leider nichts anderes«, murmelt er entschuldigend.

»Schon okay. Wirklich!«, versichere ich ihm und lasse ihn meine Wunde verbinden.

»Schlaf jetzt«, murmelt er, während er das Fläschchen wieder verstaut.

»Du gehst doch nicht weg?«, frage ich, als er die Tür öffnet, und ich kann nicht verhindern, dass meine Stimme zittert.

»Nur pissen.«

Erleichtert lasse ich mich in die Kissen sinken. Ich sauge Kais Geruch darin auf und schließe die Augen. Ich versuche mich zum Schlafen zu zwingen und will nicht an morgen denken. Daran, wie es weitergehen soll. Schließlich kann ich mich nicht für immer hier verkriechen. Doch je verzweifelter ich mich bemühe einzuschlafen, desto klarer fließen meine Gedanken, und ich male mir deutlich aus, was alles passieren könnte. Dabei ende ich meistens im Krankenhaus oder auf dem Friedhof.

Ich bin so froh, als Kai zurückkommt, da mich seine Anwesenheit ein wenig von meinen düsteren Gedanken ablenkt.

Nur mit schwarzen Boxershorts bekleidet, betritt er das Zimmer.

Ich ziehe unwillkürlich die Luft ein und mein Blick wandert über seinen Körper. Sein muskulöser Oberkörper glänzt samten in dem gedämpften Licht. Er ist wunderschön. Ohne seine finsteren Punkklamotten wirkt er fast sanft, wäre da nicht sein grimmiger Gesichtsausdruck.

»Du sollst doch pennen«, knurrt er, als er sieht, wie ich ihn anstarre.

»Warum bist du sauer?«, erwidere ich.

Kai zieht eine alte Wolldecke aus dem Schrank, breitet sie auf den Boden und legt sich darauf. »Bin ich nicht!«

Ich stütze mich auf einen Ellbogen, um ihn besser ansehen zu können.

»Kai, es tut mir leid, dass ich mich so aufgedrängt habe. Ich wusste einfach nicht, wohin.«

Kai schüttelt nur müde den Kopf.

»Wirklich! Ich möchte dir nicht auf die Nerven gehen.«

»Du nervst mich nicht.« Demonstrativ schließt er die Augen und dreht sich um.

Ich sehe, dass er seine Ruhe haben will, und kann dennoch nicht locker lassen. Ich will von ihm hören, dass er mir vergibt.

»Kann ich mich irgendwie erkenntlich zeigen, dafür dass du mir hilfst?«

Kai dreht sich zu mir um und sieht mich mit großen Augen an. »Wie bitte? Das meinst du doch nicht im Ernst?«

Schlagartig wird mir die Doppeldeutigkeit meiner Frage bewusst.

»A…a…aber ich hole dir keinen runter, oder so was«, stottere ich mit hochrotem Kopf.

»Schade«, murmelt Kai und schließt erneut die Augen.

»Kai?«

»Hmmm?«

»Gehen deine Eltern immer so früh ins Bett?«

»Ich hab nur eine Mutter.«

»Was ist passiert?«

Er krümmt sich auf der Decke zusammen. »Du fragst eindeutig zu viel. Ich bin müde!«

»Ich interessiere mich doch nur für dich. Außerdem, wenn du weiter mit deiner Clique rumgehangen wärst, lägst du jetzt sowieso noch nicht im Bett.«

»Er hat meine Mum gepoppt und sich dann auf Nimmerwiedersehen verpisst. Ich weiß weder, wie er heißt, noch sonst was von ihm. Zufrieden?«

»Deine Launen sollten gesetzlich verboten werden.«

Frustriert lasse ich mich auf den Rücken fallen und starre Löcher in die Luft.

»Und du solltest morgen zur Polizei gehen.«

»Zur Polizei? Was soll ich da?«

Kai lacht höhnisch. »Selten so eine dämliche Frage gehört. Sieh dich doch mal an!«

Am liebsten würde ich ihm in den Hintern treten, sosehr reizt mich sein Verhalten.

»Würde ich ja gerne, leider konnte ich keinen Spiegel finden.«

Kai steht auf und fährt sich entnervt durch die Haare.

»Daran soll es nicht scheitern!« Er angelt einen kleinen Kosmetikspiegel aus dem Schrank und hält ihn mir unter die Nase. Ich setze mich in Kais Bett auf und nehme ihm den Spiegel ab.

Bestürzt schlage ich mir die Hände vor den Mund. Mein Aussehen übertrifft meine schlimmsten Erwartungen.

Die Lippe ist dick wie eine fette rote Raupe und eine bläuliche Schwellung zieht sich vom Mund bis zu meiner Schläfe. Zu allem Überfluss sind meine rot geheulten Augen auch noch ganz verschwollen und meine Haare sehen aus, als wäre ein Wirbelsturm hindurchgefegt.

Ich kann nicht aufhören, auf das zu starren, was mein Spiegelbild sein soll. Eine Träne löst sich aus meinen Wimpern und tropft auf den Spiegel.

Bei der Besetzung der Hauptrolle eines Horrorfilms würden meine Chancen im Augenblick sicher nicht übel aussehen. Doch egal wie mein Vater mich auch zugerichtet hat, Kais Vorschlag, zur Polizei zu gehen, ist absurd. Mein Leben würde völlig auseinanderbrechen. Sich auflösen wie ein Eiswürfel, der in der Sonne liegt. Denn ich würde die Existenz meiner Eltern mit einem Schlag vernichten.

»Weine nicht. Bitte!« Kai setzt sich neben mich auf die Matratze, löst den Spiegel aus meinen verkrampften Händen und schiebt ihn unters Bett zu den schmutzigen Klamotten.

»Hör auf. Bei heulenden Weibern fühle ich mich so hilflos.«

»Du hast mir sehr geholfen, Kai. Und es tut mir wirklich leid, dass du mich mit meinen ganzen Problemen jetzt an der Backe hast. Kein Wunder, dass du mich jetzt hasst.«

Kai legt sich wieder auf seine Decke und sieht in meine Richtung. »Wieso denkst, dass ich dich hasse?«

»Na ja – ich schaue schrecklich aus, ich heule ständig, du musst wegen mir auf dem Boden schlafen und dein Zimmer stinkt auch noch nach Kotze.« Geräuschvoll ziehe ich die Nase hoch und lege mich auf die Seite, um ihn anschauen zu können.

Kai rückt näher ans Bett heran, so dass sein Gesicht direkt vor mir schwebt.

»Du siehst überhaupt nicht schrecklich aus, dein Geheule ... ist halb so wild, auf dem Boden schlafe ich, weil ich es so will, und deine Klamotten kann ich in die Waschmaschine stecken. Was sich allerdings äußerst positiv auf die Luft in meinem Zimmer auswirken würde ...«

Und obwohl ich immer noch leise vor mich hin heule, entschlüpft mir ungewollt ein Lacher. Das alles hier ist mehr als grotesk.

»Aber du musst doch zugeben, dass du mehr als reserviert gewesen bist, seit ich dich gefragt habe, ob ich bei dir übernachten darf.«

Stöhnend sinkt Kai zurück auf seine Decke. Er zwickt die Augen zusammen und kneift sich in die Nasenwurzel, als würde ihm etwas wehtun. Danach springt er wieder hoch und tigert wie ein eingesperrtes wildes Tier im Zimmer umher.

Was habe ich jetzt schon wieder falsch gemacht? Ich setze mich auf und schwinge die Beine über den Bettrand.

»Du verstehst wirklich überhaupt nichts, oder?«, stößt er mit einem Seufzen hervor.

Entschuldigend hebe ich die Hände.

Kai kniet sich vor mir nieder und legt seinen Kopf neben mir auf die Matratze. Wie von selbst gleiten meine Finger in sein langes Haar und spielen mit seinen Locken.

Als er aufsieht, ist sein Blick ganz glasig.

»Kannst du dir nicht denken, warum ich so drauf bin? Mal ehrlich, ich bin nicht gerade stolz darauf, dir mein tolles Zuhause präsentieren zu müssen. Ich verfolge dich seit Tagen wie ein beschissenes Hündchen und wünsche mir nichts mehr, als in deiner Nähe zu sein. Obwohl ich weiß, dass ich dir alles zerstören werde, weil ich nicht gut für dich bin. Dabei gehst du die ganze Zeit auf Abstand, was ich dir nicht mal verübeln kann. Und am Ende fragst du, ob du bei mir schlafen darfst … Entschuldige, aber das setzt dem Ganzen noch die Krone auf!«

Ich weiß nicht, was ich antworten soll. Kais Worte bringen etwas zum Schwingen in mir und mein Herzschlag verdreifacht sich.

»Es … es tut mir leid«, wispere ich zum gefühlten tausendsten Mal an diesem Abend.

Kai vergräbt den Kopf in seinen Händen.

»Es tut dir leid. Es tut dir leid! Dir tut ständig alles leid. Aber weißt du, was mir leidtut? Dass ich hier neben dir liegen muss, dich ansehen muss, aber nicht berühren darf. Mir tut leid, dass du so zugerichtet wurdest, und ich würde am liebsten den Schmerz von dir nehmen und ihn selbst ertragen. Mir tut leid, dass du weinst und unglücklich bist, und ich will die Tränen, die über deine Wangen fließen, wegküssen.«

»Dann tu es«, hauche ich und senke verlegen den Blick.

Kai umfängt mein Gesicht.

»Mein Gott, Ann, bist du dir sicher?«

Ich sehe ihm tief in die Augen.

»Du weißt, ich bin schlecht für dich. Dein guter Ruf ist Geschichte, wenn jemand das hier erfährt.«

»Das bist du nicht!«

»Darauf würde ich lieber nicht wetten«, raunt er, krabbelt zu mir aufs Bett und versiegelt meine Lippen mit einem Kuss.

Wo hat Kai bloß gelernt, so zu küssen? Er neckt mich mit seiner Zungenspitze und spielt mit meinen Lippen, bis ich mich öffne. Seine Zunge dringt in meinen Mund. Sanft und behutsam streichelt sie mich und liebkost so lange, bis sich unsere Zungen zu einem aufregenden Spiel vereinen.

Es macht mich unendlich an, ihn so nah an mir zu spüren. Meine Hände wandern über seine sehnigen Arme zu seiner Brust. Bedächtig fahre ich über seinen nackten Oberkörper, der sich anfühlt wie eine mit Samt bezogene Marmorstatue.

Kai atmet scharf aus, als mein Daumen über seine Brustwarze streicht.

Spielerisch fängt er meine Hände ein und nimmt sie hinter meinem Rücken gefangen.

»Treib es nicht zu weit, Ann. Meine Selbstbeherrschung hat ihre Grenzen. Außer du könntest dich vielleicht dazu entschließen, mir einen ...«

Ich presse meinen Mund auf seinen und bringe ihn damit zum Schweigen.

Ein unbekanntes Feuer spiegelt sich in Kais Augen, als ich mich von ihm löse.

»Heute nicht«, sage ich lächelnd.

Kai haucht seidenweiche Küsse auf meine Fingerspitzen und lässt mich dabei keine Sekunde aus den Augen. Die Bettfedern unter uns quietschen leise, als er sich bewegt.

»Danke, dass du so ehrlich warst.«

»Immerhin gab es eine Entschädigung dafür, die nicht ohne war«, sagt Kai und grinst.

Er ist unverbesserlich. Liebevoll strubble ich ihm durchs Haar.

»Auch wenn der Kotzegeruch dabei etwas störend war.«

Kai lacht. »Gib mir deine Klamotten.« Auffordernd streckt er mir die Hand entgegen.

»Dreh dich um«, verlange ich.

Kai rollt melodramatisch die Augen und schaut geziert in die andere Richtung. Schnell schlüpfe ich aus meinem Pulli und der Hose und ziehe die Bettdecke über mich. Kai klaubt die Kleidung vom Boden und verschwindet damit im Flur.

Wenig später ist er wieder zurück.

»Morgen früh sind deine Kleider gewaschen und bei der Hitze trocknen sie schnell«, erläutert er und gibt mir einen kleinen Kuss auf die Nase. Dann streckt er sich auf seiner Wolldecke aus und schließt die Augen.

»Mach das Licht aus«, flüstert er.

Ich knipse die Lampe aus. Kais Konturen verschwimmen. Der Mond scheint sanft durchs Fenster und ich höre ein Käuzchen schreien.

Trotz der milden Nacht ist mir kalt und ich fühle mich einsam. Alles ist so fremd. Der Geruch, die Geräusche und Kai scheint auf seiner Decke unerreichbar weit fort.

»Ist dir nicht kalt, Kai?«, wispere ich und hoffe, dass er meine Frage mit Ja beantwortet.

»Nö.«

Doch die Hoffnung stirbt ja bekanntlich zuletzt.

»Auch kein kleines bisschen?« Ich lasse nicht locker.

»Nee, es ist verdammt schwül hier drin.«

Okay, jetzt ist sie gestorben. Tot. Begraben.

»Aber der Boden ist ziemlich hart, oder?«

»Ist auszuhalten.«

Frustriert ziehe ich mir die Decke bis zum Kinn und kneife die Augen zu.

Kai lacht leise.

»Was ist los?«

»Du willst doch nur, dass ich zu dir ins Bett komme.« Er klingt sehr zufrieden.

Arroganter Mistkerl. Doch auch wenn ich mir im Moment nichts mehr wünsche als das – ich werde nicht betteln.

»Das denkst auch nur du!«

»Soll ich oder soll ich nicht?«

»Mir egal«, brumme ich in die Dunkelheit hinein.

»Na, wenn es dir egal ist … dann schlaf schön. Gute Nacht.«

Ich kann an seiner Stimme hören, dass er grinst. Ach, zum Teufel mit den guten Vorsätzen!

»Hast du nicht doch Lust, bei mir zu schlafen?«, flüstere ich. »Ich meine, das Bett ist groß genug für uns beide und der Boden ist wirklich zu hart für dich.«

Verblüfftes Schweigen.

»Glaub mir, Ann, eine Nacht neben dir im Bett ist für mich härter als dieser Boden.«

»Und wenn ich dich bitte?«

Meine Güte, was ist nur aus mir geworden?

Kai steht auf und kommt zu mir.

»Rutsch zur Seite«, knurrt er und schlüpft unter meine Decke. »Das wird die reinste Folter«, ächzt er.

Doch ich gebe nichts auf sein Gejammer. Bin einfach nur froh, dass er da ist. Ich schmiege mich eng an ihn und bette mein Gesicht an seine Brust.

»Jetzt ist nicht nur der Boden hart. Fuck, Ann, was machst du nur mit mir!«

Ich gebe ihm kein Kontra, denn endlich, endlich überkommt mich die Müdigkeit und ich kann einschlafen.

Kai

Im Gegensatz zu ihr kann ich nicht schlafen. Ich darf es auch nicht. Denn ich muss noch mal weg. Und ich verfluche mich dafür. Während sie meine Nähe zu beruhigen scheint, wühlt mich die ihre auf. Es macht mich fertig, sie so nah neben mir zu spüren. Meine ganze Aufmerksamkeit ist nur auf sie fixiert. Ich spüre ihre Hand, die auf meiner nackten Brust liegt, ihr weiches Haar, dessen Strähnen meine Wange kitzeln. Ich fühle ihre Brust an meiner Seite und ihre Hüfte, die sich gegen meine presst. Sie weiß bestimmt nicht, wie sehr sie mich erregt. Mein Schwanz ist hart wie Stein und pocht vor Verlangen.

Verfluchte Scheiße, ich war noch nie ein Heiliger und werde auch nie einer sein. Ich muss hier raus.

Behutsam, um sie nicht zu wecken, schiebe ich ihre Hand von meinem Körper und rolle mich langsam aus dem Bett. Ich setze mich auf meinen Schreibtischstuhl und versuche die Kontrolle zurückzuerlangen. Immer wieder gleitet mein Blick zum Bett und ich kann es nicht fassen, dass sie tatsächlich da liegt. Die Gefühle, die dieses Mädchen in mir auslöst, sind unbeschreiblich. In einem Moment bin ich himmelhochjauchzend und im nächsten zu Tode betrübt. Es bringt mich schier um, sie dermaßen misshandelt zu sehen, und ich wünsche mir nichts mehr, als ihr helfen zu können. Nein, das stimmt so nicht ganz. Wenn ich es mir recht überlege, bin ich ein selbstsüchtiges Arschloch und wünsche mir nur, sie in meiner Nähe zu haben. Dabei weiß ich, dass genau das nicht gut für sie ist. Ich bin ein Problem für sie, und das wissen wir beide. Eigentlich müsste ich schnellstens zur Polizei, ihren Wichser von Vater anzeigen und damit hätte es sich. Aber die würden einem Herumtreiber wie mir doch kein Wörtchen glauben.

Ein kleines Ticken reißt mich aus meinem Gedankensumpf. Es ist so weit, sie werfen Steinchen gegen mein Fenster, um mich zu holen.

Ich schlüpfe in meine Klamotten. Doch bevor ich gehe, bleibt mein Blick an der zarten Gestalt hängen, die so unschuldig zwischen meinen Kissen liegt. Ihr Haar leuchtet silbrig im Mondschein. Wie von einem unsichtbaren Band gezogen, bewege ich mich auf sie zu und hauche ihr einen Abschiedskuss auf die schlafwarme Wange.

Es kostet mich große Überwindung, sie zu verlassen. Ich wünsche mir so sehr, ich könnte bei ihr bleiben. Doch meine abgefuckten Freunde lassen es nicht zu. Sie ist wie eine kleine Sonne, deren Strahlen immer wieder einen Lichtpunkt in mein Leben zaubern.

Und mit einem Mal packt mich eine unbändige Wut. Hassgefühle durchströmen mich und bringen meinen Puls zum Rasen. Wie kann dieser verfickte Wichser ihr nur so etwas antun? Ich balle die Hände so fest zu Fäusten, dass sich meine Nägel tief in die Haut bohren. Ich werde ihm eine Abreibung verpassen, die sich gewaschen hat!

Ich verlasse die Wohnung und hoffe, dass sie nicht aufwacht und dass sie durchschläft, bis ich zurück bin.

16. Kapitel

Kai

»Alter, wo bleibst du?«

Faust lehnt lässig am Gartenzaun und wirkt so cool, als würde er jeden Moment Eiswürfel scheißen. Lil steht neben ihm. Zur Hölle, wieso hat er sie mitgebracht!

»Hey, Kai«, flötet sie und klimpert mit den Wimpern.

Ich bin immer noch auf hundertachtzig.

»Planänderung«, presse ich zwischen zusammengebissenen Zähnen hervor.

»Bist du verrückt, Alter? Was soll die Scheiße? Die anderen sind bereits am Treffpunkt!«

Ich verziehe die Lippen zu einem diabolischen Lächeln.

»Ich hab 'nen richtig fetten Fisch an der Angel.«

»Du meinst Klunker, Klunker, Klunker …?« Faust stellt mit den Händen einen rieselnden Goldregen dar.

»Darauf kannst du einen lassen«, zische ich und schleiche den beiden voran quer durch den Garten. Mein Plan ist schnell erklärt. Faust informiert über Handy die anderen.

Auf der Straße wartet bereits Luke in seinem alten Opel Vectra. Faust steigt vorne ein und Lil und ich verdrücken uns nach hinten.

Luke lacht dreckig auf, als er mich sieht. »Und? Hast du die Kleine geknallt?«

»Halt die Fresse, Luke, oder soll ich dir noch eine Abreibung verpassen?«

Luke startet rasch den Wagen. Ich lehne meinen Kopf gegen das Fenster und starre nach draußen. Im Grunde meines Herzens weiß ich, dass ich gerade im Begriff bin, den größten Fehler meines Lebens zu machen. Doch jetzt ist es zu spät. Mein abgrundtiefer Hass und meine impulsive Art haben mich schon oft in die Scheiße geritten, doch so tief wie diesmal war sie noch nie.

Ich fühle eine Regung an meinem Oberschenkel. Lil!

»Hast du die Kleine mit zu dir genommen?«, fragt sie leise.

Ich stoße sie barsch zur Seite. »Bist du total durchgeknallt?«

Meine Freunde dürfen niemals Wind davon bekommen, wie es um mein Gefühlsleben gerade bestellt ist. In meiner Clique ist es tödlich, Schwäche zu zeigen.

»Was war das dann vorhin?« Lil gibt einfach nicht auf. Wir sind kein Paar oder so was, aber wir verschaffen uns gegenseitig eine Befriedigung, bei der beide gleichermaßen auf ihre Kosten kommen.

Um ehrlich zu sein, widert Lil mich manchmal regelrecht an. Mit ihrem abrasierten Schädel, auf dem nur einzelne Strähnen lilafarben leuchten, mit den unzähligen Piercings und Tattoos hat sie nichts Mädchenhaftes an sich. Sie haut drauf wie ein richtiger Kerl und ist ständig zugedröhnt. Doch sie hat einen Narren an mir gefressen. Weiß der Geier, warum. Mir ist längst bekannt, dass sie mehr von mir will als nur Sex, und eigentlich müsste ich fairerweise auf Abstand gehen und ihre Verliebtheit nicht ausnutzen. Doch ich bin und bleibe eben ein selbstsüchtiges Arschloch! Mit ihr zu vögeln, vertreibt wenigstens für kurze Zeit die Gedanken an mein abgefucktes Leben, das ohne Perspektiven ist. Mich mit Drogen oder Alkohol wegzuballern, war noch nie mein Ding, also nehme ich, was ich sonst so kriegen kann, um mein Gedankenkarussell zum Stillstand zu bringen. Und Lil ist immer da, wenn ich etwas brauche, um abzuschalten. So wie jetzt!

»Halt einfach die Klappe und komm her«, knurre ich und ziehe sie auf meinen Schoß.

Ich schließe die Augen und versuche mir vorzugaukeln, dass es die blonde Prinzessin mit dem kitschigen Namen ist, die da auf mir sitzt und sich an mir reibt. Als ich die Lider hebe, rauscht die dunkle Nacht vor dem Fenster an mir vorüber. Wir passieren die Innenstadt. Es wird nicht mehr lange dauern, bis wir unseren Treffpunkt an der Bushaltestelle erreichen.

Ich strenge mich wirklich an, heiß zu werden, doch es klappt einfach nicht. Lil stinkt nach Zigaretten, und als sie mir ihre Zunge so weit in den Hals steckt, dass ihr bescheuertes Piercing fast mein Zäpfchen berührt, bin ich dermaßen genervt, dass ich sie mit einer energischen Handbewegung von meinem Schoß fege.

»Aua! Was soll das?«

Ungläubig starrt sie mich an.

»Ich bin nicht in Stimmung«, brumme ich und schaue demonstrativ durch das Wagenfenster nach draußen. Wir lassen gerade die Schule hinter uns. Ab jetzt sind es nur noch wenige Kilometer.

»Das haben wir gleich«, flüstert sie und versucht sich an einem lasziven Augenaufschlag, was in Anbetracht ihrer gesamten Aufmachung äußerst lächerlich wirkt.

Doch die kleine Bitch ist wirklich stur. Ehe ich mich versehe, liegt ihre Hand zwischen meinen Beinen und beginnt zu kneten.

Als ich spüre, wie ihre Bemühungen Wirkung zeigen, meldet sich ungefragt und höchst unerwünscht mein Gewissen zu Wort und flüstert mir den verdammten Disney-Prinzessinnennamen ins Ohr. Annabell!

Ich packe Lils Hände und weise sie entschieden zurück.

»Hausverbot!«, fauche ich.

Lil drückt sich schmollend in den Sitz und funkelt mich böse an.

Die restlichen Minuten bis zu unserem Ziel starre ich angestrengt auf die Lehne des Vordersitzes, um Lils Blick nicht mehr zu begegnen. Luke bremst, wir sind da. An der Bushaltestelle steht der Rest der Clique. Toto, Mike und Bea. Grölend heißen sie uns willkommen. Sie sind hackedicht. Mir ist inzwischen kotzübel vor lauter Schiss und ich würde diese Kacke, in die ich mich da gerade hineinmanövriere, nur zu gerne abblasen. Doch ich bin zu feige, um mein Maul aufzumachen. Zu groß ist die Angst, dass sie mich dann als Loser hinstellen und ich alles verliere. Die Clique ist die einzige Familie, die ich neben meiner Mutter noch habe, falls man diese dauerbetrunkene Alte überhaupt so bezeichnen kann.

Wir leuchten uns mit unseren Handys den Weg. Kurze Zeit später betreten wir das Becksche Anwesen. Mein Blick gleitet über den Pool, in dem Annabell und ich uns so verflixt nahe gekommen sind.

Es war wirklich eine beknackte Idee, hierherzukommen.

»Und jetzt?«, wispert Luke mir zu.

Ich fahre mir durch die Haare. Es nützt alles nichts. Jetzt sind wir hier und ich muss die Sache durchziehen.

Ich kippe den Blumentopf zur Seite und fingere den Schlüssel hervor. Toto reißt ihn mir aus der Hand und klopft mir auf den Rücken.

»Coole Sache, Kai. Das wird ja ein Sonntagsspaziergang.«

Wir stülpen uns die Masken über.

»Es ist das Haus von der Kleinen, oder?«, flüstert Lil, als wir in den Flur treten.

»Und wenn schon! Jedenfalls ist es 'ne stinkreiche Hütte, in der es jede Menge zu holen gibt«, flüstere ich zurück.

Ich weise den anderen den Weg ins Badezimmer. Annabells Mutter verwahrt dort in einem kleinen Kästchen ihren gesamten Schmuck. Total leichtsinnig und gedankenlos direkt in einem Regal über der Badewanne. Als ich letztes Mal hier war, stand das Teil weit geöffnet vor mir. Es schien fast wie eine Einladung, sich daran zu bedienen. Damals hatte ich jedoch andere Gedanken im Sinn als den Wert der Schmuckstücke.

Ich deute auf die Schmuckdose. Toto und Luke machen sich nicht mal die Mühe, sie aufzuknacken, sondern stopfen das komplette Teil in Totos Rucksack.

Bea rempelt mich an und deutet auf die Ablage über dem Waschbecken. Eine fette Rolex, die nur dem Wichser von Vater gehören kann, findet ebenfalls den Weg in unsere Taschen.

»Los! Hauen wir ab!«, raune ich.

Ich will nur noch weg. Raus aus ihrem Haus, in dem ich sie jede Sekunde fühlen und riechen kann.

Mike rempelt mich an.

»Bist du gaga? So reich, wie die sind, liegt bestimmt noch irgendwo Kohle rum.«

»Nimm deine dreckigen Pfoten von mir!«, herrsche ich ihn an und schubse zurück. Unglücklicherweise stolpert Mike dabei gegen eine weiße Kommode, auf der reihenweise Schminkutensilien stehen. Ein Pinsel und ein Nagellackfläschchen kippen um, und dann wie beim Domino alle anderen Sachen, bis zuletzt ein teuer anmutendes Parfümflakon zu Boden fällt und mit einem lauten Krachen zerschellt.

Wir halten alle die Luft an und erstarren zu Stein.

»Hallo? Ist da wer? – Annabell?«, ertönt eine Stimme.

Ihren Namen zu hören, gibt mir den Rest. Ich stürme auf den Flur, die anderen folgen mir und wir stehen ihrem Vater gegenüber, der gerade aus dem Schlafzimmer gekommen ist. Hinter ihm steht totenbleich Frau Beck.

So sieht der cholerische Bastard also aus.

Als er uns sieht, weicht jegliche Farbe aus seinem Gesicht. Es verwundert mich jedes Mal aufs Neue, wenn ich merke, wie angsteinflößend wir sind. Am Tag behandeln uns alle wie Abfall, wie Parasiten. Doch in der Nacht sind wir die Checker – die Nacht gehört uns!

Die Bilder von Anns misshandeltem Gesicht tauchen vor mir auf, ihre Tränen und die Angst in ihren Augen. Ich bin froh um die Maske vor meinem Gesicht, die mich nicht verraten wird.

Ich zittere vor Abscheu, und ohne lange zu überlegen, hole ich aus und ramme ihm die Faust zwischen die Rippen. Stöhnend geht er zu Boden und bleibt wimmernd liegen, wobei ich mir sicher bin, dass jede Menge Show dabei ist. Ich habe nicht einmal halb so fest zugeschlagen, wie ich könnte und wie er es verdient hätte.

Lil zieht mich am Ärmel und ich stolpere hinter meinen Kumpels nach draußen.

Im Auto wird johlend der erfolgreiche Beutezug gefeiert, doch bei mir will keine Freude aufkommen.

»Hier, dein Anteil«, sagt Toto und wirft mir eine von Frau Becks Halsketten in den Schoß. Sie ist aus purem Gold und an einem kleinen Haken hängt ein herzförmiger Rubin. Sie sieht schmal und zierlich aus, viel zu mädchenhaft für eine erwachsene Frau. Es durchfährt mich wie ein Blitz. Das ist IHRE Kette. Schnell stopfe ich sie in die Hosentasche, um nicht länger darüber nachdenken zu müssen.

»Warst heute voll aggro drauf, das hat mir gefallen!« Anerkennend klopft Toto mir auf die Schulter.

Luke setzt einen nach dem anderen zu Hause ab. Lil und ich sind die Letzten, die auf der Rückbank des Wagens sitzen.

Ich spüre die Kette glühend heiß durch die Tasche meiner Jeans, fast als würde sie ein Loch hineinbrennen. Ich fühle mich alles andere als wohl mit dem Diebesgut. Nicht, dass ich so ein gesetzestreuer Bürger bin, der sich bei einem kleinen Einbruch schon ins Hemd scheißt, nein, es liegt an der Person, der die Kette gehört hat.

Ich will sie nicht.

Ich will jetzt nicht weinerlich rüberkommen, immerhin habe ich gerade ihr Haus ausgeraubt, während sie in meinem Bett schläft. Aber jetzt auch noch ihren Schmuck zu verticken, das bringt nicht mal ein Arsch, wie ich es bin, übers Herz. Ich wollte nur ihrem Vater eine Lektion erteilen und mich nicht an ihr bereichern.

Ich ziehe die Kette aus meiner Tasche und lasse sie durch meine Finger gleiten.

»Pennst du, Alter, oder was?«

Verdammt, ich habe nicht einmal bemerkt, dass Luke schon vor meinem Haus steht. Vor dem Haus, in dem SIE in meinem Bett schläft.

Und weil ich nicht wirklich weiß, wohin mit dieser verdammten Kette, werfe ich sie Lil in den Schoß.

»Für dich!«, kommentiere ich trocken.

Doch als ich sehe, wie Lils Augen zu leuchten beginnen, weiß ich, dass ich einen riesigen Fehler gemacht habe.

Sie legt sich die Kette mit dem Herzanhänger um den Hals und lächelt selig.

Heilige Scheiße, ich scheine Probleme wirklich magisch anzuziehen. Bevor sie auch noch auf die bescheuerte Idee kommen kann, mir zum Dank einen Kuss zu geben, steige ich aus dem Auto.

Fuck! Was für eine Nacht!

Auf dem Weg in mein Zimmer mache ich einen Abstecher und nehme ihre Kleidung aus der Waschmaschine.

Vorsichtig öffne ich die Tür. Es ist alles still. Schemenhaft kann ich ihre schmale Gestalt unter der Bettdecke erkennen. Ich fädele ihre Klamotten über zwei Kleiderbügel und hänge sie an Türgriff und Schreibtisch.

»Wo warst du?«

Ich fahre zusammen. Schlaftrunken sieht sie mich aus kleinen Augen an und mein Herz wird bei ihrem Anblick eng.

»Ich habe nur deine Hose und den Pullover zum Trocknen aufgehängt. Schlaf weiter!«

Sie lässt tatsächlich den Kopf zurücksinken und schließt die Augen.

»Komm her«, raunt sie im Halbschlaf und klopft auf das Kissen.

Und wie könnte ich ihr widerstehen. Schnell steige ich aus meinen Klamotten und lege mich zu ihr.

Gleich kuschelt sie sich an mich. Sie legt ihren Kopf auf meine Brust und schlingt ihr Bein um mich.

Sie quält mich, ohne sich dessen bewusst zu sein. Dabei habe ich es wirklich verdient!

17. Kapitel

Annabell

Es ist so warm und gemütlich, dass ich mich fast zwingen muss, die Augen zu öffnen. Das Erste was ich sehe, sind seine dunklen Locken, die sich unmittelbar vor meiner Nase kringeln. Ich hebe den Kopf, und im selben Moment wird mir bewusst, wo sich meine Arme und Beine befinden.

Hilfe! Was mache ich hier? Mein rechtes Knie liegt direkt auf seinem ... Ich schlucke. Millimeterweise bewege ich meine Gliedmaßen zurück, stets in der Hoffnung, dass er nicht aufwacht.

Kai stöhnt leise und mit einem Ruck ziehe ich Hände und Beine ganz zu mir.

»Danke, ich dachte schon, du willst meine zwei besten Freunde in Rührei verwandeln.«

War ja klar, dass er mir nicht den Gefallen tut, weiterzuschlafen, und natürlich muss er mich gleich wieder aufziehen.

Ich spüre, wie die Röte meine Wangen färbt.

»Hättest dich ja umdrehen können, wenn du es so schrecklich fandst«, schieße ich zurück.

»Es gibt Momente, in denen mein Tun von reiner Nächstenliebe bestimmt ist!« Er grinst spitzbübisch.

»Ja klar, Nächstenliebe«, murmele ich, während mein Blick auf die deutlich sichtbare Beule in seiner Hose fällt.

»Hast du eigentlich eine Liste, auf der du dir diese ganzen Sprüche notierst?«

Kai reibt sich fröhlich die Hände und springt aus dem Bett.

»Nö. Spontanität ist alles im Leben!«

Er schlüpft in seine Hose und ich bin fast ein wenig enttäuscht, als er seinen festen, muskulösen Bauch unter einem schwarzen T-Shirt versteckt.

»Na los, du Schlafmütze! Raus aus dem Bett oder soll ich dich holen?« Er grinst mich an, doch ich sehe, dass das Lachen nicht seine Augen erreicht.

Nachdenklichkeit spiegelt sich in seinem Gesicht und ich habe das Gefühl, als wolle er das um jeden Preis vertuschen. Vielleicht, weil er mich seine Unsicherheit nicht spüren lassen will.

Katzenhaft schleicht er zu mir und stützt seine Hände neben meinen Oberkörper.

Mein Blick taucht in seinen.

Er beugt sich zu mir und ich habe das Gefühl, dass mir mein Herz aus der Brust springt. Ich spüre seinen warmen Atem auf mir, was mich zum Schaudern bringt.

Er wird mich küssen, jetzt sofort. Erwartungsvoll schließe ich die Augen, strecke mich ihm entgegen und warte sehnsüchtig auf die Berührung seiner Lippen.

Doch mit einem Mal ist der sanfte Hauch von meiner Haut verschwunden. Verwirrt blinzle ich und will gerade aufstehen, als Kai mich um die Hüfte packt und mich über seine Schulter wirft.

»Lass mich sofort runter, du Verrückter!« Ich trommle ihm auf den Rücken, doch entweder hat er eine Elefantenhaut oder er ist einfach nur gefühllos. Kai scheinen meine Schläge nichts auszumachen. Ungerührt trägt er mich ins Bad und setzt mich dort ab.

»Komm, mach dich fertig, wir müssen los!«

»Ich will noch nicht hier weg.« Ich ziehe einen kleinen Flunsch und setze meinen Dackelblick auf.

»Keine Lust, mit mir einen Ausflug zu machen?« Kai grinst verschwörerisch.

Ich reiße die Augen auf.

»Ein Ausflug? Warum hast du das nicht gleich gesagt? Was hast du vor?« Aufgeregt knibbele ich an meiner abstehenden Nagelhaut herum. Er macht es wirklich spannend.

Kai sieht mich auffordernd an. »Wir fahren an den Baggersee.«

Ich ziehe ungläubig die Augenbrauen hoch. »Bist du öfter dort?«

Kai nickt.

»Was machst du denn da?«

»Na baggern, darum heißt der See doch auch so.« Auf meinen verwirrten Gesichtsausdruck hin verdreht Kai die Augen. »Ich schwimme, was denn sonst!«

»Du scheinst wohl öfter die Schule zu schwänzen«, stelle ich fest.

»Man tut, was man kann.« Er hebt seinen Oberarm und küsst seine Muskeln. »Sport belebt schließlich Körper und Geist. Oder was sonst, glaubst du, hat diesen unglaublichen Körper geformt!« Er blinzelt mir übertrieben heiter zu.

»Du leidest eindeutig an hemmungslosem Selbstbewusstsein. Weißt du das?«

Er zuckt die Achseln und lacht. »Jeder hat so seine Qualitäten – und jetzt beeil dich, ich will hier weg.«

Zögernd sehe ich mich um. »Eigentlich müsste ich nach Hause.«

Kai lacht künstlich. »Kannst es wohl kaum erwarten, wieder eine geklatscht zu bekommen.«

Ich zucke zusammen. Dass er so gefühllos ist, hätte ich nicht von ihm erwartet. Nicht nach dieser Nacht. »Du bist ein richtiger Mistkerl, Kai. Was soll ich denn deiner Meinung nach tun? Mich für immer hier verstecken?«

Ich verschränke die Arme vor der Brust und warte auf den nächsten dummen Spruch. Gegen die Duschwand gelehnt fixiere ich ihn abwartend.

Kai fasst sich an die Stirn, als überlege er.

»Weißt du was, wir gehen jetzt schwimmen und danach bringe ich dich nach Hause. Dann kann ich den Prellbock spielen, falls es deinen Vater erneut in den Fäusten zuckt.«

Ich bin erstaunt, dass Kai tatsächlich noch einen konstruktiven Vorschlag bringt. Allerdings wird meine Strafe bestimmt um einiges höher ausfallen, wenn ich mit einem Typen wie ihm zu Hause aufkreuze.

»Ich weiß nicht …«, zögere ich.

»Wovor hast du Schiss? Du willst wohl nicht mit mir zu Hause auftauchen.«

Jackpot!

»Du hast ja keine Ahnung, wie meine Eltern sind«, flüstere ich und senke verlegen den Blick. In Gedanken fahre ich das Muster der einzelnen Badfliesen nach, nur um nicht weiter über meine Familie nachdenken zu müssen.

Kais Gesicht wird maskenhaft. »Glaub mir – das hier«, er deutet auf meine Verletzung, »sagt alles!«

Er lässt mich im Bad allein.

Hoffentlich habe ich ihn jetzt nicht verletzt. Er scheint ein finsterer und ziemlich komplizierter Typ zu sein. Leider kann ich trotzdem die Finger nicht von ihm lassen.

Resigniert putze ich mir mit dem Zeigefinger die Zähne und humple in die winzige Dusche hinein.

Nachdem ich Kais T-Shirt-Verband gelöst habe, drehe ich das Wasser auf und verteile eine kleine Menge Duschgel in meinem Haar. Vor Schmerz treten mir die Tränen in die Augen, als Wasser und Schaum an meine Schnittverletzung kommen.

So schnell es geht, spüle ich den Schaum aus meinem Haar und bette den Fuß in ein Handtuch hinein. Zu meiner Überraschung riecht es frisch nach Waschmittel.

Ich schlüpfe in Kais Shirt und meinen Slip und hüpfe auf einem Fuß durch den Flur in Kais Zimmer zurück.

»Kai?«

Ich bleibe wie erstarrt stehen. Kai ist nicht alleine. Eine Frau, ich nehme mal an, seine Mutter, steht leicht schwankend in seinem Zimmer.

Kais Kopf fährt herum, als er seinen Namen hört. Er greift sich meinen Pullover und die Hose.

Schnellen Schrittes kommt er auf mich zu, packt mich am Arm und zieht mich zur Wohnungstür.

»Los, wir gehen.«

Ich verliere das Gleichgewicht und muss, um mich zu fangen, meinen verletzten Fuß aufstellen.

»Ahh«, ich keuche und verziehe schmerzvoll das Gesicht.

Sofort ist Kai bei mir.

»Alles okay? Komm, ich helfe dir.«

Er ist eindeutig nervös. Er benimmt sich wie ein Tier auf der Flucht.

»Gai, willscht du misch deiner Freundin nicht vorschtellen?«

Die Frau ist betrunken. Ihre Augen sind rot geädert und verquollen, die Nase leuchtet in einem tiefen Rosa. Die Worte kommen nuschelnd hervor, und sie wirkt völlig konfus.

»Mutter, das ist Ann. – Ann, das ist meine Mutter.« Er fasst mich unter den Achseln, um mein Bein zu entlasten, und zieht mich zur Tür.

»G...ai, w...w...warte doch ma...«

»Keine Zeit, Mutter!« Das letzte Wort spuckt Kai förmlich aus.

»G...G...Gai, wenn isch mid dia red, ...« Ihre Stimme bricht und sie sieht uns aus blutunterlaufenen Augen an.

Ich beginne zu frösteln. Kais Mutter ist schwere Alkoholikerin, eine andere Erklärung gibt es nicht für das, was sich da vor meinen Augen abspielt.

Die Frau schlurft schleppend auf uns zu. Das schulterlange, dunkle Haar hängt ihr strähnig ins Gesicht und die Kleidung sieht aus, als hätte sie bereits mehrere Nächte darin verbracht.

»Bisssssst'n du für'n Püppch'n?« Sie kneift mir in die Wange.

Eine Schnapsfahne weht mir ins Gesicht und ich drehe angewidert den Kopf zur Seite.

Kai zupft drängend an meinem Ärmel. Ungeduldig trommelt er mit den Fingern auf die Türklinke. Ich sehe Kai an, wie furchtbar peinlich ihm das alles ist.

»Heissst'n du?«

Mit stierem Blick glotzt sie mich an und grapscht mir mit ihren Fingern am Shirt herum. Ich weiche zurück.

»A...A...Annabell Beck«, stottere ich.

Was für eine groteske Situation! Kai tut mir einfach nur leid. Es muss schrecklich sein, mit so jemandem unter einem Dach zu leben. Egal wie oft mein Vater ausrastet, ich habe immer noch so etwas wie ein Zuhause. Kai dagegen hat ... gar nichts!

»Beck?«, kreischt sie in diesem Moment. Sie wirkt, als würde sie gleich durchdrehen.

Unsicher sehe ich zu Kai und flehe ihn stumm um Hilfe an.

Er versteht und kommt meiner tonlosen Bitte nach.

»Mutter, wir würden jetzt gerne los. Wir haben noch was vor.«

»Ihr 'abt alscho wasch vor«, wiehert sie und ihr Blick gleitet über meine nackten Beine. Ihr Lachen klingt hohl und falsch.

Langsam wird mir mulmig. Ich taste nach Kais Hand. Er drückt sie beruhigend.

»Beck?«, sagt sie, diesmal in einem säuselnden Tonfall.

Ich räuspere mich und versuche mutig und taff zu klingen.

»Ja, ich bin Annabell Beck. Mein Vater ist Allgemeinarzt, vielleicht haben Sie schon einmal von ihm gehört.«

Ein Ruck geht durch ihren Körper und plötzlich wirken ihre Augen irgendwie klarer. Sie runzelt die Stirn. Ihre Haltung ist eine einzige Bedrohung.

»Rrrrausssss ausss meinem Hausss, du F...Flittchen!«, lallt sie und versetzt mir einen Stoß.

Ich taumle gegen Kai, der sofort seinen Arm um meine Taille legt und mich auffängt.

Ich kreische vor Schreck auf.

»Es reicht, Mutter!«, fährt Kai dazwischen. »Sie ist mein Gast, du hast nicht das Recht, sie so zu behandeln!«

Frau Kestner ignoriert ihren Sohn. »V...verschwinde, kleine Sch...Schlampe!«

Tränen treten mir in die Augen. Ich fühle mich hilflos und ihrem Zorn völlig ausgeliefert.

Kai schlingt die Arme um mich und hilft mir, die Treppe hinunterzuhüpfen.

»Gai, du bleissst gefälligssst hier!«

Aber Kai beachtet seine Mutter nicht. Er lenkt seine gesamte Aufmerksamkeit auf mich.

»Ich bin gleich wieder da. Warte kurz!«, befiehlt er mir, als wir die Haustür erreicht haben, drückt mir meine Klamotten in die Hand und lässt mich stehen.

Während ich mich anziehe, wandert mein Blick immer wieder zur Treppe, in der Befürchtung, dass Frau Kestner hinter uns herkommt.

Tatsächlich trippelt sie auf den Flur und ruft mir vom Treppenabsatz aus noch etwas zu. »Lass dich nie wieda hier blick'n, verstand'n? Ssssonst ...« Sie zieht mit der Handkante einen Schnitt über ihren Hals.

Ich weiß nicht, wieso diese Frau mich so hasst. Sie mustert mich wie ein besonders widerwärtiges Insekt. Ihr bösartiger Blick nagelt mich fest und mein Körper bebt vor Angst.

Endlich kommt Kai zurück. Er hat sein Motorrad vor die Tür gestellt und verbrennt seine Mutter förmlich mit seinem Blick. Hastig schlüpfe ich in die Hose.

Er hält mir die Haustür auf und bedeutet mir mit einem Kopfnicken, zum Motorrad zu gehen. Schnell komme ich seiner Aufforderung nach. Ich will nur noch hier weg!

Kai steigt auf und rutscht nach vorne, so dass ich hinter ihm Platz nehmen kann.

Kai

Ich hasse meine Mutter. Wie konnte sie es wagen, mich derart zu blamieren? Ich schäume vor Wut. Genau das wollte ich vermeiden. Niemals sollte Ann diese Frau, die sich meine Mutter schimpft, zu Gesicht bekommen. Ich schäme mich in Grund und Boden für sie.

Sie hat alles zerstört und macht alles kaputt, was mir wichtig ist. Mein verficktes Leben geht auf ihre Rechnung. Sie trägt die Schuld an dem, was aus mir geworden ist.

Verfluchte Scheiße, am liebsten würde ich im Erdboden versinken. Ich habe den Ekel auf Anns Gesicht gesehen und kann ihn ihr nicht verdenken. Auch mich kotzt meine Mutter an.

Ich fahre schneller, als ich dürfte. Anns Arme liegen um meine Taille. Doch ich weiß, sie umklammert mich nur, um nicht zu fallen. Einen anderen Grund gibt es nicht, nach dem, was soeben geschehen ist. Wie erbarmungswürdig und abstoßend muss sie meine Mutter und unser schäbiges Haus finden ... und letztlich auch mich, denn es ist mein Zuhause.

Obwohl keine Zeit blieb, die Badesachen einzupacken, schlage ich den Weg zum Baggersee ein.

Zorn lodert in mir und droht mich zu verbrennen. Warum zur Hölle läuft alles, was ich anfasse, aus dem Ruder? Dieses Mädchen hinter mir bedeutet mir so viel, aber ich kann es ihr nicht zeigen. Ich zerstöre alles zwischen uns, obwohl es noch nicht mal richtig begonnen hat. Niemals hätte ich sie mit zu mir nehmen dürfen. Wie armselig muss ich auf sie wirken. Ihr Vater ist zwar ein Wichser, aber sie hat alles auf der Welt. Und ich kann verstehen, dass sie ihn nicht anzeigen will, um das nicht aufs Spiel zu setzen. Das Leben, das sie führt, ist geordnet und bequem. Sie schläft niemals abends mit knurrendem Magen ein oder trägt zerrissene Jeans, außer die Mode schreibt es ihr vor.

Auf dem Waldparkplatz steige ich so fest in die Eisen, dass mein Hinterrad ausbricht und sich das Motorrad einmal um die eigene Achse dreht.

Ich höre, wie sie erschrocken kreischt.

»Bist du von allen guten Geistern verlassen?«, zetert sie los, als ich den Motor abwürge.

Ich will ihre Vorwürfe nicht hören und mich nicht ihren Fragen stellen. Es würde mich umbringen, noch einmal den Ekel in ihren Augen zu sehen.

18. Kapitel

Annabell

Fassungslos starre ich ihm hinterher, wie er sich aus dem Staub macht. Er pflügt seinen Weg durch die Bäume. Jeder Schritt, jede Bewegung ist pure Aggression. Ich kann verstehen, dass er auf seine Mutter sauer ist – aber ist er es auch auf mich? Er wirkt, als würde er jeden Moment in die Luft gehen. Ich muss mit ihm reden, ihm sagen, dass er nicht zornig sein muss. Dass seine Mutter mir nur leidtut. Doch will er das überhaupt? Ich möchte es wenigstens versuchen.

Seufzend steige ich ab und humple ihm hinterher. Der Waldboden federt unter meinen bloßen Füßen und fühlt sich warm und weich an. Dennoch komme ich durch meine Verletzung nur langsam voran, da ich immer wieder mit meinem Gleichgewicht zu kämpfen habe. Als sich der Wald lichtet, sehe ich gerade noch, wie Kai seine Jeans zu Boden wirft, bevor er sich kopfüber in den See stürzt.

Wie ein Haifisch auf Beutezug pflügt er durch das Wasser.

Nach einer halben Ewigkeit stehe ich am Ufer des Baggersees. Ich setze mich auf den Boden und starre gedankenverloren auf den Weiher.

Ich werde einfach nicht schlau aus Kais Verhalten. Letzte Nacht hat er gestanden, in mich verliebt zu sein, und heute verhält er sich nur noch wie ein guter Freund, eher unverbindlich, manchmal sogar richtig abweisend. Auch wenn ich mich davor fürchte, ich muss ihn unbedingt zur Rede stellen, sonst frisst mich die Ungewissheit auf.

Dabei weiß ich nicht einmal, was ich von ihm will. Er ist ... oh mein Gott, er ist wahnsinnig heiß und bei der kleinsten Berührung von ihm stelle ich mir Dinge vor, an die ich zuvor nicht mal im Traum gedacht habe. Ich wünsche ihn mir ständig in meiner Nähe und ... sehne mich nach ihm, wenn er nicht da ist. Doch ich bin mir nicht sicher, ob ich mutig genug bin, mit ihm zusammen zu sein.

Kai hat mich letzte Nacht gewarnt, doch er war mir so nah und meine Gefühle waren so intensiv, dass ich alle Bedenken über Bord geworfen und nur noch auf mein Herz gehört habe.

Wird er mich wirklich verletzen? Oder bin ich diejenige, die ihm wehtun wird, weil ich zu feige bin, zu ihm zu stehen?

Tausend Fragen und niemand gibt mir eine Antwort darauf.

»Kleine Abkühlung gefällig?« Kai watet aus dem See und lässt sich ein Stück von mir entfernt in den Ufersand fallen. Mir kommt es so vor, als wolle er Abstand halten.

Auf seine rein rhetorische Frage will ich gar nicht eingehen.

»Hast du Angst, dass ich beiße?«

Kai antwortet nicht. Doch ich will jetzt klären, warum er sich manchmal so kühl verhält.

»Ich meine nur ... weil du so auf Sicherheitsabstand bedacht bist.«

Dieser Mistkerl wagt es tatsächlich, sich an die Stirn zu tippen. Er legt sich rücklings auf den Boden, schließt die Augen und streckt sein Gesicht der Sonne entgegen. Ganz nach dem Motto »Lass mich zufrieden, jetzt herrscht Sendepause!«.

»Kannst du mich nach Hause bringen?« Langsam bin ich überfordert.

Kai blinzelt in meine Richtung. »Jetzt chill doch einfach mal und genieß den Tag. Du bist ungemein stressig, weißt du das? Und um auf deine Frage einzugehen: Nein, ich bringe dich nicht nach Hause!«

»Und warum nicht?« Du Idiot, schieße ich in Gedanken noch hinterher.

»Weil ich jetzt keine Lust habe. Darum!«

Aaaaahhhhhhhh! Ich möchte schreien vor Verzweiflung. Ein Kleinkind in der Trotzphase ist ein Witz gegen ihn.

Ich stehe auf, setze mich neben ihn und verringere dadurch den gewünschten Sicherheitsabstand. Vorsicht! Explosionsgefahr!

»Findest du es nicht affig, wie du dich gerade benimmst?«, frage ich vorsichtig.

»Affen sind intelligente Tiere.« Er macht sich noch nicht einmal die Mühe, seine Augen zu öffnen.

»Weißt du, dass du ein richtiger Arsch sein kannst!«

»Affig, Arsch …« Kai hebt die Schultern. »Dann bin ich eben ein richtiger Affenarsch. Und weißt du was, ich steh drauf!«

»Das glaub ich dir nicht.« Ich lasse etwas Sand durch meine Finger rieseln, während ich ihn ansehe.

»Prinzesschen Annabell …« Er verzieht spöttisch den Mund. »Was willst du von mir?«

»Ich dachte, dass du meinen Namen verarschst, hätten wir längst hinter uns.«

Kai seufzt tief. »Stimmt.«

Wow, ich bin überrascht! Herr Kestner lässt sich dazu herab, sein Verhalten als fehlerhaft einzustufen. Diesen Moment der Reue werde ich nach Strich und Faden ausnutzen!

»Ich verstehe dich nicht«, fange ich zaghaft an. »Gestern Nacht hast du noch gesagt, dass du mich magst, und heute gehst du mir ständig aus dem Weg. Eigentlich dachte ich, dass zwischen uns jetzt alles klar wäre – und nun lässt du mich wie eine Idiotin dastehen. Hilf mir, Kai, erkläre es mir.«

Kai setzt sich auf und schnaubt. »Du nimmst mich doch gar nicht richtig wahr. Ich bin für dich nicht mehr als gesellschaftlicher Abschaum. Jemand, den man nicht einmal grüßt, wenn er auf der Straße an einem vorbeiläuft.«

Ich bin völlig perplex, wie er auf so einen Mist überhaupt kommen kann.

»Denkst du, ich säße hier neben dir, wenn es so wäre?«

»Hattest ja nicht wirklich die Wahl.«

Endlich dreht er den Kopf zu mir und sieht mir in die Augen. Seine Ernsthaftigkeit erschreckt mich.

»Ich habe gesehen, wie du meine Mutter angestarrt hast. Ich konnte in deinem Gesicht lesen wie in einem offenen Buch. Für dich waren die Umstände – meine Mutter, mein Zuhause und ich selbst mittendrin einfach nur abstoßend.«

Er will sich abwenden, doch ich halte ihn mit meinem Blick fest und greife nach seiner Hand, die er überraschenderweise nicht wegzieht.

»Da stimmt nicht, Kai. Ich will nicht bestreiten, dass mich deine Mutter zutiefst eingeschüchtert hat und dass mich ihr Zustand verschreckt hat. Aber dich finde ich alles andere als abstoßend.« Ich streiche ihm zärtlich über den Handrücken. Mein Blick wandert zum See, in dem sich bereits die ersten Badegäste tummeln. Die Sonne bringt das Wasser zum Glitzern. Es ist so friedlich und idyllisch hier. Die Vögel pfeifen leise und eine laue Brise weht mir durch die Haare. Ich könnte ewig hierbleiben.

»Meine Mutter ist eine versoffene Schlampe. Ich wollte nicht, dass du sie jemals zu Gesicht bekommst. Ich dachte, du würdest sie und mich bestimmt über einen Kamm scheren.«

Ich lege Kais Hand in meinen Schoß und drücke sie ganz fest. Wie er da so sitzt, mit diesen traurigen Augen, in denen sich der Schmerz der ganzen Welt zu spiegeln scheint, hat er jegliche Kaltschnäuzigkeit verloren. Er wirkt wie ein ganz normaler großer Junge.

»Kai, du bist nicht wie deine Mutter, niemals würde ich so denken. Du bist du! Ich bin schließlich auch nicht wie mein Vater.«

Ein Anflug von einem Lächeln huscht über sein Gesicht. »Zum Glück, sonst würde ich mich nicht trauen, hier so wehrlos neben dir zu sitzen.«

»Du kannst aber auch nie ernst bleiben!« Ich grinse zurück.

»Ach, Ann, mein Leben ist schon ernst genug. Es gibt nicht gerade viel, worüber ich Witze reißen kann.«

Ich knie mich hin und ignoriere dabei meinen Fuß, der sofort schmerzhaft protestiert.

Ich möchte Kai zeigen, dass ich es ehrlich meine, und lege ihm eine Hand an die Wange.

»Dein ganzes Leben ist ein Spiel. Du markierst den coolen, ständig auf Krawall gebürsteten Kerl, doch in Wahrheit ist das alles nur Fassade, weil du willst, dass dir niemand zu nahe kommt. Ich habe einen Blick hinter deine Mauern aus Arroganz und Wut geworfen – und weißt du, was ich entdeckt habe?«

Kais Augen glänzen feucht. Er deutet ein Kopfschütteln an.

»Ich habe einen Jungen gesehen, der unheimlich liebevoll, hilfsbereit und beschützend sein kann. Jemanden, der nicht wegsieht, wenn andere Hilfe brauchen. Kai, ich ...« Mein Herz flattert, doch ich muss es riskieren, ihm zu sagen, was ich wirklich fühle. Ich weiß nicht, ob wir jemals eine Chance haben, doch ich möchte es versuchen.

»... ich habe mich in dich verliebt.« Meine Stimme ist so leise, dass ich befürchte, er hat mich nicht gehört. Verlegen schaue ich zu Boden.

Er zieht mich auf seinen Schoß. Als ich so dicht bei ihm sitze, kribbelt meine Haut, als würden Millionen Ameisen darauf Amok laufen.

Kai hebt mein Kinn und sieht mir tief in die Augen.

»Und du bist dir sicher, dass ich diese Hilfsbereitschaft und Liebenswürdigkeit nicht nur vorgespielt habe, um dich ins Bett zu bekommen?«

Er scherzt schon wieder und macht einen auf Pausenclown, doch ich will ihm zeigen, dass er das überhaupt nicht nötig hat.

»Ja, ich bin mir sicher!«, wispere ich.

»Ich habe dich vor mir gewarnt, kleine Disney-Fee«, raunt er mir zu und versiegelt meine Lippen mit einem Kuss.

Kai

Zur Hölle, ich kann ihr nicht widerstehen, wie sie da vor mir sitzt und durch mich hindurchschaut wie durch Glas. Dieses Mädchen hat mir der Himmel geschickt. Ich sollte ehrlich sein und ihr gestehen, was gestern Nacht passiert ist, doch ich bin ein feiger Hund. Ich bringe es nicht übers Herz, sie zu verletzen. Sie musste in ihrem Leben bereits genug Schmerz verkraften. Sie darf niemals von der letzten Nacht erfahren. Sie darf nicht wissen, was ich im Schutz der Dunkelheit mit meinen Freunden treibe. Wäre ich ein Ehrenmann, würde ich jetzt aufstehen und wortlos gehen. Für immer. Aber zum Teufel, ich bin verflucht und egoistisch.

Sie zu küssen, sie zu schmecken, fühlt sich paradiesisch an. Sie ist mein verbotener Apfel, eine Versuchung, der ich nicht widerstehen kann.

Der kleine Seufzer, der über ihre Lippen huscht, als ich sie küsse, öffnet mein Herz. Ich ziehe sie noch enger zu mir und versinke im Rausch dieses Kusses. Ich bin überwältigt von den Gefühlen, die dieses Mädchen in mir weckt. Und ich wünschte, ich wäre ein anderer und könnte sie bis in alle Ewigkeit in meinen Armen halten.

19. Kapitel

Annabell

Ich spüre seine rauen Lippen und wie seine Zunge mit meiner spielt. Ich klammere mich an ihn und will ihn nie wieder loslassen. Dieser Kuss begräbt all meine Zweifel. Kai ist wie meine persönliche Droge, von der ich einfach nicht lassen kann. Seine Hände umfangen meine Wangen, und als er die Lippen von mir nimmt, birst sein Blick vor Leidenschaft.

»Du raubst mir den Verstand und verhext mich, Ann. Im Mittelalter wärst du definitiv auf dem Scheiterhaufen gelandet.«

»Wie nett von dir«, kichere ich, völlig atemlos.

»Siehst du, ich kann auch ein freundliches Arschloch sein.« Kai grinst schief.

Herr im Himmel, wenn er auch nur annähernd wüsste, was sein Lächeln in mir weckt. Am liebsten würde ich diesen Moment konservieren, um ihn bei jeder Gelegenheit wieder hervorholen zu können. Denn ich weiß, dass es nicht so bleiben wird. Mir steht der Gang zu meinen Eltern bevor. Und Kai ... Ich kann fühlen, dass er etwas für mich empfindet, aber wird sich seine Prophezeiung, dass er mir wehtun wird, irgendwann einmal erfüllen? Ich will nicht weiter darüber nachdenken, denn schon beim Gedanken daran wird mein Schmerz übermächtig.

Ich lege mich in seine Arme und bete, dass die Erde aufhört, sich zu drehen und die Zeit stillsteht.

»Verfluchte Scheiße! Schau mal da drüben.«

Die Zeit hat weder stillgestanden noch hat die Erde aufgehört, sich zu drehen. Im Gegenteil! Mir kommt es so vor, als habe jemand der Erdkugel einen gewaltigen Schubs verpasst, so dass sie aus der Umlaufbahn geriet. Denn als ich mich auf Kais Fluchen hin aufrichte, ist mir plötzlich ganz mulmig zu Mute.

Seine Assi-Freunde kommen direkt auf uns zu.

»Komm, wir verpissen uns!«, zischt Kai mir zu und zieht mich ungeduldig in die Höhe.

»Kestner! Alter! Was geht?« Der widerliche Typ, der mich gestern bedrängt hat, klopft ihm auf die Schulter.

»Hast du doch noch diese kleine Crème brulée hier geknackt?« Er grinst mich anzüglich an und leckt sich über die Lippen.

Kai packt ihn am Kragen. »Halt dein verdammtes Maul, Luke! Oder ich stopfe es dir!«

Das Mädchen mit den lila Strähnen tritt hervor und erdolcht mich mit Blicken. Unsicher greife ich nach Kais Hand, doch er überlässt sie mir nicht. Ich fühle mich verraten und alleine. Ich verstehe nicht, wieso er nicht zu mir steht, sondern mich fallenlässt wie eine heiße Kartoffel, sobald seine Freunde auftauchen.

»*Game over,* Kai. Du hast doch den Jackpot geknackt. Jetzt kannst du sie zufriedenlassen.« Die Punkerin geht zu Kai, nimmt seine Hand und drückt ihm einen fetten Kuss auf die Lippen.

Ich verstehe gar nichts mehr, doch mein Magen schnürt sich zusammen und ich glaube mich jeden Moment übergeben zu müssen. Ich zittere und ein dicker Kloß bildet sich in meinem Hals.

»Kai?«, flüstere ich und meine Stimme hört sich brüchig an.

Er windet sich aus ihrem Griff. »Lil, halt einfach deine Klappe.«

Die anderen breiten ihre Decken am See aus, lassen ihre Bierdosen aufploppen und beachten uns nicht weiter. Doch das Mädchen, das Kai Lil nennt, steht nach wie vor wie erstarrt vor uns.

Kai

Was, verflucht noch mal, wollen die hier? Normalerweise pennen sie bis mittags ihren Rausch aus. Bis dahin wollte ich längst wieder verschwunden sein. Es war absolut hirnrissig, mit ihr hierherzufahren. Aber für meine »meisterhaften« Einfälle bin ich ja bekannt.

Und dann erwischen sie mich auch noch mit ihr hier. Lil ist gerade im Begriff, sie mit Blicken zu töten. Ich bin mir sicher, es ist nur noch eine Frage von Sekunden, bis sie ihre Krallen ausfährt.

Aber bevor Lil die Klappe aufreißen kann, bin ich bei ihr, um sie zu besänftigen. Ich packe sie am Arm und zwinge sie, mir in die Augen zu schauen.

»Mach jetzt bloß keinen Aufstand!«, warne ich sie. »Ich fahre die Kleine nach Hause und alles ist cool.«

Lils Augen versprühen ein Feuer, das mich zu versengen droht. Und dann schiebt mich diese Bitch tatsächlich zur Seite, stolziert zu Ann und baut sich drohend vor ihr auf.

»Na, Kleine, du hast doch nicht ernsthaft angenommen, dass Kai an einem Modepüppchen wie dir interessiert ist, oder?« Sie schnaubt verächtlich, während Ann vor ihr zurückweicht. Lil erinnert mich an einen hungrigen Löwen, der kurz davor ist, seine Zähne in das wehrlose Zebra zu schlagen.

Wobei kein Zebra dieser Welt so wunderschöne Augen hat. Als ich sehe, wie sich Anns Augen mit Tränen füllen, ist es mit meiner Beherrschung vorbei.

»Halt dein verdammtes Maul, Lil!«, brülle ich und zerre sie von ihr weg.

Lil fährt herum. »Warum sollte ich? Letzte Nacht machst du mir eine Liebeserklärung und jetzt soll ich einfach hinnehmen, dass du dich mit dieser Möchtegern-Primadonna amüsierst?«

Ich stehe wie versteinert da. Ich habe bereits in der Nacht gemerkt, dass Lil in meinem Geschenk mehr sah als weggeworfene Beute. Doch ich hätte niemals angenommen, dass ich mich so schnell und auch noch vor Ann dafür rechtfertigen muss.

»Bumst du sie, um dein schlechtes Gewissen zu beruhigen, Kai? Ist es das?« Lil baut sich lauernd vor mir auf.

»Welches schlechte Gewissen?«, fragt Ann. Ihre Stimme zittert, als ob sie um Fassung ringen müsste.

»Vergiss es einfach. Komm, wir fahren!« Ich greife nach ihrem Ellbogen und will sie mit mir ziehen.

Triumphierend starrt Lil sie an. »Kai hat letzte Nacht deine Eltern überfallen!«, verkündet sie.

Ich friere auf der Stelle ein. Das hat sie jetzt nicht wirklich gesagt!

Ann fährt herum. Es herrscht Totenstille. Sogar der Rest der Clique lässt die Bierdosen sinken und schaut aufmerksam zu uns herüber. Der Schock, dass Lil uns verraten hat, ist ihnen von den Gesichtern abzulesen.

Über Anns Wangen rollen Tränen. Fuck! Wie gerne würde ich sie in den Arm nehmen und ihr jede einzelne davon wegküssen.

Doch ich glaube, sie hätte Hackfleisch aus mir gemacht. Ich wage jetzt nicht mehr, sie anzufassen.

»Das glaube ich nicht«, haucht sie mit zittriger Stimme und versucht Lils Blick standzuhalten. Leider verloren, Babe!

Ihre Menschenkenntnis scheint nicht die beste zu sein, doch ich könnte sie dafür küssen, dass sie immer noch an meine Unschuld glaubt.

»Kai, sag es ihr!«, verlangt Lil. Aber ich kann nicht. Stumm stehe ich da. Jede Verteidigung ist zwecklos. Ich würde mich immer mehr in ein Netz aus Lügen verstricken, das Lil sowieso jeden Moment zum Reißen bringt.

»Dann werde ich es dir eben selbst beweisen.« Lil nestelt an ihrem Nacken herum und ich kann mir schon denken, was sie vorhat.

»Tu das nicht, Lil. Bitte!«, stöhne ich.

Doch die Eifersucht scheint sie regelrecht aufzufressen. Sie ist so verbittert, dass sie bereit ist, alles zu riskieren.

»Lil! Lass es gut sein!« Toto kommt näher und versucht das Unvermeidbare zu verhindern. Doch Lil schubst ihn zur Seite.

Sie hält Ann ihre Kette mit dem Herzanhänger unter die Nase. Die Sonnenstrahlen brechen sich an dem kleinen Rubin und bringen ihn zum Leuchten.

Ann starrt auf Lils Hand, als säße ein böser Geist darauf. Sie dreht ihren Kopf und blickt mich an. Die Tränen laufen ihr jetzt wie ein niemals versiegender Strom über die Wangen. Sie wirkt so unendlich verletzt. Und so, wie sie mich ansieht, scheint mein Verrat ihr noch mehr wehzutun als alle Verletzungen, die ihr Vater ihr zugefügt hat.

Ich presse die Lippen zusammen und wende mich ab.

»Warum? Warum hast du das getan?« Ihre Stimme ist nicht mehr als ein Hauch.

»Ich habe dich gewarnt und dir gesagt, dass ich dir wehtun werde.«

»Dann war alles nur eine Lüge? Du hast alles geplant?«

Was will sie jetzt hören? Eine Entschuldigung? Ich seufze laut auf. Als wenn es damit getan wäre! Mein Leben ist ein Scherbenhaufen. Ich habe sie verloren. Und außerdem werde ich in den Knast wandern, denn sie wird alles ihren Eltern erzählen.

Mike, Faust und der Rest der Clique gesellen sich zu uns.

»Bist du eigentlich völlig Banane?«, brüllt Faust und stößt Lil so fest, dass sie zu Boden fällt.

»Du hast uns verpfiffen!«, schreit nun auch Mike und spuckt abfällig neben Lil auf den Boden. »Wir gehen alle in den Bau, nur wegen deiner beschissenen Eifersucht!«

»Lil, wie konntest du nur!«, sagt Bea und wirft sich nun schluchzend in Totos Arme. »Ich will nicht eingesperrt werden«, heult sie.

Lil rappelt sich auf. Auch in ihren Augen glänzen Tränen.

Sie kommt zu mir und wirft sich mir an den Hals.

»Kai, ich habe das alles doch nur für uns getan. Ich wollte dich nicht verlieren! Ich liebe dich doch!«

»Ich will nach Hause«, flüstert Ann leise.

Ich stoße Lil von mir. Wenigstens diesen letzten Wunsch will ich Ann erfüllen.

Doch noch bevor ich den Schlüssel für mein Motorrad aus der Tasche ziehen kann, schüttelt sie den Kopf.

»Bleib fern von mir, Kai. Komm mir bloß nie wieder zu nahe.«

Ihre Worte fressen sich wie Säure in mein Herz und bringen es zum Bluten.

»Gib mir die Schlüssel.« Luke streckt mir auffordernd die Hand entgegen. Wahrscheinlich hofft er, sich dadurch bei Ann Pluspunkte zu erspielen. Ich bete, dass sie ihre Entscheidung noch einmal revidiert. Doch sie tut es nicht.

»Wenn du sie auch nur einmal anfasst, mach ich dich kalt!«, zische ich in Lukes Richtung und lasse den Schlüsselbund in seine ausgestreckte Hand fallen.

Luke quittiert meine Drohung mit einem verächtlichen Grunzen und geht auf mein Motorrad zu. Ann humpelt hinterher. Als er sieht, dass sie es nicht alleine schafft, hilft er ihr sichtlich genervt in den Sattel.

Ich muss mich abwenden, sonst raste ich aus, als er seine Hand um ihre schmale Taille legt.

20. Kapitel

Annabell

Es ist mir mehr als zuwider, ausgerechnet zu dem Jungen aufs Motorrad zu steigen, der mich gestern bedrängt hat. Wenigstens scheint er heute nüchtern zu sein. Aber Kais Nähe hätte ich keine Sekunde länger ertragen. Wieso hat er mein Vertrauen derart missbraucht? Ich bin abgrundtief enttäuscht von ihm und kann nicht verhindern, dass sich ein dicker Kloß in meinem Hals bildet. Ich kann immer noch nicht glauben, dass er so mit mir gespielt hat. Doch die Tatsachen sprechen leider gegen ihn. Er hat sich weder verteidigt noch hat er alles geleugnet. Und meine Kette, die Lil mir gezeigt hat, ist Beweis genug.

Ich versuche, so viel Abstand wie möglich von Luke zu halten, als er vor mir Platz nimmt. Widerwillig lege ich ihm die Hände an die Seite, bevor er losfährt.

Ich weiß nicht, was mich zu Hause erwartet, doch schlimmer kann es nicht werden.

***

Luke setzt mich direkt vor dem Gartentor ab und klappt das Visier nach oben.

»Vielleicht überlegst du es dir ja noch mal und behältst das mit dem Einbruch für dich. Würde wirklich böse für Kai enden, sollten die Bullen davon Wind bekommen.« Er versucht ein freundliches Lächeln, was ihm aber nicht wirklich gelingt. »Ich meine, ihr habt schließlich mehr als genug Kohle, da kommt es doch auf das bisschen Schmuck nicht an.«

Ich bin sprachlos über so viel Dreistigkeit, doch ehe ich etwas darauf erwidern kann, gibt Luke wieder Gas und verschwindet hinter der nächsten Straßenecke.

Ich bin noch nicht einmal halb die Treppe hoch, als die Haustür aufgerissen wird und meine Mutter die Stufen heruntereilt.

»Annabell, Süße! Wo hast du nur gesteckt? Dein Vater und ich sind halb verrückt vor Sorge.«

Ja, klar. Verrückt vor Sorge, dass ich nicht lache!

»Gott, Annabell, was ist passiert? Wie siehst du überhaupt aus?«

Jetzt dreht sie entweder völlig durch oder sie leidet an akutem Gedächtnisschwund. Hat sie etwa vergessen, was mein Vater mir angetan hat?

Ich entscheide, dass es das Beste ist, diese überflüssige Frage einfach zu ignorieren, und humple die Treppen hinauf.

»Was ist passiert?« Sie deutet auf meinen Fuß.

»Eine Scherbe!«, murmele ich wortkarg, weil ich über die näheren Umstände nicht sprechen will.

Meine Mutter stützt mich und ich nehme ihr diese übertriebene Fürsorge nicht wirklich ab.

Ich erschrecke, als ich meinen Vater im Hausflur erspähe. »Wieso bist du zu Hause?« Samstags ist er oft zum Golfen mit Kollegen verabredet.

Er kommt auf mich zu. Seine Miene wirkt verschlossen, ich kann nicht erkennen, ob er sein Verhalten bereut oder ob er jeden Moment wieder einen seiner cholerischen Anfälle bekommt.

»Glaubst du, ich gehe zum Sport, wenn meine Tochter verschollen ist?«

Verschollen … Was für ein netter Ausdruck. »Abgehauen« trifft es wohl eher.

Ich hinke den Hausflur entlang. »Kann ich ins Bett? Ich bin wirklich todmüde.«

»Moment mal!«

Ich zucke bei dem befehlshaberischen Ton in Vaters Stimme zusammen. Werde ich jetzt die Folgen meines nächtlichen Abenteuers zu spüren bekommen?

»Wer hat dich so zugerichtet? Und wo hast du die Nacht verbracht?«

»Was?« Sind denn hier alle verrückt geworden?

»Aber … aber das warst doch …«

Mit einer herrischen Geste schneidet er mir das Wort ab.

Er deutet auf meinen Fuß. »Sag mir sofort, was geschehen ist!«

Ich versuche, es abzuwiegeln. »Es ist nicht weiter schlimm. Ich bin in eine Glasscherbe getreten.«

Mein Vater brummt Unverständliches und bedeutet mir, auf dem Stuhl Platz zu nehmen. Mit verkniffener Miene holt er Desinfektionsmittel, Salbe und Verbandszeug und widmet sich meiner Verletzung. Nachdem er fertig ist, wäscht er seine Hände und setzt sich mir gegenüber.

»Du hast mich gestern durch dein Benehmen außer Kontrolle gebracht. Das war nicht richtig von dir. Zum einen ist es höchst ungezogen, seinen Eltern zu widersprechen, und zum anderen bringt man sie nicht dermaßen in Rage. Ich erwarte eine Entschuldigung von dir!«

Er mustert mich kaltschnäuzig. »Außerdem verlange ich eine umfassende Erklärung, wo du dich die ganze Nacht herumgetrieben hast. Und wage es ja nicht, mich zu belügen, deine Freundinnen haben wir bereits abtelefoniert.«

Ich kann es nicht glauben, eigentlich hätte ich erwartet, dass er sich bei mir entschuldigt.

»Also, Annabell, ich warte!« Ungeduldig trommelt er mit den Fingerspitzen auf dem Tisch.

Ich seufze und resigniere. Ich will nur noch ins Bett und dies alles hinter mich bringen. Er wird sich niemals ändern, das Einzige, was ich tun kann, ist, ihn in Zukunft nicht mehr zu reizen und noch härter an meinen schulischen Leistungen zu arbeiten. Wenn es gar keinen anderen Ausweg gibt, werde ich Jannik bitten, mir zu helfen.

Ich setze gerade zu einer Entschuldigung an, als es an der Tür klingelt.

Kai

Ich wollte sie wirklich in Ruhe lassen. Doch ich kann nicht. Die Sorge um sie frisst mich auf. Ich habe Angst, dass er sie totschlägt. Ihre Mutter öffnet mir die Tür. Sie hat wenig Ähnlichkeit mit der Frau von heute Nacht. Ihr Haar ist sorgfältig geglättet und das Gesicht wirkt durch die Tonnen von Make-up seltsam gestrafft. Sie ist so vornehm gekleidet, als würde sie jeden Moment zu einem Galadinner aufbrechen, obwohl es gerade einmal Mittagszeit ist.

Sie zieht die sorgfältig gezupften Augenbrauen nach oben und mustert mich wie ein besonders ekliges Insekt.

»Wir geben nichts!«

Blöde Kuh! Ich komme mir absolut dämlich vor und wäre ich nicht wegen Ann hier, hätte ich mich auf der Stelle verpisst. Nur weil ich nicht in Designerschläppchen stecke und mit einer Luxuslimousine vorgefahren bin, heißt das noch lange nicht, dass man mich als Bettler bezeichnen darf, denn das hat sie offenbar gemeint.

Ich schlucke meinen Ärger runter und reiße mich zusammen, um möglichst freundlich zu klingen.

»Ist Annabell zu Hause?«

Ihre Brauen rutschen so hoch, dass sie Gefahr laufen, unter dem Haaransatz zu verschwinden.

»Was willst du von meiner Tochter?«

»Ich ... äh ... ich wollte nur wissen, wie es ihr geht.«

»Manfred!« Ihre Stimme ist fast ein Kreischen. Und warum zum Teufel schreit die doofe Ziege nach ihrem Mann, wenn ich doch ausdrücklich nach der Tochter gefragt habe?

»Er ...« Sie deutet mit dem Finger angewidert auf mich. »... möchte zu Annabell.«

Ihr Vater verschränkt ablehnend die Arme vor der Brust.

»Was haben Sie mit meiner Tochter zu schaffen?«

Ich wiederhole, was ich gesagt habe.

Seine Augen werden schmal. »Wieso sollte Sie interessieren, wie es ihr geht?«

Verlegen trete ich von einem Bein auf das andere. Ich bin es nicht gewohnt, mich derart unterbuttern lassen zu müssen. Wäre die Situation eine andere, hätte ich ihm längst vor die Echtlederschuhe gespuckt.

»Sie hat sich letzte Nacht verletzt und ...« Weiter komme ich nicht.

Anns Vater lacht hämisch. »Du willst mir jetzt doch nicht etwa weismachen, dass sich meine Tochter mit einem ... Subjekt wie dir herumgetrieben hat!«

Ich weiß nicht, ob es klüger ist, jetzt zu schweigen oder die Wahrheit zu sagen. Ich will sie nicht noch mehr in Schwierigkeiten bringen, also entscheide ich mich für den Rückzug.

»Entschuldigen Sie die Störung, Herr Beck. Es wird nicht wieder vorkommen.«

Äußerlich beherrscht steige ich vor dem Haus auf mein Motorrad, doch innerlich brodelt es in mir wie in einem Vulkan, der kurz vorm Ausbruch steht.

21. Kapitel

Annabell

Ein dicker Kloß bildet sich in meinem Hals, als ich Kais Stimme höre. Was will der hier noch? Er hat mich zutiefst gedemütigt. Ist er etwa hier, um mir weitere Probleme aufzuhalsen? Ich kann nicht verstehen, was sie reden, aber obwohl er mich derart verletzt hat, sendet mir der Klang seiner Stimme wohlige Schauer über den Rücken.

Ich höre, wie die Haustür ins Schloss knallt und energische Schritte auf mich zukommen.

Ich beginne zu schwitzen und mein Herz pocht mir bis zur Kehle.

»Was hat das zu bedeuten?«, tobt mein Vater. »Seit wann treibst du dich mit diesem Gesocks herum? Da braucht es mich nicht zu wundern, dass wir überfallen werden, wenn uns unsere Tochter Asoziale ins Haus schleppt.«

»Wieso überfallen? Was ist passiert?« Ich heuchle Verblüffung. Ich weiß noch nicht, ob ich meinen Eltern die Wahrheit sagen soll. Im Moment bin ich nur unendlich müde.

»Ja, Annabell, bei uns wurde gestern eingebrochen«, sagt mein Vater mit fester Stimme. »Eine Horde mit Sturmmasken über den Gesichtern hat uns ausgeraubt und einer der Männer hat mich aufs Übelste zusammengeschlagen.« Er hebt sein Hemd und zeigt mir ein mittelgroßes Hämatom, das verglichen mit dem auf meinem Gesicht wie ein kleiner Knutschfleck aussieht.

»Oh!« Mehr bringe ich nicht hervor. Ich kann kein Mitleid zeigen, weil das ärgste Heuchelei wäre. Insgeheim bin ich nämlich ziemlich schadenfroh, dass mein Vater auch mal sein Fett wegbekommen hat. Wäre das Kais einziges Fehlverhalten gewesen, hätte ich ihm gerne verziehen. Vielleicht hätte er sogar den Heldenbonus bekommen, weil er mich bei meinem Vater gerächt hat. Aber durch seine Lügen und den Betrug hat er alles kaputtgemacht.

»Wie sind die Einbrecher eigentlich ins Haus gekommen?« Diese Antwort interessiert mich brennend, da ich nirgends Einbruchspuren feststellen kann.

»Das asoziale Pack hat den Ersatzschlüssel gefunden. Die Polizei und die Spurensicherung waren bereits hier. Aber laut deren Aussage wird es wohl schwierig werden, die Verbrecher zu finden.«

Natürlich! Ich sacke in mich zusammen. Meine Übelkeit ... Kai hat mich nach Hause gebracht und ich habe vor seiner Nase den Schlüssel aus dem Versteck gezogen. Wie dumm von mir! Am liebsten würde ich mir auf die Stirn schlagen, doch das hätte wohl zu viele Fragen bei meinem Vater aufgeworfen.

Ich stehe auf und will mich auf mein Zimmer zurückziehen, doch mein Vater drückt mich zurück auf den Stuhl. Aus den Augenwinkeln sehe ich meine Mutter, die fahrig Staub von den Möbeln wischt und uns immer wieder unsichere Blicke zuwirft.

»Wir waren noch nicht fertig, Madam! Hast du bei ihm etwa die Nacht verbracht?« Mein Vater schüttelt sich, als hätte er an einem faulen Ei gerochen.

Und da ich mich einfach nicht traue, ihn anzulügen, nicke ich verstohlen.

Mein gesamter Körper, jeder einzelne Muskel spannt sich an und wartet nur darauf, dass er zuschlägt. Ich sehe, wie er die Fäuste ballt und sein ganzer Körper vor Zorn vibriert. Mein Atem geht nur noch stoßweise, während seine Hand in mein Haar greift und er es sich straff um die Hand wickelt. Ich jaule vor Schmerz, als er ruckartig daran zieht und mich so abrupt loslässt, dass ich auf den Boden falle. Auf allen Vieren bleibe ich knien und wage nicht einmal mehr, den Kopf zu heben.

Ich höre, wie er näherkommt. Ich zittere wie Espenlaub, darauf gefasst erneut Schmerzen ertragen zu müssen.

»Du wirst dieses Subjekt nie wieder sehen, Annabell. Hast du mich verstanden!« Der drohende Unterton entgeht mir keineswegs.

»Ja, Vater.« Ich nicke ergeben und meine Zerknirschtheit ist noch nicht einmal gespielt. Ich bereue es, Kai jemals vertraut zu haben, und es fällt mir leicht, meinem Vater dieses Versprechen zu geben. Nach dem, was geschehen ist, werde ich Kai tatsächlich nie wieder in meiner Nähe dulden.

»Sollte ich jemals erfahren, dass du dich erneut mit diesem asozialen Pack herumgetrieben hast, garantiere ich für nichts! Du kannst jetzt auf dein Zimmer gehen«, sagt mein Vater mit bebender Stimme.

Langsam rappele ich mich auf und blicke scheu zu ihm auf.

»Und übrigens, Jannik verzeiht dir, dass du ihn gestern versetzt hast. Ich erwarte von dir, dass du dich bei ihm meldest und dich entschuldigst!«, ruft er mir noch hinterher.

In meinem Zimmer falle ich aufs Bett und weine mich in den Schlaf.

***

»Annabell, wach auf!«

»Kai? Bist du es?« Ich schrecke hoch und blicke in Luises freundliches Gesicht.

Luise runzelt die Stirn. »Wieso nennst du mich Kai?«

»Ach, vergiss es.«

Luise steht enttäuscht von meiner Bettkante auf und geht in Richtung Tür.

»Warum bist du hier? Und was ist los mit dir?« Ich reibe mir den Schlaf aus den Augen. Die helle Nachmittagssonne fällt warm in mein Zimmer und malt kleine Schnörkel auf den Boden.

Luise bleibt stehen und dreht sich zu mir um. »Weißt du, Annabell, ich dachte immer, dass wir Freundinnen sind. Aber du behandelst mich nicht wie eine. Im Gegenteil! Du redest gar nicht mehr mit mir ... Ich weiß überhaupt nicht, was in letzter Zeit mit dir passiert ist. Ich würde dir gerne helfen. Aber wenn du mir nicht vertraust ...« Sie zuckt die Achseln. »Was soll ich dann noch hier?«

Ich beginne zu weinen. Ich will Luise nicht auch noch verlieren. Ich will ihr die Wahrheit sagen, und zwar die ganze, aber wie wird sie alles aufnehmen? Laufe ich Gefahr, dass sie mir die Freundschaft kündigt, weil ich ihr jahrelang verschwiegen habe, was bei uns zu Hause abgeht? Und das mit Kai ... Sie hat mich von Anfang an vor ihm gewarnt.

Luise nimmt mich in den Arm. Sie wiegt mich, hält mich fest und hört einfach zu, während alles aus mir heraussprudelt.

Als ich mit meinen Ausführungen am Ende bin, macht sie mir weder Vorwürfe noch kritisiert sie mich. Luise wischt mir die Tränen vom Gesicht und drückt mir einen freundschaftlichen Kuss aufs Haar.

»Das mit deinem Vater weiß ich schon lange«, sagt sie dann und verblüfft mich damit schon wieder. »Glaubst du, ich bin blind und doof und denke mir nichts dabei, wenn du ständig mit irgendwelchen Krankmeldungen und blauen Flecken in die Schule kommst? Die Sonnenbrille letztes Mal hat allem die Krone aufgesetzt.«

»Warum hast du nie etwas gesagt?«

Luise streicht mir über die Wange. »Ich wollte dich nicht drängen, mit mir darüber zu sprechen. Ich dachte, wenn du bereit dazu bist, wirst du es mir schon erzählen.«

Ich falle ihr um den Hals. »Oh Luise, es tut mir so furchtbar leid.«

»Ich mache dir keine Vorwürfe, Annabell. Obwohl ich zugeben muss, dass ich ziemlich enttäuscht war, wie wenig du auf mich baust.«

Ich schluchze schon wieder. Ich bin so froh, dass Luise noch immer zu mir hält und mit mir redet, obwohl ich so feige war.

»Welche Ausrede sollst du diesmal vorschieben?«, fragt meine Freundin und zeigt auf mein Gesicht.

Ich senke beschämt den Kopf. »Mein ... mein Vater hat sich noch nichts überlegt.«

Luise stößt ein bitteres Lachen aus. »Na, auf diesen neuen Einfall bin ich jedenfalls gespannt.«

Mein Blick schweift zur Tür, ich habe ein ungutes Gefühl, da ich nicht weiß, ob er uns hört.

»Er ist nicht im Haus«, sagt Luise, als sie es bemerkt.

»Ich bin durch die angelehnte Terrassentür unten hereingekommen.«

Erleichterung durchflutet mich.

»Hast du meine Mum gesehen?«

Luise zuckt die Schultern. »Klar. Die liegt auf der Terrasse und pennt! – Bist du über ihn hinweg?«

Ich weiß sofort, dass sie von Kai spricht, und mir kommen erneut die Tränen.

Luise seufzt laut.

»Ich bin ziemlich dämlich«, schluchze ich, »das weiß ich selbst. Eigentlich müsste ich ihn hassen und meinen Eltern die Wahrheit beichten. Sie hätten ein Recht zu erfahren, wer uns ausgeraubt hat. Aber ich bringe es einfach nicht fertig.«

»Du bist nicht dämlich, sondern verliebt.«

Ich will den Mund öffnen und ihr widersprechen, doch da ich versprochen habe, jetzt ehrlich zu sein, klappe ich ihn schnell wieder zu.

Luise fährt fort. »Und nach allem, was du mir über ihn erzählt hast, glaube ich nicht, dass er das alles vorher geplant und dich nur ausgenutzt hat.«

Meine Freundin überrascht mich heute permanent.

»Ich dachte, du hast was gegen ihn«, sage ich mit großen Augen.

Luise nickt. »Das stimmt, ich kann ihn nicht leiden. Und weißt du auch, warum? Weil er ständig Ärger macht, fast schon den Ruf eines Schwerverbrechers hat und weil ich nicht wollte, dass er dich verletzt. Ich hab mir Sorgen gemacht und mache sie mir noch immer. Doch wenn du ihn liebst, dann werde ich dir helfen, die Wahrheit herauszufinden. So wie du ihn beschreibst, wirft das ein ganz anderes Licht auf ihn.«

Erst jetzt wird mir bewusst, was ich für eine sagenhaft tolle Freundin habe, und ich schäme mich dafür, dass mir das nicht schon früher aufgefallen ist.

»Was hast du vor?« Neugierig setze ich mich auf und stopfe mir das Kissen in den Rücken.

Luise lächelt schelmisch. »Lass mich mal machen.«

Kai

Nie in meinem Leben war ich dermaßen frustriert. Am liebsten hätte ich dem Wichser sein Maul gestopft. Fast bereue ich es, gestern Nacht nicht noch fester zugeschlagen zu haben. Wütend treibe ich den Drehzahlmesser meines Motorrads in schwindelerregende Höhe. Ich koche vor Zorn!

Und als ich zu Hause bin, sitzt meine volltrunkene Mutter mit einer halb leeren Schnapsflasche auf der Küchenbank. Das macht die Sache nicht besser. Ihr glasiger Blick verrät, dass sie sämtliche Kontrolle über ihr Denken und Tun bereits verloren hat. Beim Aufstehen muss sie sich mit beiden Händen an der Armlehne abstützen, um nicht zu fallen. Schwankend steht sie da und gibt ein jämmerliches Bild ab. Ich verachte sie.

»G…G…Ga…i«, lallt sie, als sie mich kommen sieht, und versucht mir ins Gesicht zu schauen, wobei ihr Blick ständig verrutscht.

Sie wankt auf mich zu und betätschelt meine Wangen.

»G…g…geht's d…dir … gut, m…mein Junge?«

Ich schiebe ihre Hand zur Seite. Ich kann es nicht ertragen, wenn sie mich berührt. »Das interessiert dich doch nicht wirklich, Mutter.«

Ich sehe, wie sie sich immer wieder bemüht, mich zu fixieren. »Wo … wo ist das M…Mädschn?«

»Seit wann interessierst du dich für meine Angelegenheiten? Lass mich zufrieden! Dein Schnaps ruft nach dir!«

Mit diesen Worten lasse ich sie stehen und gehe davon.

»Isch … isch bin immerhin noch deine Mudda, Gai!«, nuschelt sie mir hinterher.

Tolle Mutter, die unser ganzes Geld versäuft und verprasst, so dass ich mich oft tagelang von trockenen Nudeln ernähren muss.

In meinem Zimmer schmeiße ich Kleidung und Duschgel in meinen Rucksack. Ich kann es nicht mehr ertragen, hier zu sein. Ich will nur noch weg. Ich kann Anns geringschätzigen Gesichtsausdruck durchaus verstehen. Trotzdem ärgert mich ihre offene Verachtung. Mein Zuhause kotzt mich selber an. Das ist kein Leben, höchstens ein Dahinvegetieren, und getoppt wird das alles von der Verhaftung, die mir bald bevorsteht. Ich frage mich, wie viel Zeit mir noch bleibt, bis die Bullen vor der Haustür stehen und nach mir verlangen. Ann wird sicher bereits allen gesagt haben, was Sache ist.

Aber ich will nicht in den verfickten Knast. Ich könnte es nicht ertragen, eingesperrt zu sein. Das hätte ich mir natürlich alles früher überlegen können, aber mein Hirn hat scheinbar manchmal ein paar Aussetzer.

Oft verstehe ich mich selbst nicht. Ich gehe in die Schule, arbeite hart, damit ich gute Leistungen bringe, weil ich meinem Leben einen Sinn geben will. Und dann baue ich eine Scheiße nach der anderen. Manchmal denke ich, dass das wohl vom Schicksal so festgelegt ist. Wenn man aus einem Milieu kommt wie ich, kann man sich wohl niemals nach oben arbeiten. Man zieht Schwierigkeiten magisch an.

Ich muss jetzt dringend zu meiner Clique. Hier in meinem Zimmer alleine vor mich hin zu sinnieren, ist tödlich für mich. Ich brauche Ablenkung, etwas, das mir hilft, meine düsteren Gedanken ein wenig beiseitezuschieben.

Ich werfe mir den Rucksack mit meinen Sachen über die Schulter, poltere zur Haustür und will gerade hinaus, als meine Mutter den Zipfel meines T-Shirts erwischt.

»Du ge...gescht nich zu ihr!«

Ich reiße mich los und blitze sie wütend an. »Seit wann zeigst du so reges Interesse an mir? Jahrelang hast du dich nicht gekümmert und mich mir selbst überlassen. Und nun meinst du, dich einmischen zu können? Tut mir leid, Mutter. Leider bist du damit zu spät dran!«

Sie räuspert sich, und ich sehe, wie sie um klare Gedanken kämpft.

»Sie ischt dein Verderben! Du kannscht doch nischt ernschthaft annehmen, dasch die Eltern dieser Göre den Umgang mit dir erlauben. Sie bringt nix als Ärger. Isch verbiete dir, sie wiederzusehen.« Mutter gibt sich Mühe, ihrer Stimme einen festen Klang zu geben, doch ihr Alkoholpegel ist einfach zu hoch.

»Du verbietest mir überhaupt nichts!«, zische ich.

»Abgesehen davon, ist diese Tussi längst Geschichte.«

Meine Mutter schüttelt langsam den Kopf.

»Das ist unser Ende!«, murmelt sie, nimmt einen tiefen Schluck aus ihrer Flasche und schlurft davon.

Ha! Das Ende von diesem Teil meines Lebens habe ich bereits vor Jahren hinter mir gelassen, frei nach dem Motto: *»Welcome to hell!«*

Ich knalle die Haustür hinter mir zu, renne die Treppe hinunter und rase auf meinem Bike davon.

***

Mit kreischenden Reifen komme ich vor unserem geheimen Treffpunkt, dem Abrisshaus am Stadtrand, zum Stehen. Es brodelt nach wie vor in mir, als ich mich durch das zerbrochene Fenster quetsche und mir damit den Weg ins Innere des Hauses erkämpfe. Der Rest der Clique ist bereits im ehemaligen

Wohnzimmer versammelt. Lil sitzt auf einer der modrigen Matratzen und heult wie ein Schlosshund. Die anderen ziehen ein Gesicht, als wollten sie jemanden lynchen. Es ist offensichtlich, dass sie gerade im Begriff sind, Lil fertigzumachen.

»Ehe ich wegen dir in den Knast gehe, du Schlampe, bringe ich mich um!«, brüllt Toto.

»Es tut mir leid!«, schluchzt Lil und schlägt die Hände vors Gesicht.

Ich werfe meinen Rucksack in den Raum, um damit meine Anwesenheit kundzutun.

»Alter! Hast du mit der Tussi geredet?«, fragt Mike. »Hat sie sich's vielleicht noch mal anders überlegt?«

Ich schüttele unwirsch den Kopf. Dass ich tatsächlich noch einmal bei Ann war, braucht niemand zu wissen, und dass ich vor ihrem Vater den Schwanz eingezogen habe wie ein Schuljunge, erst recht nicht. Es war nur vergeudete Zeit.

Toto geht zu Lil und zieht sie unsanft an den Haaren. »Alles nur wegen dir, du Miststück!«

Lil jault auf vor Schmerz und blick mich Hilfe suchend an.

»Lass den Scheiß!«, brülle ich und schlage Totos Hand fort.

Lil schaut mich dankbar an und ich verdrehe genervt die Augen. Sie wird es nie schnallen.

»Sie hat uns verpfiffen! Uns alle!«, schreit Toto mich an. Er ist außer sich.

»Und du meinst, wenn du sie jetzt erledigst, ändert das was daran?«, brülle ich zurück. Dann sehe ich wütend in die Runde und mein Blick bleibt an Bea hängen, die eifrig in ihr Handy tippt.

»Stellst du etwa schon eine Checkliste für den Knast zusammen?«, ziehe ich Bea auf, die verstört innehält.

»Blödmann, ich schreibe meiner Schwester. Sie hat gesagt, dass sie Bescheid gibt, wenn die Bullen bei uns zu Hause auftauchen.«

»Und?«

Bea hebt die Arme. »Bist jetzt noch nicht.«

»Vielleicht verpfeift uns die Tussi doch nicht, weil sie ohne ihren Helden in der strahlenden Rüstung nicht leben kann!«, krakeelt Luke und grinst mich an.

Lukes dämliches Grinsen und die Tatsache, dass ich mit ihm wegen Ann sowieso noch eine Rechnung offen habe, reichen aus, um mich explodieren zu lassen. Ich schlage ihm eine auf sein verdammtes Maul.

Er geht sofort zu Boden und bleibt stöhnend liegen. Aus seiner Lippe sickert Blut.

»Überlege dir in Zukunft, was du sagst und wen du provozierst, du Würstchen!«, belle ich, wende mich ab und lass mich auf eine der siffigen Matratzen fallen.

Lil wechselt sofort ihren Platz, rutscht neben mich und legt ihren Kopf in meinen Schoß.

Mike greift Luke unter die Arme und zieht ihn hoch.

»Scheiße, Kai! Was geht mit dir ab?«, sagt er.

Aber ich schiebe nur wortlos Lil zur Seite, lege mich auf den Bauch und vergrabe den Kopf in meinen Armen.

Sie sollen mich einfach zufriedenlassen.

22. Kapitel

Annabell

Als Jannik abends auftaucht, schluckt er das Ammenmärchen, ohne zu zögern.

Die Tatsache, dass mein Vater ausgerechnet Kai als Schuldigen hinstellt, gefällt mir zwar nicht, doch ich akzeptiere es.

Er behauptet, dass ich gestern Abend spazieren gegangen und auf eine Gruppe Punks getroffen bin, die mich grundlos vermöbelt haben.

»Widerwärtiges Gesocks!«, schimpft Jannik und streicht mir über die Wange. Ich fühle mich unwohl mit Jannik in meinem Zimmer. Nicht er sollte hier bei mir sein, sondern ein anderer.

Ich drehe den Kopf zur Seite. Ich ertrage seine Berührungen nicht.

»Jedenfalls kann ich dich, so wie du aussiehst, morgen nicht mit zu der Vernissage nehmen, zu der ich eingeladen bin.«

Oh, was für ein Jammer!, denke ich voller Hohn.

»Wie schade!«, heuchle ich und frage nicht einmal, welche Vernissage er eigentlich meint. Es interessiert mich nicht im Geringsten. Jannik rutscht näher. Er drückt die Hände links und rechts von meinen Hüften auf die Matratze und beugt sich zu mir, so dass mir nichts anderes übrig bleibt, als mich auf mein Bett sinken zu lassen. Er drückt seine feuchten Lippen auf meine und seine Zunge bohrt sich in meinen Mund. Ich schließe schnell die Augen und stelle mir vor, dass es Kai, der Verräter, ist, der mich küsst. Doch trotz aller Anstrengung gelingt es mir nicht, Janniks dilettantische Versuche, mich in Wallung zu bringen, mit Kais Zärtlichkeiten zu verwechseln.

Als seine Hände gerade im Begriff sind, meine nackte Haut zu erkunden, wird die Tür plötzlich aufgerissen.

»Auseinander, ihr beiden!«, ruft Luise fröhlich. »Wir gehen aus!«

Ich könnte sie küssen dafür, dass sie ausgerechnet jetzt hereinstürmt. Verwundert sehe ich sie an. Statt ihrer sonst bunten Designerklamotten trägt Luise einen schwarzen Lederrock, hohe Stiefel und ein Oberteil mit Leoprint.

Jannik setzt sich auf, sichtlich verärgert über die Störung.

»Wir gehen nirgendwohin!«, verkündet er fest entschlossen. »Annabell und ich werden einen ruhigen Abend zu Hause verbringen.«

Ha! Ruhiger Abend. Du bist einfach ein hormongesteuerter Widerling.

Jetzt steckt auch Ben seinen Kopf zur Tür herein. Er ist ebenfalls ganz in Schwarz gekleidet.

»Na, komm schon, Brüderlein. Knutschen könnt ihr dort auch.«

Ich springe schnell auf, froh Jannik zu entkommen, und gehe zum Kleiderschrank. »Wo wollen wir hin?«

Luise stemmt die Hände in die Seiten. »Wir gehen ins *WHY*.«

»Niemals!«, ruft Jannik. »In dieser Pissbude will ich mich nicht blickenlassen.«

Das *WHY* ist als Biker- und Punkertreff bekannt und ich habe eine vage Ahnung, warum Luise genau da hinwill.

Ich starre sie an und meine Freundin zwinkert mir gut gelaunt zu.

Ben ergreift für Luise Partei. »Na los, Bruder, es wird schon nicht gleich deinen guten Ruf ruinieren, wenn du einmal dort abhängst.«

Jannik rümpft die Nase. »Was wollt ihr überhaupt dort?«

»Da spielt heute *WASTING*. Ich liebe diese Band, sie sind der absolute Knaller«, schwärmt Ben.

WASTING ist eine ziemlich bekannte Punkband und Luise hasst Punkmusik. Ich muss gegen meinen Willen lächeln. Meine Freundin ist eine echte Nummer!

Jannik schnaubt. »Jetzt sag bloß, du willst dir wirklich dieses Geheule antun?«, fragt er seinen Bruder.

Ben lächelt und zieht seine Freundin an sich.

»Sagen wir mal so, Luise hatte ziemlich gute Argumente, mich davon zu überzeugen, ihr diesen Gefallen zu tun.«

Luise lacht ihn selig an und küsst ihn auf den Mund.

Neidvoll sehe ich zu. Die beiden sind wirklich ein schönes Paar.

Jannik sieht in meine Richtung. »Willst du diese unterbelichtete Band etwa auch hören?«

Ich versuche nicht allzu aufgeregt und heiter zu wirken.

»Könnte doch ganz witzig werden«, sage ich und zucke scheinbar gleichgültig die Schultern.

»Und was ist mit deinem Fuß?«

Ich gucke an mir herunter. »Seitdem mein Vater sich darum gekümmert hat, tut er fast nicht mehr weh. Eins muss man Dad lassen, in seinem Job ist er wirklich gut.«

Jannik gibt sich geschlagen. »Also gut, in Ordnung. Aber nur für ein, zwei Stunden.«

»Super!«, ruft Luise. Sie wirkt total hibbelig. »Und jetzt raus mit euch beiden. Annabell muss sich noch umziehen.« Ben verlässt das Zimmer, jedoch erst nachdem er Luise einen Kuss auf die Stirn gehaucht hat.

»Bis gleich, meine Schöne! Beeilt euch!«

Jannik latscht seinem Bruder missmutig hinterher.

»Oh Mann, der ist ja total in dich verschossen!«, sage ich, nachdem die Tür hinter den Jungs zugeklappt ist.

Luises Augen glänzen.

»Ben ist sooo süß. Ich könnte ihn ständig küssen!«

Ich nehme Luise in den Arm. »Ich freue mich für dich, dass du so glücklich bist.«

Geschäftig beginnt sie in meinem Schrank zu wühlen.

»Aber jetzt müssen wir erst mal jemand anderem zu seinem Glück verhelfen.«

Ich lege ihr den Arm auf die Schulter. »Luise?«

Sie dreht sich um.

»Danke!«

Sie lächelt. »Das mache ich doch gerne, Ann. Du bist meine Freundin und heute Abend wirst du Kai so den Kopf verdrehen, dass ihm Hören und Sehen vergeht. Und wenn du ihn an der Angel hast, dann muss er dir Rede und Antwort stehen!«

»Und was machen wir mit Jannik? Immerhin ist er auch dabei.«

So ganz überzeugt bin ich von ihrem Plan noch nicht. Aber leider habe ich auch keine bessere Idee. Außerdem ist Luise so voller Enthusiasmus, dass ich sie nicht bremsen will.

»Jannik ist nur ein Mittel zum Zweck. Wenn Kai etwas an dir liegt, wird er rasen vor Eifersucht! Den Rest überlass einfach mir.« Sie lächelt geheimnisvoll.

Ich gebe mich geschlagen und schlüpfe in die Klamotten, die meine Freundin mir herausgesucht hat. Mein verunstaltetes Gesicht lässt sich leider nicht hinter Stoff verbergen, doch Kai ist es wert, mich den fragenden Blicken der Clubbesucher zu stellen.

***

Jannik fallen fast die Augen aus dem Kopf, als ich ihm in dem schwarz-rot karierten Schottenrock, dem dunklen Spitzenoberteil und den schwarzen Lederstiefeln gegenübertrete. Luise wollte mir zwar High Heels aufschwatzen, was ich aber auf Grund meiner Fußverletzung ablehnen musste. Mit der Gel-Sohle, die in den Stiefeln liegt, werde ich den Abend sicher einigermaßen überstehen.

Mein Vater verabschiedet uns an der Haustür.

»Du weißt, dass Annabell nur mitgehen darf, weil ich weiß, dass du auf sie aufpassen wirst. Enttäusche mich nicht, Jannik!«

Jannik wirft sich in die Brust. »Natürlich nicht, Manfred. Du kannst dich vollends auf mich verlassen. Ich werde Annabell nicht eine Sekunde aus den Augen lassen.«

»Wie beruhigend«, spotte ich so leise, dass mich niemand hört.

Jannik ist so ein Schleimscheißer!

Er bringt uns in seiner Nobelkarosse zum *WHY*. Während der ganzen Autofahrt tätschelt er mein nacktes Knie und ich habe alle Hände voll zu tun, ihn abzuwimmeln.

Luise und Ben bekommen davon nichts mit, sie knutschen heftig auf der Rückbank.

Vor dem *WHY* ist die Hölle los. Was passiert eigentlich, wenn Kai gar nicht da ist?

Ich seufze tief. Luises Plan hat mehr als eine Lücke.

Janniks Nobelhobel sticht auf dem Parkplatz heraus wie eine blühende Rose auf einem Haufen Unrat.

Als wir aussteigen, glotzen uns alle an. Ich fühle mich unwohl in meiner Haut und am liebsten würde ich zurück ins Auto steigen. Doch Luises Selbstsicherheit verleiht auch mir ein wenig Mut. Völlig gelassen stiefelt sie an Bens Arm zur Kasse und ignoriert die Gaffer um uns herum.

Jannik zieht sein Handy aus der Tasche und fotografiert sämtliche Motorräder und Autos, die in der Nähe seiner Luxuskarosse stehen.

»Was machst du da?«

»Die Nummernschilder der anderen Fahrzeuge abspeichern, falls mein Baby später einen Kratzer hat. Bei dem asozialen Pack, das sich hier so herumtreibt, weiß man nie ...«

Mein Gott, der Typ hat wirklich einen an der Klatsche. Trotzdem warte ich brav, bis Jannik alle seine Fahndungsfotos geschossen hat. Mit dem Handy links in der Hand und seiner Rechten an meinem Hintern betreten wir das *WHY*.

Kai

Ich bin tatsächlich eingepennt, allerdings verdammt froh, nun wieder wach zu sein. Meine Träume waren voll mit goldenen Haaren, roten Lippen und dem süßesten Lächeln der Welt.

Ich massiere meine Nasenwurzel. Vielleicht sollte ich einen Hypnotiseur aufsuchen. Ich habe gehört, die können einem das Rauchen abgewöhnen, vielleicht schaffen sie es ja auch bei anderen Suchtmitteln. Denn genau das ist sie für mich. Meine persönliche Droge!

Und Drogen machen nicht nur abhängig, sie lassen einen Dinge tun, die man eigentlich nicht tun will.

Sie hat mich dazu gebracht, mich zu öffnen, Gefühle zu zeigen. Dadurch wurde ich verletzbar. Und jetzt möchte ich, dass der Schmerz in meinem Herzen aufhört, wenn ich an sie denke, und ich will wieder der knallharte Kerl von früher werden.

»Wo sind die anderen?«, frage ich Lil, die neben mir auf der Matratze hockt und gerade eine Nachricht tippt.

»Ins *WHY*, da spielt heute *WASTING*.«

Ich kann es nicht fassen. Sie gehen in den Club, obwohl sie die Bullen jeden Moment hopsnehmen werden.

»Und die Bullen?«, frage ich ungläubig.

Lil macht gelangweilt eine Kaugummiblase und lässt sie zerplatzen. Anschließend stopft sie sie mit den Fingern in den Mund zurück.

»Toto meint, wenn die kleine Bitch gesungen hätte, wären sie schon längst bei einem von uns zu Hause aufgetaucht.«

Sie legt das Handy zur Seite und wendet sich mir zu.

»Und Luke sagt, dass die Kleine wahrscheinlich wirklich so verschossen in dich ist, dass sie nicht will, dass du verknackt wirst.«

»Aus Lukes Maul kommt auch nur gequirlte Scheiße! Warum bist du nicht ins *WHY* mitgegangen?«

Lil zieht einen Flunsch. »Ich habe gesagt, dass wir nachkommen. Ich wollte auf dich warten.«

»Wäre nicht nötig gewesen«, brumme ich und will aufstehen, doch Lil hält mich zurück.

»Was willst du?«

Zerknirscht sieht sie mich an. »Es tut mir leid, Kai. Ich wollte niemanden verpfeifen. Es … es ist mir einfach so rausgerutscht, weil ich so eine scheiß Wut auf diese Bitch hatte.«

Ich verdrehe die Augen. »Lass gut sein, Lil.«

»Kai, schau mal genauer hin. Sie ist ein verwöhntes Modepüppchen, das nichts anderes im Kopf hat als teure Kleider und ihre Frisur. Zu Hause ist sie sicher Papis kleiner Engel und er liest ihr jeden Wunsch von den Augen ab.«

Ich kann mir nicht vorstellen, dass es zu ihren Wünschen zählt, regelmäßig verprügelt zu werden.

»Sie passt nicht zu dir. Meinst du, sie gibt sich auf Dauer mit Leuten wie uns ab? Wir gehören zur sozialen Unterschicht, während sie sich im Glanz der oberen Zehntausend sonnt. Was kannst du so einer verwöhnten Puppe schon bieten?«

Lill rutscht näher.

Ich weiß, dass sie im Grunde Recht hat. Auch wenn ich wirklich in so manchem schwachen Moment dachte, Ann könnte es reichen, dass ich ihr nicht viel zu bieten habe – nur mich selbst. Vielleicht hat es so kommen müssen. Sie hat die Bestätigung erhalten, dass ich ein selbstsüchtiges Arschloch bin. Darum wird es ihr sicher nicht schwerfallen, die letzten paar Tage aus ihrem Gedächtnis zu streichen.

Und ich ... scheiße! Ich will, dass dieser verfluchte Gedankenstrom endlich abebbt. Es macht mich wahnsinnig, ständig an sie denken zu müssen.

Als Lils Hand unter mein Shirt fährt und sie mit einem verruchten Lächeln meine Hose aufknöpft, gebe ich nach.

Ich lasse zu, dass ihre Zunge über meine nackte Haut fährt und sich ihre Hand um meinen Schwanz schließt.

Ich bin dankbar für die Ablenkung, die diese verfickte Stimme in meinem Kopf endlich zum Schweigen bringt.

23. Kapitel

Annabell

Wir drängen uns durch das Gewühl und sichern uns einen Platz an einem der Stehtische im vorderen Teil des Clubs. Die Band hat bereits zu spielen begonnen. Die Musik ist so laut, dass es fast schmerzt. Mein Blick huscht über die Menge. Enttäuschung macht sich in mir breit. Bis jetzt habe ich Kai noch nirgends gesehen. Ben und Jannik ziehen ab, um uns etwas zu trinken zu organisieren. In diesem Moment sehe ich Kais Clique. Sie steht am Rand der Tanzfläche und trinkt Bier aus der Flasche.

»Er ist nicht da!«, brülle ich über die Musik hinweg in Luises Ohr.

»Das kannst du doch noch gar nicht wissen, bei der Masse an Leuten. Wir gucken uns gleich mal um.«

»Seine Clique steht da drüben.« Ich deute nach vorne. »Er wäre bei ihnen, wenn er hier wäre.«

Ratlosigkeit zeichnet sich auf Luises Gesicht ab. »Warte ab, vielleicht kommt er noch.«

»Ja, vielleicht«, schreie ich, obwohl ich nicht wirklich daran glaube.

Jannik und Ben stellen vier Gläser mit Jack Cola vor uns auf den Tisch. Man sieht Jannik an, dass er sich am liebsten wieder verdrückt hätte. Mir ist es nur recht. Hier zu stehen und auf jemanden zu warten, der höchstwahrscheinlich sowieso nicht erscheint, ist mehr als armselig.

»Wegen mir können wir wieder gehen. Das ist viel zu laut hier«, stelle ich fest, ohne den wahren Grund meiner Enttäuschung zu verraten.

Luise hebt die Hände. »Wie du willst.«

»Ich geh nur noch kurz auf die Toilette«, schreie ich über die Musik hinweg.

»Ich komm mit.«

Wir schieben uns durch die tanzenden und grölenden Massen und suchen den Weg zu den Toiletten.

»Tut mir leid, war eine doofe Idee hierherzukommen. Ich dachte, er wäre sicher hier«, sagt Luise, als wir uns am Waschbecken die Hände säubern.

»Du hast es ja nur gut gemeint«, erwidere ich, kann aber meine niedergedrückte Stimmung nicht verbergen.

»Lass uns wenigstens noch was essen gehen. Dann kannst du dir auch Mister Grapschefinger noch eine Weile vom Hals halten«, schlägt Luise vor.

Ich nicke zustimmend.

Luise reißt mit Schwung die Toilettentür auf und im selben Moment entgleisen mir die Gesichtszüge. Auch Luise bleibt wie angenagelt stehen.

Auf dem Flur lehnt Kai an der Wand und nippt gerade an einem Getränk. Als ob das allein nicht schon gereicht hätte, um sämtliche Nervenzellen in meinem Körper zu aktivieren, steht neben im Lil – und hält seine Hand.

Ich bin gerade im Begriff, Luise zurück ins Klo zu ziehen, damit Lil uns nicht entdeckt, als Kai den Kopf in unsere Richtung dreht.

Und wenn alles nicht so verworren und traurig wäre, könnte man fast darüber lachen, wie Kais Miene innerhalb von Sekunden sämtliche Gefühlsregungen widerspiegelt, die ein Mensch überhaupt zeigen kann.

Auch Lil ist Kais Reaktion keineswegs entgangen. Suchend dreht sie ihren Kopf. Als sie mich entdeckt, gefriert ihr Blick. Sosehr ich vorhin auch auf Kais Anwesenheit gehofft habe – im Moment wünsche ich mir nichts mehr, als dass er von der Bildfläche verschwindet oder ich im nächsten Mauseloch.

Er starrt mich an wie eine Aussätzige, während Lil ihm demonstrativ die Arme um die Taille legt und ihn hingebungsvoll küsst.

Hätte Luise mich nicht von der Tür weggezogen, wäre ich wahrscheinlich den Rest des Abends vor der Toilette geblieben, nur um nicht an den beiden vorbeizumüssen.

Aber meine taffe Freundin spaziert, mit mir im Schlepptau und betont beschwingt, an ihnen vorbei und bugsiert mich zurück zu Jannik und Ben.

»Hast du gesehen, wie er dich angestarrt hat?«, schreit sie mir ins Ohr. »Ich sag dir, wenn der seine Gefühle tatsächlich nur vorgespielt hat, dann gehe ich am ersten Tag nach den Ferien im Kleid, aber ohne Höschen in die Schule.« Sie hebt die Finger zum Eid. »Das schwöre ich dir!«

»Ben würde es sicher freuen«, sage ich zynisch.

Luise grinst.

Das Bild von Lil und Kai geht mir einfach nicht aus dem Kopf.

»Und wenn er sie nicht vorgespielt hat, dann gehe *ich* ohne Höschen«, murmele ich gedankenverloren.

Luise hebt die Hand. »Los, schlag ein!«

Ich tue ihr den Gefallen.

»Top, die Wette gilt!«, erklärt sie munter.

Meine Angst, zu verlieren, hält sich extrem in Grenzen. Ich sehe bereits Ben und Luise vor mir, wie sie in der Pause in einer dunklen Ecke verschwinden.

»Welche Wette?«, fragen Ben und Jannik gleichzeitig. Sie haben in dem Lärm zum Glück nur die Hälfte mitbekommen.

»Mädelssachen«, erwidert Luise kichernd und hebt ausgelassen ihr Glas. »Prost, Jungs!«

Der Alkohol brennt in der Speiseröhre und hinterlässt ein warmes Gefühl im Magen. Als Kai mit Lil neben der Tanzfläche erscheint, kippe ich vor Aufregung das gesamte Glas Jack Cola in einem Zug hinunter.

»*Showtime!*«, flüstert mir Luise ins Ohr.

Verständnislos starre ich sie an.

»Los, knutsch mit Jannik!«, befiehlt sie. Würg! Freiwillig? Mit dem? Das kann sie doch nicht ernst meinen.

Hilfe suchend starre ich sie an. Alles, nur das nicht! Die Band verabschiedet sich gerade für eine kleine Trinkpause von der Bühne. Unentschlossen nage ich an meiner Unterlippe.

»Na los! Mach schon!« Sie gibt mir einen kleinen Stoß. Gerade so viel, dass ich ein Stück in Schleimscheißers Richtung wanke.

Jannik schließt besitzergreifend die Arme um mich.

»Du siehst wie ein Flittchen aus in diesen Klamotten. Aber es macht mich verdammt an«, raunt er mir ins Ohr.

Na toll! Kann sich eine Frau ein schöneres Kompliment wünschen als dieses? Ich verziehe das Gesicht. Jannik presst sich an mich und streichelt mir mit seinen Händen über den Hintern.

»Du fühlst dich so geil an!«, stöhnt er in mein Ohr. Mein Blick wandert zur Tanzfläche. Dort steht Kai. Er hat mich entdeckt und erdolcht mich mit Blicken.

Plötzlich fällt es mir gar nicht mehr so schwer, Janniks grapschende Hände zu ertragen. Ich werde immer mutiger und drücke ihm einen kleinen Schmatzer auf den Hals.

Kai ballt die Hände zu Fäusten und ich kann erkennen, wie es in ihm brodelt.

Als Lil sich ihm an den Hals schmeißt, fegt er sie mit einer einzigen Bewegung zur Seite.

Luise tippt mir auf den Rücken.

»Komm, jetzt geben wir eine Runde aus.« Sie stapelt die vier leeren Gläser in ihren Händen und nickt mit dem Kopf in Richtung Bar.

Jannik lässt mich nur widerstrebend los. Ihm scheint meine Gefügigkeit zu gefallen.

»Beeil dich!«, ruft er mir hinterher.

Als wir an der Bar auf unsere Getränke warten, beginnt Luise zu kichern.

»Hast du Kai gesehen? Der war extrem angepisst. Und als du Jannik geküsst hast, dachte ich, dass er gleich explodiert oder Jannik die Fresse poliert.«

Ich ziehe eine Schnute. »Ja, der ist sauer. Aber meinst du wirklich, dass er eifersüchtig ist? Er könnte auch … einfach böse auf mich sein, weil er weiß, dass ich ihn in der Hand habe.«

Luise kichert schon wieder. »O ja, das hast du!«

Gegen meinen Willen muss ich schmunzeln. »Nicht so, wie du denkst. Ich meine, wegen dem Einbruch!«

Wir nehmen unsere Getränke in Empfang und sind eben dabei, zu unserem Platz zurückzugehen, als sich Kai uns in den Weg stellt.

Mit finsterem Blick funkelt er mich an.

»Ich sage Jannik, dass du nur kurz Luft schnappen willst«, flüstert Luise mir verschwörerisch zu. Sie nimmt Janniks Glas aus meiner Hand und stiefelt davon.

Kai

»Was soll die Show?«, frage ich sie böse. Mit allem hätte ich gerechnet, aber nicht damit, dass sie mit dem Großkotz in »meinem« Club auftaucht. Sie will mir eins auswischen und mich eifersüchtig machen, das ist offensichtlich. Zu meiner Schande muss ich gestehen, dass ihr das hervorragend gelingt.

»Welche Show?«, fragt sie und kräuselt dabei ihre Lippen.

Dieser Mund …! Zum Teufel noch mal, wie gerne würde ich sie jetzt küssen. Doch mit dem Großmaul im Nacken und bei der Feindseligkeit in ihrem Blick würde das nicht einmal ein Wahnsinniger versuchen.

»Tu doch nicht so!«, fahre ich sie an. »Seit wann liegt dir etwas an diesem Loser?«

Sie stellt die Getränke auf einen der Beistelltische in der Nähe der Bar ab, bevor sie sich zu mir umdreht.

»Wer ist hier der Loser, Kai? Du bist derjenige, der alles verloren hat. Du denkst, dass du das Spiel gewonnen hast, aber da hast du dich getäuscht. Ich habe dich in der Hand, denn ich kann dich jeden Moment verpfeifen!«

Wie eine Furie steht sie mit wildem Blick vor mir. Ich wusste nicht, dass so viel Temperament in ihr steckt. Zur Hölle, sogar das finde ich sexy.

»Jannik hat mich bis jetzt weder belogen noch hintergangen, was man von dir nicht behaupten kann!«

Ich stoße verächtlich die Luft aus. »Nein, dieses Muttersöhnchen nutzt deine Situation nur schamlos aus und geilt sich an dir auf.«

Sie ist bitterböse, das sehe ich ihr an.

»Und wer lag gestern mit einem Ständer neben mir im Bett? Tu doch nicht so unschuldig, Kai!«

Das hätte ich ihr nicht zugetraut. Ich fasse sie am Arm und beuge mich näher zu ihr hin. »Du hast ein wichtiges Detail übersehen, Prinzesschen.«

»Und das wäre?«

»Ich hab mich nicht an dir aufgegeilt, wie es dieser Großkotz dahinten permanent versucht, sondern *du* hast *mich* aufgegeilt.«

Ich gehe gerade noch rechtzeitig in Deckung, als ihre Hand ausholt und nach mir schlägt.

Auch wenn ich weiß, dass ich mich gerade auf sehr dünnem Eis bewege, kann ich mich nicht gegen das Verlangen wehren, das sie in mir weckt. Ich schnappe mir ihre Hand, ignoriere das Gezeter und ziehe sie hinter mir her zum Ausgang.

Ich bugsiere sie zur Rückseite des Clubs. Nur eine Funzel über der Hintertür spendet ein schwaches Licht. Unmengen von leeren Getränkekisten stapeln sich und verbergen uns vor den Blicken anderer.

»Warum verstecken wir uns hier? Willst du diesmal mich ausrauben?«, fragt sie schnippisch.

Ich lege ihr meine linke Hand auf den Mund und gebe ihr zu verstehen, dass sie die Klappe halten soll.

Doch diese kleine Hexe denkt gar nicht daran und beißt mir in den Finger.

»Bist du übergeschnappt? Was soll das?« Ich drehe meine Hand und besehe mir den Biss. Er ist ziemlich tief.

»Das ist nichts dagegen, wie weh du mir getan hast«, erklärt sie mit einem bösen Blick.

»Ich wüsste nicht, dass ich dich jemals hart angefasst, geschweige denn gebissen hätte!«, knurre ich.

»Du hast mich auf eine andere, viel schlimmere Art verletzt, Kai.«

Ich zucke zusammen. Ihre Worte treffen mich. Betreten sehe ich zu Boden. »Verfluchte Scheiße! Ich wollte nicht, dass es so kommt.«

Sie steht direkt vor mir und funkelt mich böse an. Ich hoffe, dass sich nicht noch weitere Nachtschwärmer in den spärlich beleuchteten Hinterhof verirren. »Weißt du, heute Nachmittag dachte ich wirklich noch, es könnte eine Erklärung für das alles geben ...«

»Die gibt es auch!«, unterbreche ich sie, weil ich will, dass sie mir die Zeit gibt, ihr die Gründe für mein Verhalten zu erläutern. Doch meine Hoffnung zerschlägt sich, als sie mit dem Kopf schüttelt.

»Es ist kaum ein paar Stunden her, dass ich von euch weggegangen bin – und dann sehe ich dich hier. Mit ihr!«

Anns Augen werden feucht. Im matten Licht der kleinen Lampe glitzern sie, als wären sie aus purem Silber.

Fuck! Wie konnte ich ihr nur so wehtun!

Ich will zu einer Erklärung ansetzen, doch egal, was ich jetzt von mir gebe, es käme nur einer billigen Ausrede gleich.

Himmel, es muss doch etwas geben, das sie überzeugen kann! Vor lauter Verzweiflung gehe ich auf Konfrontationskurs.

»Und was ist mit dir?«, rufe ich hoffnungslos. »Machst du es nicht genauso? Du bist mit Mr. Großkotz hier und schleckst an ihm herum, als wäre er ein Eis am Stiel!«

24. Kapitel

Annabell

Kai ist wirklich paranoid. Ich habe Jannik nur einen Kuss gegeben, von Abschlecken war überhaupt nicht die Rede.

»Das stimmt doch gar nicht!«, versuche ich mich herauszuwinden.

Kai streicht sich sein Haar aus der Stirn und holt tief Luft. »Oh doch! Und für dein Verhalten gibt es nur zwei Erklärungen. Entweder du hast nur vorgetäuscht, etwas für mich zu empfinden, oder du bist hier, um mich eifersüchtig zu machen!«, sagt er und stellt damit das Offensichtliche fest.

»Du weißt genau, dass ich Jannik nicht mag«, sage ich tonlos.

Kai lacht laut und falsch. »Genau, darum lässt du es auch zu, dass er dich ständig begrapscht.«

Mir schießen die Tränen in die Augen.

»Was soll ich denn deiner Meinung nach tun?«, stoße ich verzweifelt hervor. »Mein Vater will es so. Er erwartet von mir, dass ich mit Jannik ausgehe, und wenn ich nicht gehorche, dann weißt du ja, was passiert.«

Geräuschvoll ziehe ich die Nase hoch und wische mir ungeduldig die salzigen Tropfen vom Gesicht.

»So was verlangt er von dir?«, flüstert Kai und ich sehe ihm an, wie schockiert er ist. »Schläfst du auch mit Jannik?«

Ich schubse ihn mit beiden Händen zur Seite, so wütend bin ich inzwischen auf ihn.

»Spinnst du?« Ich will fortlaufen, doch Kai ist schneller. Er fasst meine Handgelenke, drückt sie gegen die Hauswand und presst seinen Oberkörper gegen mich.

»Du hast ihn aber geküsst! Freiwillig!«, flüstert er. Sein Gesicht ist nur Zentimeter von meinem entfernt und sein Atem wärmt meine Haut.

»Du tust mir weh!« Ich versuche mich aus seiner Umklammerung zu befreien. Augenblicklich lockert er den Griff, aber nur ein kleines Stück, so dass ich nach wie vor seine Gefangene bin.

»Sag es mir!«, raunt er in mein Ohr.

Mein ganzer Körper beginnt zu prickeln, als er mit den Lippen meinen Hals streift. Wenn ich will, dass er mich gehenlässt, muss ich ihm die Wahrheit sagen. Ich will ihn nicht verlassen, aber er ist mit Lil hier ... Und was das bedeutet, kann ich mir lebhaft vorstellen.

»Es stimmt, ich wollte dich eifersüchtig machen«, gebe ich kleinlaut zu.

»Das ist dir geglückt. Gratuliere!«, wispert er. »Am liebsten hätte ich dem aufgeblasenen Sack eine verpasst.«

Kais Nähe bringt mich völlig aus dem Konzept. Ich bin kurz davor, sämtliche Vorsätze über Bord zu werfen und ihn zu küssen. Aber vorher muss ich ihm rasch die entscheidende Frage stellen.

»Warum hast du mich gestern Nacht alleine gelassen und unser Haus ausgeraubt, obwohl du gesagt hast, dass du Gefühle für mich hast? Ich kann es einfach nicht verstehen.«

Kai lässt mich los und setzt sich auf einen der leeren Bierkästen. Er vergräbt den Kopf in den Händen. Als er wieder hochsieht, läuft ihm eine einzelne Träne über die Wange, die er schnell wegwischt.

»Fuck, Ann. Du hast mir so leidgetan. Ich wollte es deinem Alten einfach heimzahlen. Es hat mich rasend gemacht, mitansehen zu müssen, wie er dich misshandelt.«

»Dachtest du wirklich, dass du mir damit hilfst?« Ich kann nicht glauben, dass er tatsächlich angenommen hat, mit dieser Nummer etwas bewirken zu können.

»Ich bin einfach ein blöder Arsch, der nicht nachdenkt, bevor er handelt. Verzeih mir, Ann. Bitte!«

Doch so schnell kann ich ihm nicht verzeihen. Zu viele Dinge sind noch ungeklärt.

»Die Kette mit dem Herzanhänger, meine Kette, warum hast du sie Lil geschenkt?«

Kai streckt die Hände nach mir aus. Ich lasse es zu, dass er mich auf seinen Schoß zieht.

»Ich wollte dir nichts wegnehmen«, beteuert er kleinlaut, »und schon gar nicht mich an dir bereichern. Ich kam mir auf einmal so schäbig vor mit dem

Diebesgut in der Hand. Da habe ich einfach gehandelt und die Kette Lil in den Schoß geworfen. Sie hat in die Geste weit mehr hineininterpretiert als ich.«

Er legt die Arme um meinen Körper und schmiegt den Kopf an meine Schulter. »Ich mag Lil nicht besonders, geschweige denn, dass ich tiefere Gefühle für sie empfinde.«

Ich werde fast weich. »Du hast mit ihr da drin eben Händchen gehalten.«

Ich höre, wie er schluckt und sein Atem schneller geht. Er hebt den Kopf und sieht mich aus glasigen Augen an.

»Ich … ich habe megamäßig Scheiße gebaut. Aber glaub mir, ich will nicht ernsthaft was von Lil«, stammelt er leise.

Das klingt ja fast nach einem weiteren Fehltritt! Nicht mehr lange, dann hat er es mit seinen ständigen Ausrutschern ins Guinness Buch der Rekorde geschafft.

Mein Magen verkrampft sich. »Du … du willst mir jetzt nicht im Ernst sagen, dass du mit ihr geschlafen hast? Heute Abend … nachdem ich gegangen bin?«

Meine Hände zittern und mir wird übel, während ich auf seine Antwort warte.

Er räuspert sich umständlich. Am liebsten würde ich ihn schütteln, damit er endlich zur Sache kommt.

»Ich habe nicht mit ihr geschlafen. Ich habe sie *gefickt!*«

Ich springe auf. »Willst du mich verarschen? Wo ist da bitte der Unterschied?«

Jetzt hab ich genug von dem Ganzen. Ich will nur noch weg! Fort von dem Typen, der mich beraubt, erniedrigt und mir zur Krönung noch das Herz gebrochen hat.

»Ich will sie nicht, Ann. Ich will nur dich!«, ruft er verzweifelt.

»Dann hättest du mal dein Gehirn einschalten müssen, du schwanzgesteuerter Vollidiot!«

Ich bin schon am Gehen, doch er zieht mich an meinem Top zu sich zurück.

»Du bleibst jetzt hier und hörst mir zu – und zwar bis ich fertig bin!«

»Vergiss es! Lass mich los! Sofort!« Ich kämpfe gegen seinen Griff.

»Wenn du mir nicht noch fünf Minuten gibst, dann gehe ich jetzt rein und erzähle jedem, dass das hier …« Er hebt die Hand mit der Bissverletzung hoch. »Dass das Spuren deiner sadistischen Gelüste sind!«

Er funkelt mich herausfordernd an.

Ich fasse es nicht. Als hätte er nicht schon genug verbrochen, schiebt er nun auch noch eine Erpressung hinterher.

»Fünf Minuten und keine Sekunde länger!«, knurre ich ihn an.

Kai atmet tief durch. »Es gibt sehr wohl einen Unterschied. Mit Lil habe ich nur gefickt …«

Mein Herz zieht sich zusammen, muss er mir das noch einmal unter die Nase reiben?

Er streicht mir eine Haarsträhne aus dem Gesicht und ich überlege, ihn noch einmal zu beißen. Aber weil ich nicht weiß, ob er seinen Freunden wirklich diese Story auftischt, lasse ich es lieber bleiben.

»… aber mit dir würde ich schlafen«, spricht er seinen Satz zu Ende.

Ich sehe ihn verständnislos an und frage mich ernsthaft, ob er den ein oder anderen Joint hinter sich hat.

»Das ist doch genau das Gleiche.«

»Lass mich ausreden, bitte!«

Ich rolle mit den Augen und wüsste nicht, was er jetzt noch sagen könnte, um von mir einen Freispruch zu erhalten.

»Beim Ficken spielt es für mich keine Rolle, was ich für das Mädchen empfinde. Es geht nur um die Befriedigung oder – wie in diesem Fall um die reine Ablenkung.«

Er sieht mir tief in die Augen und ich hasse mich dafür, dass ich in ihnen ertrinke.

»Ann, dich würde ich niemals ficken.«

Ah, toll. Also findet er mich wohl unerotisch und würde keine Befriedigung empfinden. Schön! Dann sind wir ja endgültig miteinander fertig.

Kai fährt mit dem Zeigefinger über meine Wange. »Mit dir würde ich allerdings furchtbar gerne schlafen. Und ich habe noch nie mit jemandem geschlafen, denn das würde ich nur mit dem Mädchen tun, das ich liebe!«

Ich verschlucke mich vor Schreck und fange an zu husten. Was hat er da gesagt? Gibt es hier irgendwo einen Knopf, mit dem man zurückspulen kann? Ich würde gerne noch unzählige Male auf *Repeat* drücken, um mir seine Worte immer und immer wieder anzuhören.

Kai klopft mir beruhigend auf den Rücken. »War das so schlimm, was ich gesagt habe?«

Ich starre ihn keuchend an. »Nein.«

»Dann vergibst du mir also?«

Vergeben? So schnell? So einfach werde ich es dir nicht machen, du mieser Kerl!

»Und was ist, wenn du zufällig mal wieder befriedigt oder abgelenkt werden musst? Soll ich es dann akzeptieren, wenn du mit Lil oder anderen Mädchen rummachst?« Ich setze mich seufzend auf. »Nein, das ist nichts für mich, Kai. Ich brauche jemanden, der immer zu mir steht und mich nicht hintergeht oder verletzt. Ich könnte niemals akzeptieren, dass du mit einer anderen ins Bett gehst, ganz gleich, wie du das dann nennst.«

Kai sieht mich eindringlich an. »Ich glaube, du hast mich nicht richtig verstanden. Bisher gab es keinen Grund für mich, darauf zu verzichten, wenn sich mir ein Mädchen angeboten hat. Und das mit Lil heute … Fuck! Es hat mich einfach fertiggemacht, dass du gegangen bist. Ich dachte, ich hätte dich für immer verloren. Außerdem hatte ich Angst davor, in den Bau zu wandern. Lil war in diesem Moment … einfach da. Sie hat mir geholfen, meine Sehnsucht und Angst zu vertreiben.«

Ich weiß nicht, was ich sagen soll. Er ist zum ersten Mal von Grund auf ehrlich zu mir. Er verschweigt und beschönigt nichts, und trotzdem habe ich eine Heidenangst, mich auf ihn einzulassen. Ich spüre, dass mein Herz ihm seinen Fehltritt verzeiht, doch ich weiß immer noch nicht, ob ich ihm wirklich vertrauen kann. Er ist in einer Clique, die einbricht und Drogen konsumiert.

Kai steht auf und dreht sich zu mir um. »Ich liebe dich, Annabell. Von ganzem Herzen. Gib mir eine letzte Chance und ich werde dir beweisen, dass ich es wert bin.«

Oh mein Gott! Damit nimmt er mir meine restlichen Zweifel. Ich bin machtlos gegen diesen Sturm an Gefühlen, der über mich hinwegrollt.

Mein Atem beschleunigt sich, als er seine Hand in meinem Haar vergräbt und seinen Arm um meine Taille legt.

»Küss mich«, stöhnt er an meinem Mund, und ich kann nicht anders, als seiner Aufforderung nachzukommen.

»Lass mich nie wieder los«, hauche ich, als er sich kurz von mir löst, um Luft zu holen.

Kai schüttelt den Kopf, und ich sehe den Hunger in seinen Augen.

»Nie mehr!«, flüstert er und senkt seine Lippen erneut auf meine. Eng schmiege ich mich an ihn und genieße den zärtlichen Kuss. Als ich die Augen öffne und mich in seine Arme kuschele, fühle ich mich einfach nur geborgen. Der Mond leuchtet über uns und wirft sein milchiges Licht auf die Erde. Es ist unglaublich romantisch hier mit Kai in diesem düsteren Hinterhof. Gedämpft klingen die Bässe der Musik an unsere Ohren, während über unsere Köpfe der warme Nachtwind streicht.

Kai

Ich kann gar nicht sagen, wie verdammt froh und dankbar ich bin, sie hier halten zu dürfen. Es ist mehr, als ich verdient habe, und das ist mir bewusst.

»Ich muss zurück. Nicht, dass die anderen ohne mich fahren. Das würde nur weiteren Ärger heraufbeschwören«, wispert sie in meine Halsbeuge.

Ich hauche ihr einen liebevollen Kuss auf die Schläfe und nehme sie an der Hand. Gemeinsam schlendern wir zurück zum Eingang.

Aber plötzlich packt mich jemand hinten am Kragen und zieht mich so heftig von ihr weg, dass ich taumle.

»Wer, zur Hölle …?« Stocksauer fahre ich herum.

Der Großkotz. Natürlich. Mit seinen aalglatt nach hinten gegelten Haare, der Brille und dem weißen Poloshirt sieht er aus, wäre er auf dem Weg zum Golfplatz und nicht Besucher eines Biker-Clubs.

»Hände weg von meiner Freundin, du Stück Scheiße!«, faucht er mich an. Die Gespräche auf dem Vorplatz verstummen. Neugierig schauen alle zu uns herüber. Es sind überwiegend harte Kerle hier, von denen viele auf Krawall gebürstet sind. Ihnen käme eine Schlägerei sicher gelegen.

Ich weiß nicht, wie ich reagieren soll. In einer anderen Situation hätte ich ihm eine verpasst, dass er noch Stunden später nach seiner Mami geheult hätte. Doch ich will Annabell nicht schon wieder enttäuschen. Ich bin nicht sicher, was sie jetzt von mir erwartet.

Also versuche ich es diplomatisch. Ich hebe die Hände und gehe ein paar Schritte rückwärts.

»Reg dich nicht auf. Lass uns sachlich darüber reden.«

Gott, ich komme mir wie ein verficktes Weichei vor.

Jannik lacht höhnisch und mustert mich, als ob er noch nie etwas Widerlicheres gesehen hätte.

»Dich kenn ich doch von irgendwoher.« Er legt den Zeigefinger nachdenklich ans Kinn. Plötzlich reißt er die Augen auf.

»Natürlich! Der kleine Kellner von unserer Party!« Sein Lachen klingt, als müsse er jeden Moment kotzen.

»Du bist damals schon ständig um uns herumscharwenzelt. Hau bloß ab hier, sonst rufe ich die Polizei und du kannst dich über eine Anzeige wegen Belästigung freuen.«

Scharwenzelt? Mit solchen Ausdrücken kann er eine Clownsnummer im Zirkus übernehmen. Fuck, der Kerl ist noch gehirnamputierter, als ich dachte.

»Zieh Leine, du armseliger Loser!«, zischt er mir zu.

Ich lasse mir einiges sagen, aber nicht, dass ich ein Loser bin – bei mir brennen sämtliche Sicherungen durch. Wütend gehe ich auf ihn zu und nehme ihn mit einem einzigen Griff in den Schwitzkasten. Um mich herum johlen die Leute. Alle wollen sehen, wie ich dieses Muttersöhnchen fertigmache.

»Kai, hör auf! Lass es gut sein.« Das ist Annabells Stimme.

Sie verteidigt diesen Kerl? Habe ich richtig gehört?

Sie legt mir eine Hand auf die Schulter und sieht mich mit ihren sanften, blauen Augen bittend an.

Ich fasse es nicht! »Hier hast du deinen Loverboy!«, stoße ich verächtlich hervor, schubse Jannik in ihre Richtung und gehe mit geballten Fäusten zu meinem Motorrad hinüber.

Lil stellt sich mir in den Weg und fragt, was passiert sei, doch ich fege sie zur Seite, steige auf und rase davon.

25. Kapitel

Annabell

Als ich zu Hause in meinem Bett liege und über den heutigen Tag nachdenke, wird mir eines bewusst: Wenn ich mit Kai zusammenbleiben will, muss ich Klartext reden. Mit meinen Eltern und mit Jannik. Ich kann mir denken, wie gekränkt Kai ist, weil ich beim Club nicht für ihn, sondern für Jannik Partei ergriffen habe. Doch ich musste so handeln und würde es jederzeit wieder ganz genauso machen. Gegen Kai ist Jannik, was Prügeleien betrifft, chancenlos. Außerdem fühle ich mich auch ein wenig schuldig, weil ich Jannik als Mittel zum Zweck missbraucht habe.

Jedenfalls hat mir Janniks übersteigertes Selbstbewusstsein heute den Hintern gerettet, denn er hat nicht eine Minute daran geglaubt, dass ich ihm Kai vorgezogen haben könnte. Er ist ohne einen Funken Zweifel davon ausgegangen, dass Kai mich gezwungen hat, mit ihm abzuhängen. Luise dagegen hat mir ein verschwörerisches »Wir telefonieren morgen!« ins Ohr geflüstert, bevor sie sich mit Ben verabschiedet hat.

Ich beschließe, gleich morgen nach dem Frühstück zu Kai zu fahren, um mit ihm zu sprechen, und schlafe zufrieden mit meiner Entscheidung ein.

***

Das Klingeln meines Handys reißt mich aus meinen Träumen, die voll mit braunen Augen und dichten Locken waren.

Verschlafen angle ich nach dem Smartphone. Es ist Luise.

»Ja?«

»Und wie ist es gestern gelaufen?«

Mit einem seligen Grinsen auf den Lippen erstatte ich Luise Bericht.

»Ich wusste, dass er dich liebt, und mein Höschen muss somit wohl an besagtem Schultag zu Hause bleiben!«

»Danke, Lui«, flüstere ich in mein Handy und male dabei kleine Herzchen auf die Bettdecke.

»Nicht dafür, Bella! Und jetzt schwing deinen süßen Arsch aufs Fahrrad und sieh zu, dass du zu deinem Bad Boy kommst.«

Ich lache. »Wird erledigt!« Bei ihr im Hintergrund höre ich das Läuten einer Türglocke.

»Oh, Ben ist da. Bis bald, Süße. Ich muss noch schnell mein Outfit korrigieren, bevor er oben ist.«

Obwohl Luise gar nicht mehr dran ist, muss ich schon wieder lachen. Luise schafft es wirklich, mir mit ihrer spritzigen Art Zuversicht zu geben.

***

Nach dem Sonntagsfrühstück, bei dem ich mich krampfhaft bemühe, die liebe Tochter zu spielen, um meinen Vater nicht erneut zu reizen, schiebe ich die Ausrede vor, für Mathe lernen zu müssen. Mit einem wohlwollenden Nicken entlässt mich mein Vater auf mein Zimmer.

Ich betrete gerade die erste Treppenstufe, als er mich zurückruft. Zögernd und mit klopfendem Herzen kehre ich zum Esstisch zurück. Schnell durchforste ich mein Gehirn nach einem etwaigen Fehlverhalten meinerseits. Doch mir fällt einfach nichts ein.

»Deine Mutter und ich fahren zu diesem Winzer, von dem wir immer unseren Wein beziehen. Wir sind dort zur Weinprobe eingeladen. Ich verlange von dir, dass du zu Hause bleibst und fleißig übst!«

Sein Blick bohrt sich in mich.

»Hast du gehört, Annabell?«, fragt er drohend.

»Ja, Papa!«, wispere ich und senke scheu den Kopf.

Ich weiß, dass mein Vater durchdrehen wird, wenn er erfährt, dass ich ohne Genehmigung das Haus verlassen werde. Doch verglichen mit seiner Reaktion, wenn ich ihm Kai als meinen Freund vorstelle, ist das ein Sonntagsspaziergang.

Nach einer kurzen Dusche steige ich in Jeansshorts und Trägertop, schnappe mir das Handy und meinen Geldbeutel und schließe die Haustür hinter mir zu. Wenn ich bei meinem verletzten Fuß nur die Zehen aufs Pedal stelle, komme ich mit dem Fahrrad ganz gut voran.

Die Sonne scheint bereits heiß und unbarmherzig vom Himmel. Die Luft ist erfüllt von Vogelgesang und es duftet nach Lavendel. Ich genieße es, wie mir der laue Sommerwind durchs Haar fährt und die Sonnenstrahlen meine Nase kitzeln.

Als ich in die Straße einbiege, die zu Kais Haus führt, wird mir doch ein wenig mulmig zu Mute. Was, wenn seine Mutter öffnet? Was, wenn Kai anders auf mich reagiert, als ich es erwarte? Ich lehne das Fahrrad an den Gartenzaun, betrete das Haus und wünsche mir, dass Kai die Treppe herunterkommt. Leider ist es um meine hypnotischen Fähigkeiten nicht sonderlich gut bestellt, also bleibt mir nichts anderes übrig, als hochzugehen und zu klingeln.

Nervös kaue ich auf meinen Nägeln und fummle mir das Haar zu einem Zopf zusammen, nur um nicht tatenlos herumstehen zu müssen. Ich höre jemanden den Wohnungsflur entlanggehen. Sekunden später öffnet sich die Tür und ich atme erleichtert aus. Kai!

»Du?« Verwundert zieht er die Augenbrauen in die Höhe. Enttäuschung macht sich in mir breit. Irgendwie hatte ich mir eine andere Begrüßung ersehnt.

»Schlimm?«, frage ich ängstlich.

Er runzelt die Stirn. »Kommt auf den Grund deines Besuches an.«

Kai klingt sehr reserviert, aber allmählich gelingt es mir, seine Stimmungsschwankungen besser einzuordnen. Ich bin mir sicher, dass er nach wie vor beleidigt ist, weil ich Jannik gestern Abend verteidigt habe.

»Können wir zu euch ins Haus? Oder ein Stück gehen? Es redet sich nicht besonders gut zwischen Tür und Angel.«

Kai zuckt mit den Achseln. »Klar, komm rein.«

»Ist deine Mum da?«

Kai rollt mit den Augen. Was immer das bedeutet.

Ich gehe vor ihm die Treppe hoch und in sein Zimmer und setze mich auf sein Bett.

Kai verschränkt die Arme und lehnt sich in den Türrahmen.

»Ich bin ganz Ohr!«

Ich seufze. Er wird es mir nicht leicht machen, so viel ist klar.

»Ich weiß, dass ich gestern zu dir hätte halten sollen.«

»Ach nee! Echt? Wie kommst du nur da drauf?«

Ich verdrehe die Augen. »Es tut mir leid. Ich war völlig neben mir und hatte ein schlechtes Gewissen Jannik gegenüber, weil ...«

»Weil du mit ihm geknutscht hast, obwohl er ein Kotzbrocken ist?«, fällt Kai mir ins Wort.

»Wenn du es so formulieren willst. Ja!«

Kai stößt sich vom Türstock ab und kommt panthergleich auf mich zu.

»Ich stehe nicht besonders auf Versteckspiele. Diese Phase habe ich schon seit der Grundschule hinter mir.«

»Tu doch nicht so«, fauche ich ihn an. »Du hast dich mir gegenüber auch nicht gerade heldenhaft verhalten.«

Kai schnaubt. »Ich dachte, das hätten wir geklärt!«

»Ich werde Jannik die Wahrheit sagen und meinen Eltern auch«, erkläre ich fest entschlossen.

»Aber da muss ich dabei sein. Ich werde nicht riskieren, dass ich meine Freundin nach dem Gespräch mit ihren Eltern auf der Intensivstation besuchen muss.«

Er nennt mich »meine Freundin«. Das klingt irgendwie ... süß, so wie er es sagt.

»Okay!« Ich nicke.

»Wann soll ich heute da sein?«

»Heute?«, kreische ich erschrocken. Ich dachte, er lässt mir wenigstens noch etwas Zeit, damit ich mich in Rhetorik üben kann.

»Heute!«, sagt er bestimmt. »Und keine Spielchen mehr, du hast es versprochen!«

Etwas widerstrebend gebe ich nach.

»Okay, dann um acht. Da müsste mein Vater zu Hause sein.«

Kai wirft einen Blick auf seinen Radiowecker. »Gut, dann haben wir ja noch genug Zeit!«

»Was hast du vor?«

Kai geht vor mir in die Hocke und sieht mich aus hungrigen Augen an. »Kannst du dir das nicht denken?« Seine Stimme klingt ungewohnt rau, doch der Klang gefällt mir, so wie eigentlich alles an Kai. Er stützt die Arme links und rechts von mir auf die Matratze.

Mein Herz beginnt zu rasen und mein Mund wird vor Aufregung ganz trocken. Er drückt mich aufs Bett, bis ich auf dem Rücken liege, und steigt über mich. Langsam beugt er sich zu mir herunter und streicht mit der Außenkante seiner Hand über meine Wange.

»Wie schön«, murmelt er, während seine Finger tiefer gleiten. Sie fahren meine Ohrmuschel nach und streichen über die Erhebung meines Schlüsselbeins. Meine Haut glüht und die Schmetterlinge in meinem Bauch tanzen Samba, als er mich endlich küsst. Seine Zunge gleitet erst behutsam in meinen Mund, bevor sie drängender wird. Ich spüre das Gewicht seines Körpers auf mir, was mir jedoch nicht unangenehm ist. Ich wühle mit den Händen in seinen Locken, die sich so ungemein weich anfühlen. Mutig fahren meine Finger unter den Stoff seines T-Shirts und streicheln seinen samtenen Rücken. Kai rollt sich zur Seite und nimmt mich dabei mit. Auch seine Hände gehen auf Wanderschaft und erkunden meinen flachen Bauch. Als ich ihm mein Knie zwischen die Beine drücke, um ihm noch näher zu sein, stöhnt Kai laut auf.

»Du forderst mich geradezu heraus!«, keucht er. Doch genau das will ich auch. Ich schnappe nach seinen Lippen. Er soll mich weiter küssen und niemals damit aufhören. »Ich habe dir gesagt, dass ich mit dir schlafen will.« In seinen Augen liegt ein fiebriger Glanz. »Willst du es denn auch?« Statt einer Antwort ziehe ich seinen Kopf zu mir und streiche mit der Zunge über seine schönen Lippen.

Kai schnappt sich mein Bein und schlingt es sich um die Hüfte. Er hebt den Zipfel meines Trägertops und schiebt es nach oben.

»Du bist wunderschön. Ich hätte damals auf dich hören und dich Bella nennen sollen.«

Ich hauche seidenweiche Küsse auf seine Wangen und die Nasenspitze, während Kai den Verschluss meines BHs routiniert aufspringen lässt. Ich schiebe den Gedanken weit weg von mir, wie oft er das wohl schon bei Lil oder anderen Mädchen gemacht hat.

Ein dumpfer Schlag lässt uns beide auseinander fahren. Mit erhitzten Gesichtern starren wir uns erschrocken an.

»Raus!«

Nur ein einziges Wort, doch es sagt alles. Kais Mutter steht wankend und mit hochrotem Gesicht in der Tür.

»G...guten Tag, Frau Kestner!« Am liebsten würde ich im Erdboden versinken, sosehr schäme ich mich. Verlegen zupfe ich am Saum meines Tops herum, heilfroh, dass Kai es mir noch nicht ausgezogen hat.

Kais Mutter ignoriert meinen Gruß und sieht mich an, als wolle sie mich gleich verschlingen.

»Isch sagte – rausch!«, lallt sie. »S...so...sofort!«

Kai kommt mir zu Hilfe. Er steht vom Bett auf und geht auf seine Mutter zu. »Was soll der Mist? Bisher hat es dich nie interessiert, mit wem ich was treibe. Lass sie in Ruhe und verzieh dich!«

Kai legt die Hand an sein Ohr und tut, als würde er lauschen. »Schnell, schnell, der Wodka ruft!«

Kais Mutter holt aus und schlägt Kai mitten ins Gesicht. Dieser Schlag, die Gewalt lässt mich hochfahren. Es ist wie ein Déjà-vu! In diesem Moment sehe ich mich und wie mein Vater mich erniedrigt! Diese Demütigung hat Kai nicht verdient. Die Ohrfeige schmerzt, als hätte sie mich selbst getroffen. Kai steht wie angewurzelt da, hält sich die Wange und starrt seine Mutter entgeistert an.

Ich stürze zu ihm und schmiege mich an ihn. Ich will ihn trösten, ihm sagen wie leid es mir tut, dass er meinetwegen geschlagen wurde, obwohl ich nach wie vor nicht weiß, wieso meine Gegenwart seine Mutter so in Rage versetzt.

Mit einer Geschwindigkeit, die ich einer Betrunkenen niemals zugetraut hätte, schnappt sie meinen Arm, zieht mich aus der Tür und dreht den Schlüssel herum.

Ich fasse es nicht! Sie hat Kai tatsächlich eingesperrt.

»D...das können Sie doch nicht machen!«, stammele ich und deute auf die verschlossene Tür.

Kai trommelt mit den Fäusten gegen das Holz und stößt derbe Flüche und Verwünschungen aus.

Frau Kestner stößt mich wie ein Tier ungeduldig die Treppe hinunter.

Ich hebe beschwichtigend die Hände. »Ich gehe ja schon, aber bitte lassen Sie Kai wieder raus!«

Mittlerweile heule ich vor Wut, aus Angst und Verzweiflung. Vor der Haustür versetzt sie mir einen Stoß, der mich straucheln lässt. Schmerz schießt durch meinen Fuß und ich spüre Warmes an meiner Haut. Die Wunde ist wieder aufgeplatzt. Zitternd greife ich mit den Händen nach hinten und nestele am Verschluss meines BHs herum, bis dieser endlich zuschnappt.

»Lasss meinen S...Sohn in F...Frieden! Und l...lass disch hier ... nie wieder blick'n. Ver...sch...tanden?«

Ich nicke unter Tränen, humple zu meinem Fahrrad und radle nach Hause. Bei Gott, ich hoffe sie lässt Kai frei. Dabei habe ich noch nicht einmal seine Handynummer, um ihn anzurufen.

Kai

Am liebsten würde ich diese verfickte Tür eintreten, doch was hätte ich davon? Wir haben kein Geld für eine neue, und außerdem würde ich das bisschen Privatsphäre, das ich habe, auch noch verlieren. Mal abgesehen davon, dass ich diese bekloppte Massivholztür mit Sicherheit nicht bezwinge.

Ich habe keine Ahnung, woher dieser abgrundtiefe Hass meiner Mutter auf Annabell kommt. Ich kann es mir nur so erklären, dass sie es mir einfach nicht gönnt, ein Mädchen gefunden zu haben, mit dem ich glücklich sein kann. Vielleicht, weil sie es selbst schon so lange nicht mehr war. Das Wort »glücklich« habe ich schon vor zehn Jahren aus meinem Wortschatz gestrichen. Es war der Tag, an dem ich meine Mum komatös im Wohnzimmer vorgefunden habe und den Rettungsdienst verständigen musste.

Meine Mutter säuft, seit ich sie kenne. Sie hat nie gearbeitet und ist ihren Mutterpflichten auch nicht nachgekommen. Ich habe nie einen Kindergarten besucht, geschweige denn einen Sportverein oder eine Spielgruppe. Meine

Kindheit verbrachte ich damit, leise zu sein, um meine Mum nicht zu stören, ihre Kotze aufzuwischen und ihr Alkohol aus dem Discounter zu stehlen, wenn ihr vor dem Ersten mal wieder die Kohle ausging.

Dabei weiß ich nicht mal, woher sie das Geld jeden Monat bezieht. Sie ist ständig so hacke, dass sie es niemals aufs Sozialamt oder woandershin schafft. Einmal im Monat holt sie welches von der Bank und von diesem Geld leben wir, oder nennen wir es lieber dahinvegetieren. Ihr Alkoholkonsum schluckt enorm viel und ich weiß nicht, wie oft ich abends mit knurrendem Magen im Bett lag, weil kein Geld mehr für Lebensmittel übrig war. Irgendwann habe ich gelernt, für mich selbst zu sorgen. Ich brach nachts die Caritas-Container auf, um mir Kleidung zu besorgen, und in den Discountern stahl ich, was in meine Taschen passte. Meine Mutter hat es nie interessiert, woher ich das Zeug hatte.

Als ich mit fast sieben in die Schule kam, änderte sich mein Leben. Da ich weder Spielsachen noch irgendwelchen anderen kindgerechten Kram hatte, war ich so unendlich stolz auf meine Schultasche und die darin enthaltenen Schätze, dass ich nichts anderes mehr tat, als mich damit zu beschäftigen. Ein halbes Jahr später war ich Klassenbester. In der Vierten schaffte ich den Übertritt mit einem Notendurchschnitt von 1,3. Damals hat es meine Mum nicht gejuckt, auf welche Schule ich gehe, geschweige denn, was für Noten ich schreibe. Mein Glück war, dass ich eine liebevolle und engagierte Grundschullehrerin hatte, die mit mir aufs Gymnasium gestiefelt ist und dafür gesorgt hat, dass ich aufgenommen wurde.

Seitdem hat sich nicht viel verändert. Ich bin nach wie vor Klassenbester. Ich nehme Hilfsjobs an, um zu überleben, und wenn es gar nicht anders geht, breche ich mit der Clique in Häuser ein. Ich verachte meine beschissene Welt! Und gerade jetzt, da mein Leben durch Ann endlich einen Sinn bekommt und ich erfahren darf, was es heißt, geliebt zu werden, mischt sich Mum wieder ein und macht mir alles kaputt.

Ich sitze in meinem Zimmer, bis es Abend ist, sie hat die Tür nicht wieder geöffnet. Zum Pissen nehme ich eine leere Limoflasche und fühle mich wie der letzte Dreck. Die Glocken der Kirchturmuhr draußen schlagen acht.

Ich habe Ann versprochen, um diese Uhrzeit bei ihr zu sein, und, verdammte Scheiße, ich werde mein Wort halten – und wenn es das Letzte ist, was ich tue. Ich habe nichts zu verlieren. Mein einziger Lichtblick ist Ann. Alles andere ... *Fuck off!*

Ich gehe zum Fenster und öffne es. Die Abendluft strömt süß zu mir ins Zimmer. Ich habe seit fast zehn Stunden weder gegessen noch getrunken. Suchend sehe ich mich um. Und plötzlich habe ich eine Idee. Ich reiße die Bettwäsche und das Laken herunter und verknote alles mit verschiedenen Pullis und Hosen, die ich in meinem Schrank finde. Anschließend schiebe ich das Bett zum Fenster und befestige mein selbstgebasteltes Seil an einem der Bettfüße.

Das Ende werfe ich nach draußen. Ich habe gehörig die Hosen voll, als ich mich über meine Kleider nach unten hangle, doch das Seil hält.

Unten angekommen schleiche ich mich an der Hauswand entlang zum Schuppen, wo mein Motorrad steht. Es ist der größte Schatz, den ich besitze. Ich habe einen Hiwi-Job nach dem anderen angenommen, um es mir leisten zu können. Und ich bin verfickt stolz darauf.

Als ich am Wohnzimmerfenster vorbeikomme, werfe ich einen Blick hinein. Was ich sehe, überrascht mich nicht. Meine Mum liegt schlafend auf dem Sofa, während der Fernseher läuft. Auf dem kleinen Tischchen stehen eine leere und eine halbvolle Flasche Wodka.

Ein paar Sekunden später sitze ich auf meinem Bike und brettere zu Annabell.

26. Kapitel

Annabell

Es ist zehn vor acht und ich weiß nicht, was ich tun soll. Kai hat mir versprochen zu kommen, doch in Anbetracht der Lage würde es mich nicht wundern, wenn er nicht erscheint. Soll ich es ihnen trotzdem beichten? Soll ich ihnen sagen, dass mein Freund ein Punk ist, der in einer heruntergekommenen Bude wohnt und dessen Mutter schwere Alkoholikerin ist? Mein Herz schlägt schneller, wenn ich daran denke, was für Folgen das für mich haben könnte. Doch dann fällt mir wieder Kai ein. Kai, der wohl noch immer eingesperrt in seinem Zimmer sitzt und der so darauf hofft, dass ich mich zu ihm bekenne.

Ich hole tief Luft und sammle mich kurz. Ich will ihm beweisen, wie viel er mir bedeutet. Ich liebe ihn, schießt es mir durch den Kopf, und egal was mein Vater mir auch antut, nichts könnte schlimmer sein, als diese Liebe zu verleugnen.

Ich binde mir das Haar zu einem züchtigen Dutt und schlüpfe in ein adrett aussehendes rosa Sommerkleid.

Wenig später ruft mich meine Mutter zum Abendessen.

Diesmal ist der Tisch auf der weitläufigen Terrasse am Pool gedeckt. Kerzen tauchen alles in ein romantisches Licht und in mir regt sich der Verdacht, dass meine Mum das alles arrangiert hat, um der Familie einen Hauch von Harmonie vorzugaukeln. Ich nehme auf einem der edlen Eisenstühle Platz und mein Blick gleitet über den Tisch. Mutter hat sich diesmal selbst übertroffen. Drei verschiedene Salate vom Italiener und neben Antipasti und zwei Nudelgerichten steht auch eine kleine Auswahl an Nachspeisen auf der Speisekarte. Ich sehe ein Tiramisu, eine Pannacotta und eine Zabaione. Ich frage mich, wer das alles essen soll. Meine Mutter ist mehr als besorgt um ihre schlanke Taille und ich ernte meist missbilligende Blicke, wenn ich zu viele Kohlenhydrate auf meinen Teller lade.

Mutter kommt, gefolgt von meinem Vater, mit einer teuren Rotweinflasche, die sie wohl von der Weinprobe mitgebracht haben, und schenkt uns ein.

Wir sind gerade bei der Hauptspeise und ich zermartere mir das Hirn, wie ich am besten mit meiner Beichte beginne, als es an der Tür läutet.

Bitte nicht Jannik, schießt es mir durch den Kopf. Es fällt mir schon schwer genug, vor meinen Eltern mit der Sprache rauszurücken, aber drei gegen einen – das pack ich nicht!

Meine Mum geht, um die Tür zu öffnen.

»Manfred!«, schreit sie und ihre Stimme klingt extrem hoch und schrill. Das tut sie nur, wenn sie sich sehr über etwas aufregt. Da ich nicht davon ausgehe, dass der Friseur oder die Tante vom Nagelstudio vor unserer Haustür stehen, um einen Termin abzusagen (Oh mein Gott, wie schrecklich! Sie müsste einen ganzen Tag ohne gefeilte Nägel und schlecht frisiert herumlaufen!), gehe ich schwer davon aus, dass es tatsächlich Kai ist. Mein Herz schlägt schneller.

Mein Vater steht auf und ich folge ihm, damit Kai nicht schon an der Tür in die Wüste geschickt wird.

»Was will dieser Kerl schon wieder hier?«, poltert mein Vater los. Es ist wirklich mein Freund (mein *Freund!*), der da auf den Stufen steht. Bevor mein Vater ihm die Tür vor der Nase zuschlagen kann, ziehe ich Kai an der Hand ins Haus.

»Kannst du mir bitte erklären, was das soll, Annabell?« Mein Vater sieht aus, als wolle er mir am liebsten an die Kehle springen. Verächtlich fixiert er unsere Hände, die ineinander verschlungen sind.

Mir wird schlecht und meine Knie zittern unkontrolliert, dagegen kann auch Kai wenig ausrichten, der verstohlen über meine Finger streichelt.

»Vater, d...das ist Kai, ein ... äh ... Schulfreund!«, stammele ich. Vielleicht kann er das eher verkraften und gelogen ist es nicht.

Ich werfe Kai einen schnellen Blick zu und wünsche mir im gleichen Moment, ich hätte es nicht getan. Er macht eine derart finstere Miene, als wolle er das ganze Haus in Dunkelheit hüllen.

Vater stemmt die Hände in die Hüften.

»Ein Schulfreund also!« Ich höre an seiner Stimme, dass er mir kein Wort glaubt.

»Ich kann mir kaum vorstellen, dass jemand wie du ...« Er lacht höhnisch. »... die gleiche Schule wie meine Tochter besucht.«

Ich spüre, wie sich Kai neben mir versteift. Es wundert mich sowieso, dass er immer noch so ruhig ist. Es kann nicht mehr lange dauern, bis er explodiert. Umso erstaunter bin ich, als Kai meinem Vater die Hand hinstreckt und sagt: »Guten Abend, Herr Beck. Ich bin Kai Kestner. Es freut mich, Sie kennenzulernen. Ich möchte nur von Anfang an eines klarstellen: Ich bin nicht irgendein Schulfreund, sondern Anns Freund.«

Die Miene meines Vaters erstarrt.

Oh mein Gott! Meine Nerven sind zum Zerreißen gespannt. Jeden Moment wird es einen riesigen Knall tun. Kai scheint das nicht zu bemerken und plappert munter weiter.

»Um meine schulischen Leistungen müssen Sie sich keine Sorgen machen. Obwohl es mich natürlich freut, dass Sie sich so dafür interessieren. Ich bin Klassenbester. Falls Sie darauf bestehen, werde ich mein Zeugnis den Bewerbungsunterlagen beifügen.«

Am liebsten hätte ich ihm den Mund zugehalten, doch andererseits bewundere ich ihn. Wie kann er sich trauen, meinen Vater so vorzuführen?

Papa ist sichtlich verwirrt und hat wohl noch immer nicht begriffen, dass Kai ihn verarscht.

»Welchen Bewerbungsunterlagen?«, fragt er ungläubig.

Kai grinst frech. »Na, mit denen ich mich um den Posten als ihr herzallerliebster Schwiegersohn bewerbe!«

Obwohl mir eigentlich gar nicht nach Lachen zu Mute ist, kann ich nicht anders, als zu grinsen. So etwas bringt nur Kai fertig.

Als ich jedoch sehe, wie die Gesichtszüge meines Vaters entgleisen, schlage ich mir schnell die Hand vor den Mund, um meine Heiterkeit zu verbergen.

Die Ader auf der Stirn meines Vaters schwillt gefährlich an, Röte überzieht sein Gesicht und er hat große Ähnlichkeit mit einem Dampfkessel, der jeden Moment in die Luft geht.

»Raus hier! Sofort!«, brüllt er mit geballten Fäusten. Er macht einen Schritt auf Kai zu, will ihn am Kragen packen, doch er weicht aus, und mein Vater strauchelt und hält sich in letzter Sekunde am Türrahmen fest, um nicht zu fallen.

Kai hebt beschwichtigend die Hände.

»Ich wusste ja schon immer, dass ich umwerfend bin, aber gleich so?« Er zieht eine Augenbraue in die Höhe und spielt den Verdutzten.

»Margarete«, sagt Vater wieder beherrscht zu meiner Mum. »Ruf die Polizei an, damit sie dieses Subjekt hier entfernen!«

Kai springt die Treppe in den Vorgarten hinunter.

»Machen Sie sich keine Umstände, Herr Beck, ich kann leider nicht so lange warten. Ich habe heute noch etwas vor. Business! Sie verstehen?«

Er zwinkert meinem Vater verschwörerisch zu.

So wütend habe ich meinen Dad nur selten gesehen. Aber Kai interessiert das nicht. Er wirft mir eine Kusshand zu.

»Bis morgen früh um acht, Prinzesschen. Ich hole dich zur Schule ab.« Er zwinkert mir zu.

»Gar nichts wirst du! Du Habenichts!«

Kai kommt zurück und sieht meinen Vater herausfordernd an.

»Oh doch! Und sie können nichts dagegen tun! Annabell ist fast volljährig. Sie kann sich treffen, mit wem sie will!«

Kai schaut meinem Vater direkt in die Augen.

»Ach, und da gibt es noch eine Kleinigkeit, die ich vergessen habe. Sollte ich morgen auch nur ein einziges gekrümmtes Haar an Ihrer Tochter finden – und glauben Sie mir, ich werde ganz genau nachsehen«, er grinst mich verführerisch an, bevor er sich erneut meinem Vater zuwendet, »... dann werde ich Sie bei Ihren lieben Polizisten-Freunden, die Sie heute schon so gerne eingeladen hätten, höchstpersönlich anzeigen! Das schwöre ich, so wahr ich hier stehe!«

Mit diesen Worten stolziert Kai hoch erhobenen Hauptes zum Gartentor hinaus, schwingt sich auf sein Motorrad und rast davon.

Mein Magen verkrampft sich, als mein Vater mit hochrotem Kopf und strafendem Blick an mir vorbeigeht. Doch es passiert nichts. Er fasst mich nicht einmal an. Er geht nach oben, knallt die Tür zu und kommt nicht mehr zurück.

Auch die Miene meiner Mutter ist alles andere als freundlich, als sie wenig später die Haustür schließt.

»Toll gemacht, Annabell! Und wer, glaubst du, kann diese Misere jetzt ausbaden?«

Kai

Mein Magen flattert noch immer, als ich das Abbruchhaus erreiche. Es hat mich mehr Mut gekostet, als ich dachte, so selbstbewusst vor diesen Wichser zu treten. Ich bin mir sicher, er wird Annabell nach diesem Abend nicht zu nahe kommen.

Meine Clique befindet sich bereits an unserem Treffpunkt.

»Hi, Kai«, grinst Luke. Er ist mal wieder völlig hacke.

»Na, Luke, noch `n Schluck?«, reime ich scherzhaft und gieße ihm ein wenig aus seiner Bierdose über den Kopf.

Luke lacht, kippt den Schädel nach hinten und versucht den Strahl mit dem Mund aufzufangen.

Krankes Arschloch!

»Wieso kommst du erst jetzt?«, fragt Lil und guckt mich argwöhnisch an.

»Geht's dich was an?« Ich bin so was von angenervt von ihr.

Sie will etwas erwidern, doch Toto kommt ihr zuvor.

»Wir nehmen uns heute Nacht die Hütte vor, die auf unserer Liste stand, bevor uns Kai den Schlüssel zum Paradies gegeben hat.«

Mike lacht dröhnend. »Was laberst du so geschwollen daher? Bist du unter die Märchenerzähler gegangen, oder was?«

»Fresse!«, zischt Toto und wirft Mike eine leere Bierdose an den Kopf.

Fuck! Wie mich das ankotzt, dieses assige Verhalten. Ich weiß selbst nicht, was ich hier eigentlich zu suchen habe, außer einem Platz zum Pennen.

»Ich steig aus!«, verkünde ich, ohne vorher nachgedacht zu haben.

»Wie jetzt?«

»Ich mach bei eurer Scheiße nicht mehr mit!«

»Hey, Alter, was geht`n mit dir ab?«

Faust sieht mich an, als würde er mich für einen entlaufenen Irren halten. Dabei sind seine Pupillen so spitz, als würde er jemanden damit aufspießen wollen. Keine Ahnung, was er sich heute wieder reingepfiffen hat.

Auch die anderen starren, als hätte ich verkündet, ab morgen am Ballettunterricht teilzunehmen.

»Es ist wegen dieser kleinen Schlampe, stimmt's?«, fragt Lil und fängt zu heulen an.

Ich lege mich auf eine der Matratzen und ziehe mir die Decke über den Kopf.

»Ihr könnt mich mal!«, brumme ich.

»Alter!« Toto rammt mir die Spitze seiner Springerstiefel in den Arsch.

Erbost fahre ich herum. »Tritt mich noch einmal und …«

Doch Toto lacht nur abfällig. »Und was, Kai? Sechs gegen einen. Schaut verdammt kacke für dich aus!«

Die anderen scharen sich um ihn, selbst Lil macht mit.

»Wenn du aussteigen willst, dann verpiss dich auf der Stelle. Du hast hier nichts mehr verloren! Denkst wohl, du bist jetzt was Besseres, nur weil du eine reiche Tussi knallst!« Toto nimmt einen Schluck von seinem Bier und spuckt ihn in meine Richtung. Eine feine Fontäne trifft mich am T-Shirt. Angewidert wische ich mir das Gesöff vom Arm. »Merk dir eines, Kai, seine Clique lässt man nicht im Stich! Für überhaupt nichts!«

Ich rapple mich hoch. Sie meinen verdammt ernst, was sie sagen. So schnell sind die »Freunde«, mit denen ich jahrelang Tag für Tag verbracht habe, zu Feinden geworden. Wortlos stehe ich auf und gehe an ihnen vorbei Richtung Tür, als Luke mir plötzlich einen Kinnhaken verpasst, der mich umwuchtet. Toto fängt an, mich zu stiefeln, und alle anderen ziehen nach. Ich stöhne vor Schmerz, während sie mir die Metallkappen ihrer Springerstiefel in die Rippen rammen. Als Lil mir voll in die Eier tritt, sehe ich Sternchen. Sie sind in einem richtigen Rausch und ich bin nicht sicher, ob ich das überlebe.

»Damit du uns so schnell nicht vergisst!«, sagt Toto, als sie dann doch irgendwann genug haben, und spuckt mir ins Gesicht.

Dann packen sie ihre Sachen zusammen und machen sich auf den Weg nach draußen.

»Und wenn wir wieder zurück sind, hast du dich gefälligst verpisst!«

Ich höre, wie sie draußen grölend in die Autos steigen, die Musik bis auf Anschlag drehen und losfahren.

Heilige Scheiße, ich muss dringend hier weg. Doch ich habe keine Ahnung, wie ich das schaffen soll. Ich fühle mich, wie von einem Panzer überrollt.

Ich taste in die Innentasche meiner Lederjacke und ziehe mein Handy hervor. Das Display ist gebrochen, aber erstaunlicherweise funktioniert es noch. Ich scrolle mich durch die Liste, die ziemlich kurz ist. Mike, Toto und die anderen fallen raus und meine Mum besitzt weder Handy noch Telefon.

Eine einzige Nummer springt mir ins Auge. Es ist die Nummer der Familie Plank, bei der ich vor kurzem als Aushilfskellner gejobbt habe. Jannik kann ich natürlich schlecht um Hilfe bitten, doch sein Bruder Ben war damals ganz nett. Jedenfalls nicht so eine Pissbohne wie sein älterer Bruder.

War Ben nicht auch im *WHY* dabei? Ich glaube mich zu erinnern, dass er mit Annabells Freundin rumgeknutscht hat.

Vielleicht kann ich über Ben an Anns Nummer kommen. Wenn ich noch länger darüber nachdenke, fallen mir sicher tausend Gründe ein, warum ich es besser bleibenlassen sollte. Andererseits bin ich nicht genug suizidgefährdet, um abzuwarten, bis die Clique zurückkommt.

»Plank«, meldet sich eine tiefe Stimme.

»Guten Tag, Herr Plank. Hier spricht Kai, ein Schulfreund von Ben. Kann ich bitte mal mit ihm sprechen?« Ich bemühe mich, nicht in den Hörer zu stöhnen und einigermaßen heiter zu klingen.

»Ben! Telefon!«

»Wer ist es? Luise?«

»Nein, irgendein Kai.«

»Hä? Wer?«

Klar, er kennt mich nicht, wieso sollte er auch.

»Ähm, na ja, eigentlich kennst du mich nicht, aber ...«

»Moment mal«, unterbricht mich Ben. »Bist du etwa Annabells Kai?«

Ich versuche mich auf die Knie hochzuziehen, was mir ein schmerzerfülltes Stöhnen entlockt.

»Verfluchte Scheiße, ja! Ich, … Alter … bitte, leg nicht auf.«

Wenn er mich jetzt wegdrückt, ist alles zu spät. Doch ich würde es verstehen. Anns Freundin hat ihm sicher von mir und Ann erzählt, immerhin ist er Janniks Bruder.

»Wieso sollte ich auflegen? Ist irgendetwas passiert?«

Obwohl er der Bruder von der Pissnelke ist, ist er tatsächlich immer noch freundlich.

»Fuck, Ben, ich brauche deine Hilfe.«

Ich erkläre ihm, was geschehen ist, und dass er Annabell bitten soll, sofort zu kommen.

»Kai, halt die Luft an. Ich glaube, wir sollten die Mädchen da nicht mit reinziehen. Wo bist du? Ich fahre sofort los!«

Ich keuche überrascht auf. Alles hätte ich erwartet, dass er auflegt, mir nur angenervt Anns Nummer gibt oder die Bullen ruft – aber niemals hätte ich damit gerechnet, dass er mir, ohne lang herumzulabern, selber hilft.

Kurz und knapp schildere ich ihm den Weg.

Ich seufze erleichtert auf und schiebe das Handy zurück in die Tasche.

Ich unternehme einen weiteren Versuch, mich aufzurichten, doch der Schmerz schießt mir erneut scharf durch den Brustkorb. Wahrscheinlich sind eine oder mehrere Rippen gebrochen.

***

»Scheiße, Kai! Wie siehst du denn aus?«

Ich muss wohl weggedämmert sein. Als ich die Augen öffne, steht Ben vor mir und starrt mich an, als stünde er unter Schock.

»Hilf mir einfach nach draußen.«

Ben nickt. Er fasst mich unter den Achseln und will mich hochziehen, doch als ich vor Schmerz schreie, hält er inne.

»Kai, das geht so nicht, wir müssen einen Krankenwagen rufen.«

»Niemals! Eher krepiere ich.« Ich atme vorsichtig ein.

»Versuch's einfach noch mal, nur etwas langsamer, okay?«

Ben sieht mich zweifelnd an, doch dann presst er die Lippen zusammen und zieht noch einmal, nur viel sanfter und behutsamer. Vor meinen Augen explodieren Sterne, als ich mich mit seiner Hilfe aufrichte, doch ich gebe keinen Ton mehr von mir.

Auf Ben gestützt, schaffe ich es bis zu seinem Wagen.

Ich nenne ihm meine Adresse, bevor mir auch schon der Kopf zur Seite kippt und ich einnicke.

***

Ben rüttelt mich vorsichtig an der Schulter.

»Wach auf. Wir sind da.«

»Du spinnst wohl! Das ist definitiv nicht die Straße, die ich dir genannt habe.«

Ben hat am Straßenrand geparkt. Uns gegenüber liegt das Krankenhaus. »Nein, das ist die Klinik meines Vaters. Du brauchst einen Arzt, Kai.«

»Nur über meine Leiche. Dein Vater ...«

»... wird davon überhaupt nichts mitbekommen«, fällt Ben mir ins Wort. Er zuckt lächelnd die Schultern. »Die Assistenzärztin hat eine kleine Schwäche für mich«, fügt er erklärend hinzu.

Ich drehe schwach meinen Kopf in seine Richtung. »Na, dann lass das mal nicht Annabells Freundin wissen. Du bist doch mit ihr zusammen, oder?«

Ben nickt. »Ja. Aber Luise muss sich keine Gedanken machen. Ich liebe sie. Und ich käme auch nie auf die Idee, ihr Vertrauen zu missbrauchen.«

Er schnallt sich ab. »Schluss mit dem Gelaber, du musst versorgt werden.«

Ben steigt aus und hilft mir in die Klinik.

»Warte hier«, sagt er und setzt mich auf einen der Stühle im Wartebereich.

Es dauert keine drei Minuten und er kommt mit einer hübschen Brünetten im weißen Arztkittel zurück. Als sie mich sieht, schlägt sie die Hände vor den Mund.

»Du hast gesagt, es ist eine kleine Verletzung, Ben, und nicht, dass ich ein Wrack zusammenflicken muss.«

Danke für den überaus netten Vergleich!

Vorwurfsvoll sieht sie Ben an. »Ich muss das melden. Das kann ich nicht unter der Hand machen. Sieh ihn dir doch mal an!«

Ben setzt sein Tausend-Watt-Lächeln auf. »Bitte, Theresa! Ich spendiere dir auch bei Gelegenheit 'nen Drink in der Cafeteria. Meine Gesellschaft dabei ist inklusive.«

Scheiße, der Typ hat`s echt drauf. Das hätte ich ihm nicht zugetraut. Theresa Weißkittel fällt tatsächlich auf die Playboynummer rein. Sie nickt und führt mich zu einem kleinen Behandlungsraum.

Nachdem sie mich fünfmal genäht und einmal geklammert hat, räumt sie das Verbandszeug zur Seite und mustert mich.

»Erzählst du mir, was passiert ist?«

»Nein, das kann ich nicht.«

Sie seufzt tief und schiebt mich zur Tür.

»Deine angeknackste Rippe muss von selbst heilen, du solltest für längere Zeit auf Sport und körperliche Betätigungen verzichten. Auch auf Schlägereien!«

»Und was ist mit Sex?«

Sie verdreht die Augen. »Kommt drauf an, wie sehr du dich dabei verausgabst!«

Ich werfe ihr das charmanteste Lächeln zu, das ich draufhabe.

»Bis jetzt hat sich noch keine Frau beschwert, dass ich mich zu wenig einsetzen würde.«

»Dann lass es lieber«, sagt sie nüchtern und reicht mir zwei Schmerztabletten, die ich einwerfe.

Theresa schiebt sich an mir vorbei und öffnet die Tür.

Auf dem Flur steht Ben, der auf mich wartet.

»So, da ist er. Ich habe zwar keine Ahnung, wie ich den Verlust von gefühlten fünfzig Metern Nähfaden erklären soll, aber ansonsten ist alles in Ordnung.«

Ben schenkt ihr erneut ein Strahlelächeln.

»Danke, Theresa. Du bist die Beste! Den Drink hast du dir wirklich verdient. Morgen gleich nach deinem Dienst?« Weißkittelchen nickt selig. Manche Weiber sind wirklich einfach gestrickt.

Im Auto fragt auch Ben, warum ich so verprügelt wurde.

Mit wenigen Worten schildere ich ihm, was passiert ist. Ben hört nur zu und ich bin dankbar, dass er nicht hundert Zwischenfragen stellt.

»Danke, Alter, ich bin dir was schuldig!«, sage ich zu Ben, als er vor unserem Haus hält.

Er winkt ab. »Lass stecken!«, sagt er bescheiden und braust davon.

27. Kapitel

Annabell

Bereits um halb acht stehe ich fertig angezogen in meinem Zimmer und fiebere dem Moment entgegen, bis es klingelt. Meine Eltern haben über den gestrigen Abend kein Wort verloren. Es war, als hätte er niemals stattgefunden. Doch ich kenne meinen Vater, er lässt so etwas nicht auf sich sitzen. Es ist bereits Viertel nach acht und Kai ist noch immer nicht da. Ich mache mir tierische Sorgen, und aus Angst, ihn doch noch zu verpassen, zögere ich meine Entscheidung, alleine in die Schule loszugehen, so lange hinaus, bis der Unterricht bereits begonnen hat. Um halb elf wandelt sich meine Ungeduld in tiefe Enttäuschung. Und um elf bin ich nur noch wütend. Und als es um halb zwei klingelt und Luise und Ben vor der Tür stehen, koche ich.

Wie kann er es wagen, mich nach dem Auftritt, den er gestern hingelegt hat, einfach zu versetzen?

»Kommt rein!«, sage ich mürrisch und winke die beiden durch.

»Welche Laus ist dir denn über die Leber gelaufen? Sollen wir wieder gehen?«

»Nein, sorry, Luise, ich dachte nur, es wäre ...«

»Kai?«

»Ist er der Grund, warum du heute in der Schule gefehlt hast?«

Ich nicke. »Er ist so ein Arsch! Erst hat er sich gestern filmreif vor meinen Eltern aufgeführt und versprochen, mich zur Schule abzuholen, und dann ist er einfach nicht gekommen. Ich habe die ganze Zeit über gewartet, in der Hoffnung, er würde doch noch auftauchen.« Ich heule fast, was mich ziemlich ärgert.

»Nun mal langsam.« Luise nimmt mich in den Arm. »Ben, willst du es ihr nicht erzählen?«

»Ist was passiert?« Erschrocken sehe ich die beiden an. »Ihr müsst es mir sagen. Bitte!«

»Das soll Kai lieber selbst übernehmen«, meint Ben.

Ich stoße die Luft aus. Sämtliche Horrorszenarien schießen mir durch den Kopf. Kai nach einem Unfall, wie er im Krankenhaus liegt, Kai, wie er im Knast sitzt, Kai, wie er …

»Geh einfach zu ihm nach Hause«, sagt Luise und drückt mich. »Du wirst sehen, dann klärt sich alles.«

Ich schnappe mir meine Handtasche und will zur Tür raus.

»Komm, wir fahren dich«, sagt Ben.

»Ehrlich? Du fährst mich zu Kai?«

Ben zuckt die Achseln. Ich nenne ihm die Adresse.

»Weiß ich doch längst!«

Bitte? Woher weiß Ben, wo Kai wohnt? Das Ganze wird immer bizarrer. Aber die beiden rücken nicht mit der Sprache heraus, egal wie oft ich sie nerve.

***

Ungeduldig rutsche ich auf Bens Rückbank hin und her.

Was mache ich, wenn Kais Mutter da ist? Sie wird mich sicher nicht zu ihrem Sohn lassen. Ich bin froh, dass meine Freundin und Ben dabei sind, den ich immer sympathischer finde.

Die Haustür steht sperrangelweit offen, von Kais Mutter ist weit und breit nichts zu sehen.

»Ruf an, wenn wir dich abholen sollen«, sagt Luise und klopft mir aufmunternd auf die Schulter.

»Seid ihr sicher, dass er mich überhaupt sehen will?«

Ben grinst und macht eine Handbewegung, als würde er eine lästige Fliege zur Seite scheuchen.

»Danke euch! Bis später!«

Als meine Freunde fort sind, spähe ich in den winzigen Flur von Kais Haus. Ich höre ein leichtes Schnarchen. Auf Zehenspitzen schleiche ich mich vorwärts und verharre kurz vor dem Wohnzimmer. Frau Kestner liegt, scheinbar volltrunken, auf dem Sofa und schläft ihren Rausch aus.

Es stinkt nach Schnaps, Schweiß und schmutziger Kleidung. Angewidert kräusle ich die Nase. Kai tut mir wirklich leid, dass er so ein erbärmliches Zuhause hat. Ich stehle mich durch den Flur.

Lautlos öffne ich die Tür, schlüpfe in sein Zimmer und sperre hinter mir ab. Ich möchte dringend vermeiden, dass uns Frau Kestner noch einmal überrascht.

Obwohl es taghell im Zimmer ist, liegt Kai im Bett und schläft. Ist er etwa krank? Ich hauche ihm einen Kuss auf den dunklen Haarschopf, der als Einziges unter der Decke hervorlugt.

»Kai, wach auf!« Ich rüttle an seiner Schulter, woraufhin er zusammenzuckt, als hätte ihn etwas gestochen.

»Na, komm schon, Kai, steh auf!« Ich lache, obwohl ich immer noch sauer auf ihn bin, weil er mich versetzt hat, und ziehe mit einem Ruck die Decke vom Bett.

Ich muss mich zusammennehmen, um nicht laut zu schreien. Kai sieht aus wie ein Zombie. Sein Gesicht ist auf einer Seite stark geschwollen und seine Hände über und über mit Abschürfungen bedeckt.

»Großer Gott, Kai! Wer hat dich so zugerichtet?«

Endlich macht er die Augen auf.

»Verfluchte Scheiße, ich wollte dich abholen«, stöhnt er und wirft sich die Hände übers Gesicht, so dass sein T-Shirt ein Stück nach oben rutscht und seinen nackten Bauch freilegt.

Kai

Ihr Gesicht wird kreidebleich und scheinbar kraftlos lässt sie sich auf die Bettkante sinken. Ich ziehe das T-Shirt wieder nach unten, um wenigstens einige meiner Blessuren zu verstecken.

»Wer? ... Warum?« Ihre Stimme klingt matt, ganz dünn und durchsichtig.

Eigentlich habe ich gar keine Lust darüber zu reden, viel lieber würde ich sie küssen.

»Nachdem ich einem alten Mann eine Knarre vor die Nase gehalten habe, hat der seine Kampfhunde auf mich losgelassen«, flachse ich. »Mit denen habe ich dann ein wenig Ringelreihen getanzt.«

Sie sieht aus, als ob sie mir das tatsächlich abkaufen würde.

»Mensch, Ann, das war ein Witz! Der alte Mann war gelogen!«

Entgeistert starrt sie mich an.

»Und die Kampfhunde auch.«

»Du bist ein Idiot, Kai. Sei doch mal eine Minute lang ernst. Und hör mit deinen Albernheiten auf.«

Ich seufze. »Also gut. Nachdem ich mich geweigert habe, beim nächsten Bruch mitzumachen, und aus der Clique ausgestiegen bin, haben mir die Jungs das hier verpasst. Danach hab ich Ben angerufen und er hat mich ins Krankenhaus chauffiert. – Und jetzt komm her und küss mich endlich!«

Sie bewegt sich keinen Zentimeter.

Fuck! Sie kann so anstrengend sein ...

»Warum hast du dich denn geweigert?« Sie sieht mich mit großen Augen an.

Ich hör wohl nicht recht? Ich steige aus der Clique aus, lasse mich zusammenschlagen und sie ist immer noch nicht zufrieden? Versteh einer die Weiber.

»Also hätte ich deiner Meinung nach weiter mitmachen sollen?«

»Nein!« Sie schreit es fast. »Ich will nur wissen, warum du nicht dabei sein wolltest.«

Ich bin zu schwach für noch eine schwülstige Liebeserklärung. Davon hat sie in letzter Zeit genug bekommen, also mache ich es kurz.

»Ich will dich nicht in die Scheiße reiten. Du sollst stolz auf mich sein und dich nicht schämen müssen. Für dich lasse ich das alles hinter mir.« Ein Anflug von einem Grinsen huscht über mein Gesicht. »Nur leider muss ich jetzt dafür jeden Sonntag bei Toto und den anderen zum Kampf antreten.«

Sie reißt erschrocken die Augen auf. »Heißt das, sie wollen dich dafür, dass du kein Mitglied mehr bist, jetzt jeden Sonntag so zurichten?«

Ich nicke und kann mir ein Lächeln nicht verkneifen.

»Ja, aber nur wenn du jeden Montag an meinem Bett sitzt und um mich trauerst, so wie heute.«

»Du hast mich schon wieder verarscht, oder?«

Ich lache leise.

Sie macht ein gekränktes Gesicht und sieht dabei so süß aus, dass ich nicht anders kann, als ihr über die Wange zu streicheln.

»Küsst du mich jetzt endlich?«, bitte ich sie. Teufel, bin ich tief gesunken, dass ich um so etwas betteln muss. Aber ich hätte sie sogar auf Knien um einen Kuss angefleht. Sie beugt sich vorsichtig über mich. Ohne mich auch nur ansatzweise zu berühren, haucht sie mir etwas auf die Lippen, das man kaum als Kuss bezeichnen kann.

»Willst du mich verarschen? Das soll ein Kuss gewesen sein?« Ich verdrehe die Augen. »Sie haben massiven Übungsbedarf, Fräulein Beck!«

Ich greife in ihr Haar, ziehe sie sanft zu mir und lasse sie nicht eher los, bis sie mir den Kuss gegeben hat, den ich mir vorgestellt habe.

Dann breitet sie fürsorglich die Decke über mich. »Hast du Hunger oder willst du was trinken?«

Mein Magen knurrt tatsächlich. Doch ich bin mir nicht sicher, ob der Kühlschrank etwas hergibt. Also schüttle ich den Kopf.

»Weiß deine Mutter Bescheid?«

»Das würde sie sowieso nicht interessieren. Also, nein, sie weiß nichts.«

»Ich werde dir jetzt trotzdem etwas zum Essen holen, du musst etwas zu dir nehmen.«

»Na dann, viel Glück!«

28. Kapitel

Annabell

Er muss einen ordentlichen Schlag auf den Kopf bekommen haben, wenn er mir viel Glück wünscht, nur weil ich ihm etwas zu essen mache ...

Auf dem Weg zur Zimmertür fällt mein Blick auf einen seltsamen Klamottenstrang, der aus dem Fenster hängt.

Ich schaue nach draußen.

»Ich fass es nicht. Du bist hoffentlich nicht an *dem* hier«, ich halte das selbst geknüpfte Seil in die Höhe, »aus dem Fenster geklettert ...?«

Er richtet sich mühsam im Bett auf. »Warum nicht? Wir hatten schließlich so etwas wie ein Date. Auch wenn ich dann mehr mit deinem Vater als mit dir geflirtet habe.«

»Du hättest dabei draufgehen können!« Ich bin bestürzt darüber, wie kopflos er manchmal handelt.

»Bin ich aber nicht«, murmelt Kai mit geschlossenen Augen. Sekunden später ist er wieder eingeschlafen.

Ich sperre die Tür auf und luge durch den Spalt nach draußen. Angestrengt lausche ich und höre wieder das leise Schnarchen von Kais Mutter.

Als ich in der Küche den Kühlschrank öffne, weiß ich, dass mit Kais Kopf alles in Ordnung ist und was er mit dem Spruch eben meinte.

Im Kühlschrank herrscht gähnende Leere. Auch in den anderen Schränken finde ich nichts als eine angebrochene Tüte Nudeln, ein paar Flaschen Wasser und eine Dosensuppe.

Völlig entsetzt beschließe ich, sofort etwas zu unternehmen, und mache mich auf den Weg in den Supermarkt.

Eine Stunde später komme ich mit zwei vollen Einkaufstüten wieder zurück. Die Haustür steht immer noch offen, doch das Sofa im Wohnzimmer ist leer. Ich räume die Lebensmittel in die Küche und schmiere Kai ein Schinkenbrötchen, das ich zusätzlich mit Gurken und Salat belege.

Als ich mit dem Teller und einer Flasche Wasser sein Zimmer betrete, schläft Kai nach wie vor. Vorsichtig wecke ich ihn.

»Hier, trink.«

Kai setzt sich auf und trinkt fast die ganze Flasche leer, wobei er immer wieder absetzen muss, weil ihm irgendetwas wehtut.

»Wo kommt das denn her?« Er deutet auf das belegte Brötchen.

»Ich war einkaufen.«

»Du musst das nicht tun.«

»Ich wollte es aber!«

Kai angelt sich eine Gurkenscheibe und schiebt sie sich in den Mund.

»Ist euer Kühlschrank immer leer?«

»Er leidet an Magersucht im Endstadium.«

Ich finde das alles so schrecklich, dass ich kurz vorm Heulen bin. »Wovon lebst du eigentlich?«

»Denkst du, das mit den Einbrüchen mache ich nur zum Spaß?«

Ich kann das alles nicht glauben, was er mir erzählt.

»Aber deine Mutter, sie bekommt doch Geld vom Amt.«

»Sie bekommt gar nichts, weil sie ständig zu dicht ist, um sich darum zu kümmern und überhaupt irgendwohin zu gehen, außer bis zur Dönerbude um die Ecke.« Kai seufzt. »Uns wurde sogar schon mehrmals der Strom abgedreht. Erst wenn sie ihre verdammte Glotze nicht mehr einschalten kann, füllt sie ein Überweisungsformular aus. Der Rest reicht gerade mal für den Alkohol und den Fast-Food-Fraß. Danach ist Ebbe!«

»Aber woher hat sie dann dieses Geld?« Ich verstehe es nicht.

»Da fragst du mich was. Ich habe keine Ahnung.«

»Du musst hier weg, Kai. Das ist kein Leben für dich!«

»Die Präsidentensuite im *Plaza* ist zurzeit leider ausgebucht.« Er schnaubt höhnisch. »Im Ernst, wo soll ich denn hin?«

Darauf habe ich leider auch keine passende Antwort.

Kai

Als Annabell gegangen ist, kommt mir mein Zimmer noch trostloser vor. Ich höre, wie meine Mutter durch die Wohnung schlurft und irgendwelche zusammenhangslosen Dinge vor sich hin lallt.

Es ist bereits nach neun Uhr abends, als es an der Tür klingelt. Normalerweise kommt zu uns nie Besuch und schon gar nicht um solch eine Zeit. Ich höre die wütende Stimme eines Mannes und die meiner Mutter. Leider kann ich nicht verstehen, was geredet wird. Doch ich will wissen, wer unser Gast ist. Stück für Stück schiebe ich mich aus dem Bett und richte mich auf. Im Stehen lässt es sich mit der gebrochenen Rippe sogar besser durchatmen als im Liegen. Leise öffne ich die Tür und spähe hinaus.

Mein Herz setzt einen Schlag aus. Ich sehe, wie Annabells Vater meiner Mutter wutentbrannt ins Wohnzimmer folgt. Entsetzt schleiche ich ihnen hinterher. Was zum Geier will der Wichser hier? Ist er gekommen, um mir noch einmal klarzumachen, dass ich mich von Annabell fernhalten soll? Das wird der Arsch aber nicht schaffen, egal mit was für Drohungen er ankommt.

Herr Beck klatscht gerade ein dickes Kuvert auf den Tisch. »Das wird wohl reichen, zusätzlich zu den monatlichen Zahlungen, die du bekommst! Sorge dafür, dass sich dein Sohn nicht mehr bei meiner Tochter blickenlässt. Verstanden?«

Monatliche Zahlungen? Wieso bitte erhält meine Mutter von Anns Vater regelmäßig Geld? Das Herz klopft mir bis zum Hals. Welches Geheimnis verbergen sie vor mir?

Wie gebannt beobachte ich, was weiter passiert. Herr Beck steht mit verschränkten Armen vor meiner Mutter. Allein seine Haltung strahlt puren Hass aus.

»Sieh nach!« Er nickt zu dem Briefumschlag.

Meine Mutter nimmt das Kuvert, schaut hinein und scheint zufrieden zu sein.

»Du könntescht öfter hier vorbeischau'n und Geschenke ver...teilen, Manfred!«, nuschelt sie.

»Du widerst mich an! Du warst die größte Entgleisung meines Lebens!«, spuckt Anns Vater aus und weicht zurück.

Meine Gedanken rasen. Das Ganze hier verheißt nichts Gutes. Eine leise Vorahnung überkommt mich und mir wird übel.

»Behalte deinen Bastard im Auge, sonst werde ich meine Zahlungen rapide zurückfahren!«, droht Anns Vater und schlägt dabei mit der flachen Hand vor meiner Mutter auf den Tisch.

Ich fahre zusammen, doch meine Mutter lacht nur.

»Du weischt, dasch ich disch in der Hand 'abe! Isch könnte deine wunderschöne Familienidylle wie eine Sch...eifenblase in der Luffft zzzerplatzen lass'n.« Abgeklärt streicht sie über die Kanten des Umschlages.

»Du verfluchte Schlampe! Ich wünsche dir und deinem Abschaum von Sohn die Pest an den Hals!«

»*Unserem* Sohn, Manfred. *Unserem* Sohn«, giggelt sie.

Ich keuche vor Entsetzen. Die Alte macht wohl Witze. Ich beginne zu hyperventilieren und meine Beine fangen an zu zittern. Das hier ist mein wahr gewordener Albtraum!

Herr Beck baut sich drohend vor meiner Mutter auf. »Und wenn du irgendwem auch nur ein Wort davon erzählst, kriegst du von mir keinen Cent mehr. Verstanden?«

Mum lacht nur wieder.

Schweiß sammelt sich auf meiner Stirn und ich wanke zurück.

Ich gehe in die Küche und verstecke mich hinter der Tür, bis Herr Beck gegangen ist. Annabell, meine Schwester? Kann das wirklich sein? Ist mein Schicksal wirklich so beschissen?

Ich bin völlig am Ende. Meine Mutter hat mir immer erzählt, dass mein Vater und sie nur eine kurze Affäre hatten, bevor er ins Ausland ging und nichts mehr von ihr wissen wollte. Und jetzt soll auf einmal der renommierte Allgemeinarzt mein Vater sein – und, noch schlimmer, Annabell meine Halbschwester? Ich schwöre, ich habe in meinem verfickten Leben noch nicht oft geheult, aber jetzt tue ich es. Egal was ich mache, ich ziehe immer die Arschkarte. Jeden Tag fickt mich das Leben aufs Neue. Mit nassem Gesicht verlasse ich die Küche.

Meine Mum sitzt im Wohnzimmer und zählt Geldscheine.

»Wie viel hat er dir gegeben, damit er mich nicht mehr sehen muss?« Voller Abscheu stiere ich sie an.

Sie erstarrt. »Wwwie bischt du aus dem ZZimmer rausgekomm'? Hatte ich disch nich eingeschloss'n?«

Oh, wie abgrundtief ich sie hasse!

»Wie viel?«

»Fünftausend.« Sie wirft mir die Scheine vor die Füße. Wütend trete ich sie zur Seite.

»Und was bekommst du monatlich an Schweigegeld? Damit niemand erfährt, dass ich sein Sohn bin?«

»Das is' allein meine Sache!«

Ich raste völlig aus. »Deine Sache? Ich lebe hier im größten Loch, habe nie was zu fressen – und mein Vater gehört zu den reichsten Menschen dieser Stadt?«

Ich brülle und tobe vor Zorn. »Du hast gewusst, dass Annabell seine Tochter ist, und hast nichts gesagt?« Ich balle die Hände zu Fäusten und starre hasserfüllt auf diese Frau hinunter, die auf dem Sofa sitzt und sich meine Mutter nennt.

»Halt's Maul, Kai! Ich hab die kleine Sch…lampe oft genug vor die Tür gesetzt. Und jetz' häls' du dich von ihr fern, verstand'n?«

»Wieso sollte ich? Damit du jeden Monat die Kohle hast, um dich halb ins Koma zu saufen? Du bist krank, weißt du das? Und ich werde einen Scheiß tun!«

Der Blick meiner Mutter ist eiskalt.

»Du wirs' mir gehorch'n! Oder wills' du deine eigene Schwesta vögeln und weg'n Inzucht in'n Knasst wandern?«

Der Schmerz, den ihre Worte verursachen, und die schreckliche Tatsache, dass sie auch noch der Wahrheit entsprechen, fressen sich tief in mein Herz.

»Ich hasse dich!«

Meine Mutter erwidert nichts, sie sieht mich nur an, mit einem vagen Blick, den ich nicht deuten kann.

Egal, wie schlecht es mir auch geht, bei dieser Frau kann ich nicht bleiben. Ich verachte sie und ich scheiße auf dieses verfickte Leben, das mir wieder alles genommen hat, was ich besessen habe.

Annabell ist meine Halbschwester. Ich darf sie nie wieder berühren, sie nicht küssen, ja noch nicht einmal bei mir haben, denn das würde ich keine Sekunde lang ertragen. Wie könnte das Mädchen, das ich mehr liebe als mein beschissenes Leben, um mich sein, wenn ich weiß, dass ich ihr niemals zu nahe kommen darf?

Fuck off!

Ich verlasse das Haus. Für immer. Und habe keine Ahnung, wohin ich gehen werde.

Ende von Band 1

© privat

Veronika Mauel wuchs in einer Kleinstadt in der schönen Oberpfalz auf. Bereits als Jugendliche schrieb sie selbst erfundene Geschichten. Auch während und nach ihrer Ausbildung zur Erzieherin begeisterte sie mit ihren Erzählungen ihre Schützlinge im Kindergarten. Ihre Leidenschaft gilt Jugendbüchern mit einem Touch Romantik.